大家小书

《红楼梦》探源

吴世昌 著

北京出版集团公司
北京出版社

图书在版编目（CIP）数据

《红楼梦》探源 / 吴世昌著 . — 北京 ：北京出版社，2016. 7

（大家小书）

ISBN 978-7-200-12137-7

Ⅰ. ①红… Ⅱ. ①吴… Ⅲ. ①《红楼梦》研究 Ⅳ. ①I207. 411

中国版本图书馆CIP数据核字（2016）第097722号

总策划：安 东 高立志 责任编辑：司徒剑萍

· 大家小书 ·

《红楼梦》探源

《HONGLOU MENG》 TANYUAN

吴世昌 著

*

北京出版集团公司
北京出版社 出版

（北京北三环中路6号 邮政编码：100120）

网 址：www.bph.com.cn

北京出版集团公司总发行

新华书店经销

北京华联印刷有限公司印刷

*

880毫米×1230毫米 32开本 11.875印张 195千字

2016年7月第1版 2018年5月第3次印刷

ISBN 978-7-200-12137-7

定价：38.00元

质量监督电话：010-58572393

紅樓夢探源英文五卷書成紀以五絶

一往深情到太虚，千秋偉業托華胥。原知此夢人多有，若箇醒來肯著書。

朱墨琳琅滿紙愁，幾番抱恨讀紅樓。脂齋也是多情種，可是前生舊石頭。

風月繁華記盛時，欲將寶鑑警頑痴。棠村小序分明在，紅學專家苦未知。

殘稿迷亡不可尋，從高綴補見深心。將傾大廈終難挽，何必皇恩說到今。

大義消沉二百年，高潮爭論薄雲天。張皇幽眇誠餘事，莫道先人作鄭箋。

歲在屠維大淵獻短至后五日

海寧吴世昌作于英國牛津大學并書

序　　言

袁行霈

“大家小书”，是一个很俏皮的名称。此所谓“大家”，包括两方面的含义：一、书的作者是大家；二、书是写给大家看的，是大家的读物。所谓“小书”者，只是就其篇幅而言，篇幅显得小一些罢了。若论学术性则不但不轻，有些倒是相当重。其实，篇幅大小也是相对的，一部书十万字，在今天的印刷条件下，似乎算小书，若在老子、孔子的时代，又何尝就小呢？

编辑这套丛书，有一个用意就是节省读者的时间，让读者在较短的时间内获得较多的知识。在信息爆炸的时代，人们要学的东西太多了。补习，遂成为经常的需要。如果不善于补习，东抓一把，西抓一把，今天补这，明天补那，效果未必很好。如果把读书当成吃补药，还会失去读书时应有的那份从容和快乐。这套丛书每本的篇幅都小，读者即使细细地阅读慢慢地体味，也花不了多少时间，可以充分享受读书的乐趣。如果把它们当成补药来吃也行，剂量小，吃起来方便，消化起来也容易。

我们还有一个用意，就是想做一点文化积累的工作。把那些经过时间考验的、读者认同的著作，搜集到一起印刷出版，使之不至于泯没。有些书曾经畅销一时，但现在已经不容易得到；有些书当时或许没有引起很多人注意，但时间证明它们价值不菲。这两类书都需要挖掘出来，让它们重现光芒。科技类的图书偏重实用，一过时就不会有太多读者了，除了研究科技史的人还要用到之外。人文科学则不然，有许多书是常读常新的。然而，这套丛书也不都是旧书的重版，我们也想请一些著名的学者新写一些学术性和普及性兼备的小书，以满足读者日益增长的需求。

“大家小书”的开本不大，读者可以揣进衣兜里，随时随地掏出来读上几页。在路边等人的时候，在排队买戏票的时候，在车上、在公园里，都可以读。这样的读者多了，会为社会增添一些文化的色彩和学习的气氛，岂不是一件好事吗？

“大家小书”出版在即，出版社同志命我撰序说明原委。既然这套丛书标示书之小，序言当然也应以短小为宜。该说的都说了，就此搁笔吧。

《〈红楼梦〉探源》及其作者吴世昌先生

魏　旸

《〈红楼梦〉探源》是一本考证书——考证《红楼梦》的本来面目。“研红”本来不是吴世昌先生涉猎的领域。他长于训诂，雅爱词学，20世纪30年代讲授文史，40年代兼事政论，1947年至1961年应聘在牛津大学执教。1954年，开展了一个名叫“《红楼梦》研究批判”的运动，由批判俞平伯先生而延伸到批判胡适先生，旨在反对一切不以马克思主义为指导的学术研究，特别反对用考证来鉴别史料的真伪。反对的理由非常强大有力，因为除了阶级斗争和生产斗争，不需要其他知识。既然考证不能为这两种斗争效劳，就不配在知识的领域中存在。

世昌先生对《红楼梦》的考证，开始于这个批判运动奏凯之后。他以讲学之暇，穷数年之功，运用他精通的考证学而不是他所不熟悉的主义，就当时可能见到的抄本和相关资料，爬罗剔抉，分析比较，完成了一部考证报告《〈红楼梦〉探源》（后简称《探源》）。此书按照他所考察的五个步骤分为五卷，即抄本探源、评者探源、作者探源、本书探源和续书探源。书以英文写成，1961年由牛津大学出版社出版。《探源》的中文版，先生生前翻译了一半，未竟的部分是我勉为其难受命补译的，在20世纪90年代末面世。读者现在看到的这本书，是《探源》的节本，它略去了基础性研究（对抄本、评语的对比分析）部分，直接进入对评者、作者、全书故事结构的考察。这样读起来比较有趣，不枯燥，但因此也难以了解作者治学的路径。读完此书，如有兴趣进一步与作者一同“探源”，不妨检阅《吴世昌学术文丛·红楼探源》（北京出版社，2000年）。

《探源》的第一位读者，是把《论语》《道德经》《诗经》《九歌》和《西游记》译成英文的汉学大师亚瑟·卫莱爵士（Arthur Waley，1889—1966）。他欣然作序，说自己四十年来，每读《红楼梦》，常有感于其成书的种种问题不可得解：“吴先生此编解决了我多年所望解决的问题，在明白和剀切两方面，较之我读过的其他论著，都远擅胜场。”

本来许多人把《红楼梦》当作自传体小说。经过考证，《探源》有根有据地指出：贾宝玉的原型不是作者曹雪芹，而是少年时代的脂砚斋。评者脂砚斋，既不是曹雪芹，也不是贾宝玉的表妹史湘云；他是作者的一位尊长，很可能是作者的叔父。《红楼梦》写了一家贵族如日中天时的显赫，也写了它败落后的凄凉。原书不是未完成的残稿，而是有头有尾的全本，只是没有最后写定，尚在不断征询意见进行修改之中，又在流传中不幸损缺而已。全书本来不是一百二十回，最初可能是一百回，后来扩充到一百一十回左右。在作者死后的一次传阅中，八十回以后的文稿（大约有三十回之多）不明不白地丢失了。小说所以长期局限在亲友和赞助者的小圈子中传阅，除了没有定稿，还和当时存在着一种特殊的统治手段即文字狱有关，因为小说中有朝廷所不愿意让大家看到的"关碍语"。现在流行的一百二十回本，是作者去世二十多年后由高鹗补续的。高鹗很可能看到过原书八十回以后的部分回目和部分内容，不过他的续作与作者和评者在前文、眉批和夹注中的明喻暗示很有出入。为了配合后四十回，高鹗还改动了前八十回的某些文字。幸亏作者和评者的提示是不可磨灭的，它为读者提供了凄美而又朦胧的想象空间，激起一代又一代人缕缕不绝的遐思。

粗疏的概述绝对不可能表达《探源》的结论于万一。我想指出的是，先生研究学问，求真崇实，坚持搜集证据，鉴别证据，从证据出发；不凭猜度，或灵感，或趣味，或风向，去作出肯定与否定的结论。世昌先生在经历迷宫追本溯源的同时，饱尝着探索者的艰辛与乐趣。我们在阅读中，随他一起，上下求索，庶几也是一种分享。

“《红楼梦》研究批判”运动扫荡的中心是文史界，不少学者因此只好改变治学的道路，转而从事文史主题的社会性、人民性、革命性、局限性之类的推导；吴世昌先生则我行我素，老而弥坚。为什么？我问过先生，先生的回答很平淡：“各尽所能。”他说，各方面的研究，都是需要的；但上层建筑是他力所不能及的殿堂；他是“小工”，应该做点清理地基打夯铺砖之类的基础性工作。

这是一方面。另一方面，请允许我补充两点。第一点，可能和他做人的原则有关。先生是一位特立独行的学者，愿意用自己的脑思考，自己的嘴说话，不懂得赶浪头，凑热闹。记得1966年上半年，批判《海瑞罢官》的炮声已经隆隆，中央某部开座谈会，吴世昌先生在会上依然泰然自若，坐而论道，侃侃而谈“清官总比贪官好”。他把群众性的革命大批判命名为“文海战术”，并且执着地认为，“文海战术”无助于解决学术上的是非。“文革”中，他奉命到五七干校劳动，后来接到通知回京，军代表要大家畅谈收获，他一言不发。点名要他发言时，他说："五七干校没有什么好——要我们回去，不正说明问题了吗？"后来刘再复先生以"正声满学院"相挽，良有以也。

第二点，可能和考证的特点有关。考证的兴起，和怀疑同源。魏晋的怀疑主义，实质是不合作，表现为谈空说玄。唐宋元明，知识分子的出路在于应举做官，几乎谈不上怀疑和考证。理学流行，主要是"代圣人立言"。清人入关后，相当一段时间，一部分汉族读书人不屑参加科举，开辟了考证即朴学的新天地。在理学的时代，人们习惯于高谈是非而不问所以然；朴学则不然，要打破砂锅"问"到底，哪怕是天经地义，也得问它个水落石出。比较起来，这是中国传统读书人中最接近于现代理性态度和科学方法的学派。他们的共同准则是"拿出证据来"。20世纪二三十年代的知识分子，如胡适先生、顾颉刚先生，在整理国故方面，走的就是这样一条"怀疑·考证·创新"的路。这也正是世昌先生性之所近的治学之路。

1930年，世昌先生在燕京大学读二年级，发表了一篇论文：《释〈书〉〈诗〉之"诞"》。他不满足于两千年来被奉为圭臬的汉儒的解释，独辟蹊径，对《尚书》《诗经》中的全部33个"诞"字逐一解剖，找到了答案："诞"者，"当"

也，“其”也。理由“如此平常”①：“诞”和“当”同组，“当”和“其”互训。拿这把钥匙去破解《尚书》和《诗经》中的33个“诞”字，27个迎刃而解。那无解的6个字，恰恰都在所谓古文《尚书》之中，从而为证实古文《尚书》的伪造提供了新的铁证。原来是一些读不懂“诞”字的儒生，一方面把“诞”误解为“大”，另一方面又本着这一误解去伪造古经，露出了自己的马脚。这篇论文以及后来继续探讨古籍语词的一系列论文，奠定了吴世昌在国际汉学界的声誉。的确，考证之于吴世昌，正如水之于鱼。后来，是救亡图存，共赴国难，逼他走出书斋，认识了储安平诸君子，一时成了政论家，发表了《中国文化和现代化问题》等一系列有影响的时评。1962年回国，他进一步考证《红楼梦》，依据新材料，修正一些原有结论，进行新的探索，用中文写了多篇论文，结集为《红楼梦探源外编》等书。

我有幸亲承謦欬，断断续续，凡四十年，惜乎资质鲁钝，难于登堂入室。现在谨借北京出版社把《探源》（节本）编入“大家小书”丛书之机，把我所知道的一点一滴，贡献如上，或许，对年轻的读者诸君可能有所启发？

① 先生曾自撰一联，“学问只如此，真理极平常”，置诸案前。

目　录

序

吴世昌先生嘱我为《〈红楼梦〉探源》写一小序。我是《红楼梦》的一名读者，四十年来，每读是书，常有感于其成书的种种问题不可得解。吴先生此编对许多问题作了透彻系统的研究。我至爱这部18世纪的中国小说，但对中国学界近三十年论红之作涉猎未广。吴先生此书解决了我多年所望解决的问题，在明白和剀切两方面，较之我读过的其他论著，我认为都远擅胜场。比如，“脂砚斋”究属何许人也？《红楼梦》脱稿不久，他就加以评注，透出成书的许多消息。吴先生提出坚实的论据，证明脂砚是著者的叔父。再如，书未完稿而作者谢世，我自然想多多知道一些续著与原著的关系。我认为吴先生在这方面也得出了有价值的新结论。

吴先生此书之所以弥足珍贵，是因为时下在中国流行的，乃是对艺术作品与社会环境的关系的研究。研究这种关系自有其价值，何况过去全然忽略了这个领域。但是，其他领域，诸如作者生平与作品的关系，作者的生活经验升华进入作品的过程等，也自有其研究的天地。吴先生这部著作，通过爬罗剔抉的劳作，达到明白晓畅的结论，是后一学派的典型。

前八十回和后四十回语言的统一，引起学界广泛关注。吴先生断定这种统一实出于二人之笔，正与拙见相合。高本汉在《远东古物博物馆馆刊》第二十四期上撰文说：除非他俩来自中国同一地区，否则不可思议。其实他俩并非高本汉所说的“老乡”：曹雪来自南京，高鹗来自满洲。他们所以使用大体统一的语言，显然基于他们同属归化满旗的上层汉人这一事实。纯净高雅的北京话，是他们共同隶属的社会环境所使用的共同语言。高本汉说他俩非得拿出“闻所未闻的机灵劲儿”才能驾驭这一类型的口语，则未见佐证。说实在的，倘若曹雪和高鹗舍此而改用别的语言，反倒“神”了。

亚瑟·卫莱[①]

---

① 亚瑟·卫莱（Arthur Waley 1889—1966），英国著名诗人，翻译家，汉学权威。翻译过许多中国诗，多次出版译诗集。剑桥大学荣誉院士，不列颠学院院士，1956年授予勋爵。又：此序及导言均由魏畅译。——编者注

导言

发现曹霑小说的两部18世纪手抄本的消息，是在1927年和1933年公布的。两部抄本上都有脂砚斋的评语。第一部十六回，第二部七十八回，都以“石头记”为题，亦即《红楼梦》的旧名。到了1954年，这两部抄本以及其他抄本上的评语才辑录成书，出版了。至于七十八回抄本的影印，则是1955年的事。这些出版物使我确立了工作目标：作为第一步，先把一些基础性的问题彻底研究清楚，如抄本的来源和年代，抄本上的评语和注解，这些评注的写作时间和评注者，等等，以此作为进一步研究的基地。为了在七十八回本和至今尚未公之于众的十六回本[①]之间进行对照，我不得不用《脂砚斋红楼梦辑评》[②]

① 这篇导言写于1960年4月，一年后，即1961年，胡适博士收藏的十六回残本脂评《石头记》开始在台湾和香港发行。

② 俞平伯辑，上海文艺联合出版社1955年版。

以及来自其他方面的资料，自行重构十六回抄本的面貌。我的这一阶段的工作，记在本书前三卷[①]中，计十一章，完稿于1956年。

一组问题的解决，常常引起另一组始料所不及的新问题，同时也为解决诸如原著和续作，作者和续者等悬而未决的老问题带来了新的启发。这使我认识到，除非对《红楼梦》进行全面的研究，否则，其中任何一个部分都不可能得到满意的结论。这就必须占有目前可能得到的一切资料，进行详尽的和综合的研究。好在1954年至1956年中国进行关于《红楼梦》问题的讨论之后，出版了许多曹雪友人和同时代人的著作，而且大多是首次刊行。很多朋友帮我搜集到了必要的资料，其中有中国学术刊物上新发表的有关论文，使我得以在1957年至1958年继续进行后两卷的写作。根据1958年后得到的新资料，我增写了《附录三》，并在1959年对前三卷作了一些修改。

在西方大学里，《红楼梦》一直是讲授现代汉语的重要教

---

① 收入"大家小书"系列的《〈红楼梦〉探源》为作者著述全本之摘选本，此处"前三卷""十一章"，以及后文"附录三"，均指全本，读者可参"吴世昌学术文丛"之《红楼探源》（除包含全本之外，还收录了一些有关《红楼梦》的文章），北京出版社2000年版。后文中称《红楼探源》者，即指此书。

科书。因为它有较多的西方语种的新译本在陆续出版，也因为它在西方同在亚洲一样很快为越来越多的人所爱读，它无疑会取代某些古汉语课程而成为中国文学的主要教材。可惜迄今还没有对它进行全面系统的研究。希望我的尝试性的工作在目前能多少填补一点空白。不过，既然想要解决一系列的复杂问题，有时就难免讨论得详细周密一些，否则无从得出明白的结论。本书最后一章是各卷的提要和总结，供查阅之用。我希望这些提要对于准备继续研究《红楼梦》的学者也能有点用处，而不是多余的。

在研究过程中，我不得不澄清一些错误的概念，它们屡屡出现在讨论《红楼梦》问题的流行出版物中。看来，这些错误的概念恰好是影响研究者得出正确结论的主要障碍。例如，前面提到的那两部手抄本，一直被称为“甲戌（1754）本”和“庚辰（1760）本”。我不用这种容易误导的名称，径直称之为“甲本”“丙本”①，因为他们显然是甲戌、庚辰年之后很久的过

①“甲本”“丙本”是作者在英文本中为英语读者设计的“V_1”“V_3”的中文译名。考虑到用“甲”“丙”等天干名称仍易引起误解，作者后来把“甲戌本”称为“脂残本”，把“庚辰本”称为“脂京本”。因此，在翻译正文时，一律采用作者晚年审定的文本名称。——译者注

录本。“甲戌本”“庚辰本”的叫法始创于胡适博士，其实，在“甲戌年（1754）”的底本上标着“甲午（1774）”，而“庚辰（1760）本”有四种不同的底本，其中记下的最后年份却是“丁亥（1767）”。这些不合史实的标签由有“历史癖”的学者加以传播，对尔后的研究工作起了一种催眠似的作用。1950年以来，发现了更多的早年抄本，引起了公众的注意，但也仿此被贴上了标签，如“已卯（1759）本”“甲辰（1784）本”“己酉（1789）本”等。较为严肃的论文把它们称为“某某年本的过录本”，但是，即使如此小心翼翼，仍难避免误导，因为连胡博士“甲戌本”的底本也不应断为甲戌，同样，“庚辰本”的四种底本也不应一概断为“庚辰”。不太仔细的人一谈到“甲戌本”，自然而然地往甲戌年（1754）上去想，这样，在涉及与抄本年代有关的其他各种问题上，很容易顺着这条思路滑下去而不能自持。无怪乎直到1957年，仍有学者把“甲辰（1784）删改本”当作高鹗1791年“全”书前八十回的底本或“蓝本”。其实所谓“甲辰本”，是一部并未注明年份的抄本，只在序言中有“甲辰”字样而已。至于稿上所标的删改，可能是辛亥（1791）之后加在这个抄本之上的，也可能是甲辰之后加在这个抄本据以过录的底本之上的。

抄本中的大量评语也一直使人迷惑不解。除非查明这些评语作者的身份，他们与小说作者的关系以及各组评语究属何人何时所写，否则我们就无法读懂它们，它们也不会向我们提供有用的信息，帮助我们了解小说写作的计划、过程和背景。比如把评者脂砚斋错误地混同于作者曹雪，就长期堵塞了对评语进行深入探讨的道路。其后果之一是，没有一位红学家认识到，在许多回的正文之前，有作者之弟棠村所撰小序的存在，而在许多早期抄本中，这类回前小序本来是分明可见的。作者原稿的后半部分早已遗失，其中的故事与续书迥然不同，但它们却是了解作者的思想体系和他对小说的整体构思的唯一资料，然而，要对佚文中的这些故事进行钩沉，仍然只能依靠对评语的正确解释。

所有这些问题都和考证有关。对陶醉于故事情节的读者来说，也许没有太大兴趣。但是，一部伟大的作品的价值，不仅在于动人的情节，而且在于时代脉搏的揭示，在于由作者博大广阔的视野和思想所激发出来的升华的力量。因此，认真考察作者生活的环境，特别是认真研究作者本来的意图和小说宏伟的结构，是必不可少的。本书对作者本意和小说结构进行了一些钩沉，它们和现在流行的“全”本《红楼梦》很不相同，后者是在乾隆朝文字狱的政治压力下，由另一位作者高鹗加以删削、增续和编纂而成的。对于译本的读者来说，了解这一点很有必要，因为西方语种的任何译本必然以高鹗的“全”本为依据，尽管译文本身不一定全。[①]

吴世昌

牛津大学远东图书馆

1960年4月

① 以上译文，约占英文本《导言》篇幅的三分之一。其余三分之二，分别为《凡例》和《鸣谢》，译文从略。其中《凡例》共八节，即：一、编次和参考；二、典故；三、翻译；四、汉字；五、年代；六、称谓；七、译音；八、缩写。——译者注

《红楼梦》[1]研究的历史背景

《红楼梦》是中国人最爱读的一部古典小说。从乾隆年间到现在，从它的八十回未完稿传抄本到现在的影印本[2]和校注

① 此书向有许多异名：1.红楼梦；2.石头记；3.金陵十二钗；4.风月宝鉴；5.情僧录；6.金玉缘；7.大观琐录。这些异名有些代表此书早期的稿本，有些指后来的版本。现在最通行的书名是 1，即一百二十回本（包括高鹗续作的后四十回），其次是2，即高氏补作以前的本子，只有曹雪芹原作八十回。3和5是原稿早期的书名，后来没有用。4是别人给早期稿本的题名，也没有被采用。6和7是1868年以后上海某些刊本的“代名”，因是年江苏总督丁日昌把它列为禁书，出版者用这些“代名”来避免官方的耳目。自“红楼梦”成为定名后，以上这些异名都已废用，只有“石头记”，因抄本关系，偶尔还用在研究论文方面。

《红楼梦》作者曹霑，字梦阮，号雪芹、芹圃、芹溪居士，通称曹雪芹。其生卒年及平生行谊，本书另有专章论述。

② 专指1955年北京文学古籍刊行社出版的影印《脂砚斋重评石头记》，此书在下文即简称“影印本”或“影京本”。胡适藏十六回残抄本，1961年影印，以下简称“影残本”。

本，已经有70多种不同的抄本和刊本。[①] 近十年来，尤其在1954年展开了《红楼梦》问题的大辩论以后，有许多重要的专著、论文和总集出版，从思想方面的讨论批判到作者的家世，甚至其亲友的世系，都有详细的研究。[②]

在西方，早在1842年即有人翻译和介绍此书，1892年有人试图全译。[③] 1901年出版的英文《中国文学史》，作者翟理斯对于儒家五经的介绍，只有20页，而对于《红楼梦》一书，却有30页的讨论和提要，虽然他那时还不知道这部小说的作者是谁。

---

① 一粟编《红楼梦书录》（以下简称《书录》）著录抄本、刊本共72种。至1954年10月止。此后各校注本未计算在内。其重要者有1957年北京人民文学出版社刊本两册，有校记及注，1958年俞平伯编《红楼梦八十回校本》（以下简称《校本》）四册，其第三册为“校字记”，第四册为后四十回。

② 参看周汝昌著《红楼梦新证》（1953年上海棠棣出版社本，以下简称《新证》），吴恩裕著《有关曹雪芹八种》（1958年，以下简称《八种》）。周汝昌书筚路蓝缕，草创此书，虽有一些错误论断（见下文），但其收集材料之功，洵不可没。本书作者从周著得到许多帮助，特此感谢。

③ 关于西文（英、俄、法、德、意）中《红楼梦》的译文和论著书目，本书英文本附有西文书目，收译文17种，论著22种。——编者注

第一节　过去对于此书的研究

在1954年《红楼梦》问题大辩论[①]以前，对于这部小说的研究大约可分为四个时期：

第一期：从作者的时代（18世纪中叶）到1791年（乾隆五十六年，辛亥）。这时期的前八十回原稿传抄本，全部是曹雪芹的作品，并附有脂砚斋的评注，多至3000余条。这些评注几乎全部是脂砚斋所写，只有极少数的几条是别人的，评注年代可考者，从甲戌（1754）以前到甲午（1774），前后继续达20多年。在乾隆辛亥（1791）以前，所有本子，大概都是《脂砚斋重评石头记》或从脂本出来的传抄本。因为脂砚确切知道作者的生平及其家庭背景，了解此书的原有计划，又看过未失去以前的作者手稿[②]，所以他的评语深切翔实，透露出许多有关作者本人、家世和此书成书经过的消息。可是从1791年至1792年程伟元的一百二十回本《红楼梦》[③]刊行以后的100多年，实

① 关于此次辩论，参看《红楼梦问题讨论集》（以下简称《讨论集》）1—4集，作家出版社1955年版。

② 有一部分原稿在脂砚评阅时已失去，参看《红楼探源》页52。

③ 所谓程甲本，1791年印，1792年发行。同年又印行程乙本。

际上停止了八十回抄本的流传。我们必须记得，雪芹的朋友和同时人所见到、谈到、评到的《红楼梦》，都是指八十回的原本，不是现在的一百二十回本。

第二期：从1792年开始，但到何时为止，却难于肯定，也许可定为19世纪末。程氏刊行百二十回本后，此书供应数量突增，又加各地方不断翻刊，使广大的读者，立刻认识它是中国历来最伟大的一部小说。它的流传之广，为过去任何小说所未及。可是扩大了的读者群，似乎并不知道有雪芹八十回原本这回事，而那些抄本，从前在庙市售至数十金的[①]也逐渐在市场上消失。此一时期《红楼梦》的爱好者，最感兴趣的是书中故事的现实主义的描写，人物性格——尤其是女性——的铸造与分析，而尤其重要的，是一反传统小说的布局。他们对于此书的赞美——常常用诗词的方式——是一致的。只有一些头脑冬烘的道学先生是例外，那些人板起一本正经的脸，并不问这书的真正价值，却特别关心恋爱故事对于年轻人的影响。[②]在19世纪后半叶，北京流行的《京师竹枝词》中竟有：

---

① 见程甲本，程伟元序。

② 例如毛庆臻《一亭杂记》："乾隆八旬盛典后，京板《红楼梦》流行江浙……其书较《金瓶梅》愈奇愈热，巧于不露，士大夫爱玩鼓掌。传入闺阁，毫无避忌。作俑者曹雪芹，汉军举人也……然入阴界者，每传地狱治雪芹甚苦。"原书未见，据《新证》，页532引。

开谈不说红楼梦，
纵读诗书也枉然。

的口号[①]，其受人爱好可以想见。现在所说“红学”这个名词，也在 1875 年左右在北京文人中出现。从 18 世纪末年起，许多崇拜此书的作家，用一种很别致的方法来对此书表示关心或称赞。他们连续不断地写了大量的“仿制”，每一本的宗旨是要成为《红楼梦》的后半部，什么红楼“后梦”“复梦”“圆梦”“再梦”“幻梦”，层出不穷。因为同情宝玉和黛玉，这些作家们都想改变书中悲剧的结局，使宝玉和黛玉在他们各种各样的“梦”中团圆。可是这些续作，都经不起时间的考验，现在大都不见了。但是，虽然 19 世纪的读者对《红楼梦》有极大的兴趣（也许正是因为太大的兴趣），却很少人去研究此书作者的生平。有的批评家对他本人毫无所知，有的甚至不知道此书的作者是谁。因为对于作者的漠不关心，自不免对于此书的背景也茫然无所知。越到后来，此书受读者的欢迎越广泛，研究此书作者和背景的人越少。因为那时认识《红楼梦》作者并且知道他在什么情况

① 杨懋建《京尘杂录》卷四，《梦华琐簿》，页34，据《新证》，页528引。

之下写此书的那些朋友都已死去，连他们的集子，其中偶尔记录雪芹事迹的，也逐渐被人忘记。就这样，第二期以《红楼梦》的突然畅销开始，以忘记它的作者终止。这以后，有些人提出许多说法，试图追踪书中背景或大旨[①]，但这些说法既难令人相信，也不受人们的重视。

第三期的特点是关于《红楼梦》书中大旨的新说法的出现。在19世纪的末期，对于清朝政府的不满（恰好《红楼梦》中所写的又偏偏是一个“满式”大家庭的衰落），结合了一般中国人的民族革命思想的兴起，产生了这样一派的看法：正如同《儒林外史》是对于作者同时人的讽刺，所以《红楼梦》是18世纪一部反清的政治小说。这派的主要代表是蔡元培，他相信书中许多人物和故事是影射乾隆时代许多文人的生活，因此费了许多劳力去找出他所认为是被影射的历史人物。[②]但这第三期的猜谜式研究并没有继续多久，胡适在1922年印出了他的《红楼梦考证》以后，这一派的说法便很少有人相信。胡适虽然驳斥了猜谜式的“影射说”，但代之以“自然主义”的“自传说”，他虽然对此书做了许多“考证”，但未弄清考证学上最

---

① 参看蒋瑞藻《小说考证》，页157~164，页556~557。

② 蔡元培（1867—1940）《石头记索隐》，页6，页14，页15，页22，页25，页32等，上海商务印书馆，1935年第12版。

根本的年代基础，以致许多结论（尤其是关于抄本的年代）陷入谬误[①]，造成后来对于《红楼梦》研究无数的困难，增加了许多不必要的混乱。

从1922年到1954年大辩论以前，周汝昌的《红楼梦新证》的印行（1953）也许可称为历史上的第四期。在此期中有些《红楼梦》的旧抄本和作者朋友们的著作为少数“红学家”例如胡适、俞平伯所知。对这些所谓“珍秘材料”的占有，使他们被别人尊为这门学问的“权威”。胡适在他的“考证”里痛驳蔡元培的“影射说”，称之为“笨谜”，并且，由于顾颉刚和俞平伯二人替他找来的材料，发现了这书的作者是曹寅的孙子曹雪芹，是正白旗的汉军旗人，他大概生于1712年（康熙五十一年），这是一部“自传性”的小说，写于1765年左右，但他不久死去，书未完稿，后四十回为高鹗续作，成书于1791年程甲本印行之前不久。[②]

关于研究《红楼梦》的初步工作应该首先考证“作者之姓

---

① 例如他的十六回残抄本中，明明有“乾隆甲午（1774）八月”的日期，他却硬说是“甲戌（1754）本”。评者脂砚斋在1774年还活着，其时雪芹已死20年，胡适却说评者即是作者。这些问题，下文要仔细讨论。

② 胡适《红楼梦考证》（以下简称《考证》），见亚东1927版年图书馆版《红楼梦》页1~94。

名与其著书之年月”，最先是王国维先生提出来的。[①]胡适对于前辈学者，如王梦阮、蔡元培诸人，找着他们的错，攻击不遗余力，但他考证《红楼梦》作者及著书年月等问题，走的是王国维最先提出的路子。而他在《红楼梦考证》的末段说：“以上是我对于《红楼梦》的‘著者’和‘本子’两个问题的答案。我觉得我们做《红楼梦》的考证，只能在这两个问题上着手。”——他只字不提王国维，仿佛这是他的创见。

说到《红楼梦》的作者和前后两部分的本子，当然也不是胡适的新发现，虽然在传播曹雪芹家世和反对“影射说”方面，他有一定的功绩，但他自夸他的“科学的考证方法”，于是造成一种印象，似乎他是第一个发现《红楼梦》作者的人。其实，除了他自己引证的袁枚的不甚正确的《随园诗话》[②]以外，有许多毫不含糊的材料，说到《红楼梦》及其作者。可是在他写《考证》时，似乎都没有看到。现在略举如下：

① 李放《八旗画录》：“曹霑，号雪芹……工诗画，为荔轩（曹寅号）通政文孙。所著《红楼梦》小说，称古今平话

---

① 见王国维《红楼梦评论》末段：“而《红楼梦》自足为我国美术上之唯一大著述，则其作者之姓名与其著书之年月，固当为唯一考证之题目。”

② 《随园诗话》卷二：“其（曹楝亭）子雪芹，撰《红楼梦》一部，备记风月繁华之盛。”

第一。”[①]下引敦敏诗。

② 蒋瑞藻《小说考证》引《能静居笔记》：“曹雪芹《红楼梦》，高庙（乾隆）末年，和珅以呈上……高庙阅而然之。”[②]（《拾遗》）

③ 思华《八旗艺文编目》：“《红楼梦》一百二十回，汉军曹霑著。高鹗补。曹霑字雪芹，又字芹圃，曹寅孙。”（子部页48）[③]

④ 邓之诚《骨董琐记》引满族文人西清著《桦叶述闻》卷八：“《红楼梦》始出，家置一编，皆曰此曹雪芹书；而曹雪芹何许人？不尽知也。雪芹名霑，汉军也。”（卷八，第10页）

可见，要说明《红楼梦》的两部分为曹雪芹和高鹗所作，并不是什么了不起的大发现。按《桦叶述闻》后文还引了敦敏、敦诚有关雪芹的诗句，敦敏“燕市哭歌悲遇合，秦淮风月忆繁华”与《懋斋诗钞》（1955年文学古籍刊行社影印北京图书馆藏本）稿本原诗相同，但与后来铁保收入《熙朝雅颂集》（1805）的改本不同，可见作者西清所据材料很可靠。邓

① “云在山房丛书”后编卷中。

② 蒋瑞藻《小说考证》，页556，1957年古典文学出版社版。

③ 原书未见，据《新证》，页447引。

先生的《骨董琐记》是当时常见的书，胡适在别处也曾征引，但在“考证”《红楼梦》作者时，他却没有引。

在1927年有一个收藏家要出让一部残抄本《脂砚斋重评石头记》，有人要卖给胡适，他“以为‘重评’的《石头记》大概是没有价值的”，所以当时竟没有回信。不久，“新月书店的广告出来了”，胡适这才“出了重价把此书买了”。[①]新月书店的“广告”说什么，胡适没有说，我在海外也找不到。但新月是出版商，并非贩卖旧书的铺子，它的广告当然是预告重印此书的出版消息，预约发行。[②]这个稿本如果给新月印出来，便不成秘本，大家都可以研究了。所以先以为“没有价值”的本子，一见到有广告要印行，他便不惜“重价把此书买了”。从此以后30多年，这抄本变成了红学权威绩溪胡氏的“枕中鸿宝”。

这个《脂砚斋重评石头记》的残本共十六回（一—八，十三—十六，二十五—二十八）。胡适在他的《考证红楼梦的新材料》一文中，竟说他的“脂本抄于甲戌（1754）”[③]，又说，“我

---

①《胡适文存》（1930年上海版。以下简称《文存》）三集，页565。

② 据胡适1961年在《跋乾隆甲戌脂砚斋重评石头记影印本》中解释是指胡适友人开办新月书店的广告。——编者注

③《文存》三集，页573。

看了一遍，深信此本是海内最古的石头记抄本。”[①] 从此以后，这个本子便一直错误地被称为“甲戌本”。他虽没有说脂砚斋是不是就在这个本子上写他的评注，但在“脂本抄于甲戌”的下文，接着说“其‘重评’有年月可考者，有第一回（抄本，页10）之‘丁亥春’（1767），有上文已引之甲午八月（1774）”。现在的问题是：这个本子上的评语是不是出于脂砚亲笔？[②] 如果是的，则其年代很容易确定；如果不是，那就不能把抄录年代提到此本最初收藏者所写的日期之前，也就不能说这是“海内最古的抄本”。因为即使在那时，有正书局用以石印的那个戚蓼生序本[③]，由于它只有最初的一些脂评，也许更要“古”些。这个十六回脂评残本的年代问题，只要影印出来，便可解决。但直至1961年2月[④]，它依然是胡博士的“枕中鸿宝”，没有见天日。他那篇文字，目的在给读者一个含糊

① 《文存》三集，页565。

② 胡适在此文中，说到脂本的“原底本”（页586），但他又相信“原底本”的“许多评注全是作者自注的口气”（页588），暗示他所谓“原底本”是指作者原稿，所以他的“甲戌本”是脂砚亲笔评注的本子。《红楼梦》的英文译者王际真，便在引言中说“这是1975年脂砚斋手抄本”（见1929年王译本引言）。

③ 即有正本，由北京人民文学出版社在1958年加以标点，重印为《红楼梦八十回校本》的第一、二册。

④ 即拙著英文本On The Red Chamber Dream出版之日。同年夏，脂残影印本在香港发行。

的印象：这是脂砚亲笔的评本。

在1933年胡适又发表了一篇《跋乾隆庚辰本脂砚斋重评石头记钞本》[①]，由原书之巨和脂评之多，反衬出胡适那篇文字可惊的贫乏。可是在那里，他居然也透露出一个消息：原来这个七十八回的抄本，和他的一向夸为“甲戌本”的十六回残本，都是过录脂评本的抄本。（而它们的底本，又是作者原稿的抄本。）另外，他又发现了评者“脂砚斋即是曹雪芹自己”，“‘脂砚’只是那块爱吃胭脂的顽石”，“‘脂砚斋评本’即是指那原有作者评注的底本，不是指那些有丁亥甲午评语的本子”。[②]他先用“自传说”把曹雪芹和贾宝玉等同起来，又用“爱吃胭脂的顽石说”把脂砚斋变成了曹雪芹。这条公式看来既方便，又可信，也很动人。无奈就是这位“脂砚斋”，在他的“海内最古”的“甲戌本”第一回中，用朱笔写着这样的评语：

---

① 见《胡适论学近著》（以下简称《近著》），页403~415，上海商务印书馆1934年版。此抄本原为徐星署藏，今在北京大学图书馆，由北京文学古籍刊行社影印，1955年出版，以下称为“脂丙本”（即脂京本——编者注）。

② 见《近著》页408~409。但此“甲午”评语中明明说“一芹一脂”，若依胡适所说，这条不是脂评，又是谁的评语？

壬午除夕，书未成，芹为泪尽而逝。余尝哭芹，泪亦待尽……今而后惟愿造化主再出一芹一脂，是书何幸，余二人亦得太快遂心于九泉矣。甲午八月泪笔。[①]

这个记雪芹逝世的“壬午除夕”，是胡适据以考订雪芹生卒年的主要论据[②]，他的许多别的考据也是依此卒年而来的。他居然这样容易用“脂砚即曹雪芹”这支矛，来刺破他的一切考据的盾。似乎他在1933年见了“庚辰”本，就忘记了自己在1928年根据“甲戌”本所写的大作，因为当他贡献这个新的“大胆的结论”（不是“假设”）的时候，并没有“小心的”在“海内最古抄本”中“求证”，而且也没有说明他这个矛盾应该如何解决。

近年关于《红楼梦》问题的讨论是由于俞平伯的《红楼梦研究》（以下简称《研究》）《红楼梦简论》和周汝昌的《红楼梦新证》这几本书所引起的。俞先生在《研究》一书中认

① 《文存》三集，页569。俞平伯《脂砚斋红楼梦辑评》（以下简称《辑评》，1955年上海文艺联合出版社版）页41。“何幸”误抄作“何本”，俞平伯改为“何幸”，是也。由此可证十六回残本脂评传抄误字，绝非脂砚亲笔评本。胡适引上文时故意不引下一段，因为如引此段不免露出错误马脚来，他就不能夸为“海内最古抄本”了。

② 其实他的考据以及别人相信他这个考据的种种说法是错的，说详后。

为《红楼梦》不过是一部曹雪芹“感叹自己身世”的书（页105），它是为“情场忏悔而作的”（页107，页124），它“是为十二钗作本传的”（页110）。俞先生又试图解决《红楼梦》的地点问题（页129~139）、曹著后半部原稿中许多女子的结局问题（页140~172），但没有得出明确可信的结论。在思想方面的辩论中，对于俞氏主要的批评是，他完全忽视了《红楼梦》在社会和政治方面的意义。如作者用现实主义的作风所描写的他自己所属的封建阶级，他对于贵族家庭的无情的暴露和厌恶，对于不合理的社会制度的反抗，和他最后对于这个腐朽阶级，用出走的方式，与之断绝关系。俞先生对于书中女主角林黛玉和别的女子的性格，用真假的说法，加以歪曲的解释（如“两峰对峙双水分流，各极其妙莫能相下”，页112），对于琐细的故事加以烦琐的考据（如怡红院群芳开夜宴图说，页227~244），因而忽视重要的问题。这些批评，大多数是有其道理的，它们只不过说明了明显的事实，只是有些批评者的态度，其实可以不必那么过火。[①] 至于对周汝昌《红楼梦

① 例如有一位批评者甚至牵扯到俞氏先人的《春在堂全书》（见《讨论集》）。在人民内部的学术讨论中，这种态度是欠严肃的。这并不是说《春在堂全书》不可批评，但批评者用它来奚落俞先生，这是不对的。又有人说他霸占珍秘材料，也是没有的事。如上文所述，霸占材料的是胡适，不是俞先生。相反地，俞先生对脂评，有流通传播之功。

新证》一书的类似的批评，却有些不大公平，或不切本题，因为周先生的《新证》，主要贡献在于收集曹雪芹的家世和当时人的史料，并不是一部文艺批评的著作。假使说他不该写这样一本书，因为书中没有谈到某些重要问题，那就像批评一个桥梁建筑师说他没有建造足够的工厂。如果要批评周书，应该检查他的材料是否正确、可靠、有用、相关；评判他对于这些材料的处理、解释和应用是否合乎科学的辩证法，这些材料和解释对于《红楼梦》的了解和研究有无帮助。[①] 凡是根据这些观点来批评周氏之书，都是比较正确的。

第二节　脂砚斋评抄本五种

俞先生在研究《红楼梦》时，曾收集各抄本及有正本中的脂砚斋评语编为一集，而1954年出版的《脂砚斋红楼梦辑评》（以下简称《辑评》），所辑脂评根据下列五个本子：

---

① 李希凡和蓝翎二位对于《新证》的批评者有很好的批评，对于《新证》本书也有适当的估价，见其所著文《讨论集》二集，页255。

1. 脂评甲本[①] 过录乾隆“甲戌”（1754）[②]《脂砚斋重评石头记》残抄本十六回（一—八，十三—十六，二十五—二十八），刘铨福旧藏，1927年归胡适。

2. 脂评乙本 过录乾隆“己卯”（1759）“脂砚斋凡四阅评过”[③]残抄本三十八回（一—二十，三十一—四十，六十一—六十三，六十五—六十六，六十八—七十）。

3. 脂评丙本 过录乾隆“庚辰”（1760）“脂砚斋凡四阅评述”残抄本七十八回（一—六十三，六十五—六十六，六十八—八十，所缺六十四，六十七二回经抄补），北京大学图书馆藏，北京文学古籍刊行社1955年影印。

4. 脂评丁本 过录“乾隆甲辰（1784）梦觉主人序”本八十回全抄本。解放后在山西发现，亦称山西抄本，文化部藏。

5. 脂评戊本 有正书局1912年、1920年、1927年石印戚蓼生（1732—1792）序本八十回。俞明震（1860—1918）旧藏。其正

---

① 这里所指“脂评甲本”及下文的“脂评乙本”“脂评丙本”……只是沿用俞氏提到这些本子时所用的次序。“甲”字并非“甲戌”的简略，下同。参看下面的注。

② 过去一般用胡适的定名“甲戌本”，这是错误的。这个“脂评甲本”所过录的底本，也不一定即是“甲戌”年的稿本。即使称之为“过录‘甲戌本”也不一定是正确的。现姑用此名，暂加引号，以资区别。（余详后文）下面称“脂评丙本”为“过录‘庚辰’本”，理由同上。

③ 原书未见，据与脂评丙本比较，其原题应如此。参看《辑评》页8。

文即俞平伯校订的《红楼梦八十回校本》的底本。[①]

俞氏所定这五个本子的次序，他大概以为是按时代排列的。其实“甲戌”“庚辰”这些表明年份的干支名称，根本不能表示那些本子的年代。用作本子的名称，只能迷惑读者，使他们误信某一本子即为其干支年份的抄本（说详下）。在校辑这些脂评的过程中，俞先生说：“2、4、5都在我手边。1我现在有的是近人将那本脂评过录在已卯本上的。3藏西郊北京大学，我有它的照片。”（《辑评》页8）上列五本中，最重要的是“脂甲（残）”和“脂丙（京）”。“脂甲（残）”虽只残存十六回，但它在行间和眉端有许多朱评，有的还记录了写评时的年月。“脂丙（京）”本的重要性是很显然的，因它不仅是五种脂评抄本中最长的一部[②]，而且评语最多，从十二至二十八回，又有不少后加的朱批，其中有许多记录了年月和评者的签名。“脂残”和“脂京”二本中的朱评并不全同，可见它们的来源是两个不同的脂砚斋底本。其余“脂乙（配）”“脂

① 关于各种脂评本的定名，作者经过慎重考虑，在此后的写作中，不再用任何数字或序数替代，以避免误会。故1改称为脂残本，2改称为脂配本，3改为脂京本，4改为脂晋本，5称有正本或脂戚本。为求统一，本书改用新名。参看《红楼探源》中《残本脂评石头记的底本及其年代》“引言”及有关的注。——编者注

② 脂晋本虽比它多两回，但评语已大量被删，正文亦经删改。

丁（晋）”“脂戊（戚）”三本，虽然有脂砚斋早期的评语，用墨笔双行小字抄在正文之中，但在传抄过程中曾受删削，其存者又大都与“脂残”“脂京”两本的双行墨评相同（其不同者只是一些无关紧要的误字）。在“脂戚”中，另有一些附加的评语和诗词，但似乎出于后人之笔，[①]那些作者对于雪芹及其身世并无所知，所以这些附加材料在研究上无甚价值，有时反而眩惑读者，引起混乱。

在《红楼梦》问题的讨论中，俞先生曾主张将以前胡适所视为奇货可居的“脂评”，“打算流通它，以备公众的参考”。[②]现在这个提议已经实现，读者大众自应感谢俞先生的校辑工作。有了这样丰富的、由作者传下来的材料，我们本可据以研究曹雪芹写作《红楼梦》的原来计划和结构，以及他本意准备怎样完成它的后半部。可是，脂京本的影印和《辑评》的刊布所提出的新问题，比它们所能解决的旧问题更多。最重要的是：

1. 这些抄本的底本的情况是怎样的？

2. 这些抄本和它们的底本的时代应该怎样确定？

---

① 有正石印本前四十回眉批均为有正主人狄葆贤（平子）所加。其1920年本卷五里封面并有广告征求批评。见一粟《书录》，页13。

② 见《讨论集》二集，页314。

3. 脂砚斋是谁？他和雪芹有无亲属关系？那个署名畸笏老人的评者和脂砚斋是一个人还是两个人？

4. 脂砚的意见怎样影响作者？影响到什么程度？

5. 从脂评中可以推见作者原稿的内容到什么程度？

从最后一点，我们也许可以探测许多久未解决的老问题。例如：① 作者原稿的失去部分的内容是怎样的？② 他全书原来的布局和书末的收场是怎样的？③ 高鹗为了他自己的后四十回，怎样改变曹著的前半部内容？④ 最后，把可能复原的曹著后半部内容与高著后四十回比较，可以看出二人在思想上如何不同？由此我们可以对前八十回和后四十回作出比较正确的评价，对曹雪芹和高鹗的思想和文学造诣加以鉴别，不至于在批评时把二人的思想混同起来。别的有关《红楼梦》本身及其作者的各种问题，以前未经解决的，在此书中也将加以考察。下文关于《红楼梦》正文及脂评的必要的校订，将限于“脂残”“脂京”两本，[①] 因为其他各本未经影印，手头现有的重印材料似不足据以校订。比较八十回曹著原文及高氏删改后（程乙本）的前八十回，也将以影印的“脂残”“脂京”两本为根据。

---

① 本书英文本出版半年后，脂残本影印出版。但此影残本恐一时不易见到，故在本书征引时（指作者自译中文本时。——编者注）并用俞氏《辑评》及影残本。

作者探源

作者的生卒年

第一节　雪芹的卒年问题

雪芹的生年，到现在还没有人确切知道，但对于他的卒年，却有许多说法。胡适在1922年得到敦诚（1733—1791）的《四松堂集》的一个抄本，他在集中找到敦诚一首挽曹雪芹诗，系年甲申（1764），原诗如下：

> 四十年华付杳冥，哀旌一片阿谁铭？孤儿渺漠魂应逐（自注：前数月，伊子殇，因感伤成疾），新妇飘零目岂瞑！牛鬼遗文悲李贺，鹿车荷锸葬刘伶。故人惟有青山

泪，絮酒生刍上旧坰。[①]

诗中“四十年华”一语，意义含糊，可以解成“年只四十”，也可说是“四十几岁”，胡适以为四十不必是整数，雪芹卒时大概是四十五或不足此数。[②] 1928 年他又在脂残本中发现一条评语说：“壬午除夕（1763 年 2 月 12 日），书未成，芹为泪尽而逝。”末有“甲午（1774）八月泪笔”字样。于是胡适改变他的旧说，把雪芹卒年定为“壬午除夕”，并假定雪芹“死时年四十五，生时大概在康熙五十六年（1717）”[③]。胡适定此生年，使雪芹在南京住至 12 岁左右，能见其父曹頫在织造任内时曹家盛况。有些人同意他所定的雪芹卒年，但对其所定生年，则多表怀疑。[④]

解放以来，雪芹友人的一些集子陆续影印刊本，其中有敦

---

① 原诗不见于影印刊本《四松堂集》。胡适引自其所得抄本。吴恩裕《有关曹雪芹八种》页5引此诗，列入《四松堂诗抄》。又在《鷦鷯庵杂诗》页17，另有挽雪芹二首，一首即此诗，而第一、三、四、七、八各句均有差异。第二首云：“开箧犹存冰雪文，故交零落散如云。三年下第曾怜我，一病无医竟负君……”原诗在集中页53。

② 《考证》，页84。

③ 《文存》三集，页569~570。

④ 如《清代名人传略》（英文）页737，即以雪芹卒于1763年2月12日，但无生年。

敏（1728—1796以后）、敦诚兄弟的诗文集。二人为英王阿济格后裔，与雪芹交往甚密。敦敏在癸未（1763）有一首五律，题为“小诗代简寄曹雪芹”，是约他在“上巳前三日，相劳醉碧茵”。其时为1763年4月12日。[①] 集中另一诗，题为“河干集饮题壁，兼吊雪芹”，可定为甲申（1764）。据此二诗，及上述敦诚吊雪芹诗，周汝昌先生断定雪芹卒于癸未（1764年2月1日）而非壬午除夕。脂砚之批写于甲午（1774）八月，已在雪芹卒后十年多。卒于“除夕”，当然容易记得，也不会错，但以干支纪年上推，便不简单，容易致误。脂砚显然算错了一年。周氏所定雪芹卒年[②] 是正确的。我们还须记得，脂砚此时已80多岁，记忆力大概也不太好了。

当1928年胡适把雪芹卒年从甲申移到“壬午除夕”，他也见到敦诚的诗与脂评不符。但他解释道：“敦诚的挽诗作于一年以后，故编在甲申年，怪不得诗中有‘絮酒生刍上旧坰’的话了。”[③] 他把末了“旧坰”二字，视为当然等于“旧墓”。胡适平生痛恨律诗，常把律诗和“八股、小脚、鸦片”相提并

---

① 原诗见《懋斋诗钞》，页92，“上巳”为旧历三月三日。是诗周汝昌定为癸未（《新证》，页167），今按其说可信。

② 《新证》，页168。

③ 《文存》三集，页570。

论，而敦诚的诗却偏偏是七律，因此他没有去弄懂这句诗的意义。

我们先看这末句二字。“旧”字当然毫无疑义，但“垧”决不能解为“坟墓”。它只有一个意义，即《尔雅》“释地”所释：“林外谓之垧。”《鲁颂·駉》“在垧之野”正是此义。“旧垧”只能说是“郊外那个老地方”。因为雪芹住在郊外，死在郊外。如果他恰好也葬在那里，并不能证明他的“墓”和那块地方一样“旧”。[①]

这句诗的关键在“絮酒”“生刍”两个典故。二语俱见《后汉书》卷五十三《徐穉传》。李贤注《后汉书》引谢承（后汉）书说：

> 穉（96—168）诸公所辟，虽不就，有死丧负笈赴吊。常于家预炙鸡一只，以一两绵絮渍酒中，暴干，以裹鸡。径到所起冢墜外，以水渍绵，使有酒气。斗米饭，白茅为藉。以鸡置前，醊酒毕，留谒（名刺）则（即）去，不见丧主。

① 参见《讨论集》二集，页186。王瑶先生在其文中提到曾次亮先生曾同样地指出“‘垧’字只当‘郊野’讲，并没有‘坟墓’的意思”。注明曾氏之文原载1954年4月26日《光明日报》。但王氏未言曾文中对雪芹卒年作何结论。曾氏原文未见。（在《红楼梦探源外编》，页61，作者提及曾氏以天文及气象学证据，证明懋斋诗确作于癸未。——编者注）

本传正文说：

> 及（郭）林宗有母忧，穉往吊之，置生刍一束于庐前而去。众怪，不知其故。林宗曰："此必南州高士徐孺子也。诗不云乎：'生刍一束'，'其人如玉'？我无德以堪之。"

观此二事，"絮酒""生刍"都是在初丧赴吊时的典故，绝不是墓已变"旧"的吊唁。"絮酒""斗饭"放在"冢隧外"，其时墓道尚未填土，故可见"隧"。"生刍"置于"庐前"，庐正指表丧庐。徐穉不会等郭林宗的母亲死了一年多才去吊丧。敦诚诗中的"旧垧"，只是指雪芹生前和他常会见的郊外那个老地方而已。只要把原句看懂了，就不会误解这是雪芹死后一年多才作的挽诗。在情理上，也没有人等朋友死了一年多才去挽他。

再从诗中第三句自注，我们知道敦诚在甲申（1764）写这挽诗的数月前，雪芹还活着。后因他儿子夭折，才"感伤成疾"。怎么"数月前"才得病的雪芹，在"一年余"以前已经死了？胡适这种"病在数月前，死在一年前"的方法，恐怕连爱因斯坦也算不明白！由敦诚这条自注，更可断定雪芹卒时绝在癸未除夕。从雪芹得疾到他卒后埋葬，敦诚写此挽诗，为时总共不过数月。假使他的病绵延了数月之久，则此诗竟是甲申新春所作，去雪芹之死可能不过几天。[①]

敦诚这首挽诗很重要，其中还包含一些消息，向来很少人注意到。即如第六句："鹿车荷锸葬刘伶"，似未有人正确了解其原意。刘伶是晋代善饮的诗人，常携一壶酒，乘鹿车到处游历，令其仆"荷锸"相随，对他说："死便埋我。"[②]刘伶与雪芹有许多相像的品格：二人都反对儒家哲学，厌恶官僚生活，都有爱好道家自由生活的倾向，坚决反抗他们所处时代中传统的、不合理的封建社会制度，特别是所谓礼教。二人都爱喝酒，反对庸俗思想，他们的诗文在其时代中都很突出。敦诚这联诗中上句"牛鬼遗文悲李贺"指雪芹，下句则指他自己，在这里他记录了一件事实：

跟在鹿车后面扛着锹，（我）葬了一个"刘伶"。

---

① 此文写后见吴恩裕先生《四松堂集外诗辑跋》引敦诚原诗初稿异文，第二句为"晓风昨日拂铭旌"。吴氏据此说："可见敦诚的挽诗是雪芹癸未除夕死后过了年甲申送葬时所作，距雪芹死期是极近的了。那么，流传的挽曹雪芹诗在《四松堂诗抄》中标明是甲申年第一首诗，决不是无理由的。"（《八种》，页31）其说与我所考不谋而合。

② 《刘伶传》，见《晋书》卷四十九。

这是说，埋葬这位善饮的诗人（雪芹）的，正是这首挽歌的作者（敦诚）。当然，他不必扛着锹去挖土。他是生活比较优裕的宗室，又是很能了解和敬爱雪芹的好友。雪芹病时无力延医，已使他深感“竟负君”之痛[①]，雪芹死后只剩下一个寡妇，葬费比医药费大，更是问题。他在挽诗中用刘伶命仆“荷锸”的典故，乃自谦为雪芹之仆。盖雪芹身后萧条，由敦诚、敦敏兄弟营葬[②]，他不欲明言其事，但也要在诗中表示他与雪芹是生死之交，恰好雪芹也以嗜酒知名，刘伶的典故用在这儿正合适。胡适得到《四松堂集》的抄本最早，首先看到此诗，却对此句熟视无睹，不著一语。周氏在讨论雪芹卒年时引此句，接着说“则雪芹之逝，可能为除夕纵酒狂饮而猝亡”[③]，也无根据。敦诚明明说他因子殇而伤感成疾，病中无医而卒。周氏因诗中说到刘伶，遂有此联想，但谁知道刘伶死于哪一天，是否“狂饮而猝亡”？

---

① 《八种》所引敦诚挽诗之二。

② 敦诚在此诗第二句提出一个没有回答的问题：“哀旌一片阿谁铭？”下联即说他子死妻寡。其实回答即在“鹿车”一句。因铭哀旌正是葬礼的一部分，谁为他营葬，即为他铭哀旌。此挽诗可做雪芹丧葬的史料。

③ 《新证》，页436。

第二节　雪芹的年龄

雪芹的卒年考定以后，他的生年可以从他的年龄而定。但除非我们把敦诚的“四十年华”认定为40岁，否则似无法知道他卒时究竟是几岁。周氏对于曹氏家世，曾费极大劳力，铺陈有关材料，[①] 但他论到雪芹年龄，则只能把敦诚诗句从字面呆看，认定雪芹卒时“年四十岁”[②]，并逆推其生年为雍正二年（1724）。[③] 应该指出，在诗中表示数字，夸张或少说实为修辞上常有之事，原不足怪，而律诗由于平仄字数的限制，尤难

① 《新证》，第六章“史料编年”，页206~457。

② 同上书，页434~435。

③ 同上书，页416。

正确表达数字——因为诗究竟不是数学方程式。[①] 在以雪芹比李贺（年28）那一句中，敦诚在着重表示雪芹死时很年轻，所以如果他把雪芹年龄说得小些，也可理解。但他并未故意把雪芹年龄说小，因“四十年华”可指40多岁。[②] 如果我们接受周氏所定雪芹生年，则其难解的成分将较可信的成分更多。

第一，我们知道在甲戌（1754）以前，脂砚第一次评《石头记》时，作者已在“楔子”中说，他“于悼红轩中披阅十

① 在讨论雪芹生卒年一章（《新证》第五章，页167~203）中，周汝昌说：“假如雪芹真个活了45岁，敦诚为什么不写成‘四五年华付杳冥’而非作‘四十’不可呢？事实上，不但‘四五’，除去‘四三’平仄不调外，从‘四一’到‘四九’，敦诚都可以写，而他单单要写‘四十’，足见不是无故。这是不能推诿为‘举成数而言之’的。”他没有想到在中国旧诗词中，两个数字并列在一起，并不是十进的排列，上数代表“十”位，下数代表“个”位；而是上下二数相乘。例如《紫钗记》第四出说“二八年华”“三五婵娟”是说“十六”或“十五”岁，绝不是28岁或35岁，“三五明月夜”是说“十五”晚上，绝不可能指某月的“三十五日”。如果敦诚说“四五年华”那只能算20岁，不能如周氏希望，指45岁。如欲表示几十几，则“十”字不可少。例如段成式诗：“三十六鳞充使时，数番犹得裹相思。”宋元宪用同一典故，却说“私书一纸离怀苦，望断波中六六鳞”。清人用此者，如黄叔琳送孙文博诗云：“可能裁得相思锦，六六红鳞寄莫迟。”可说“三十六”，也可说“六六”，但不可说“三六”，因为“三六”便成“十八”，不是“三十六”。相传宋江在李师师家所填《念奴娇》有“六六雁行连八九，只待金鸡消息”之句，以六六加八九，合成108人。

② 清初学者似有把死者年龄说得小些的风气，例如敦诚卒时年五十八，但纪昀在《四松堂集》序中说他“甫五旬余而奄化”。

载，增删五次”。[①] 如依周氏所订生年，则雪芹开始写此书时，尚在20岁以前。[②] 这在极聪慧早熟的作家，虽非全不可能，但极不平常。尤其是像《红楼梦》这样的著作，作者若非博极群书，对古典文学有深厚的修养，很难写出如此伟大成熟的作品。二十上下的青年，可以写出感情丰富、文字俊美的诗词，但要20岁以前就如此饱学，即使能“一目十行”，毕竟还受时间上的相当限制。

第二，第三十八回黛玉吃了螃蟹要烧酒喝，脂砚在评中问作者道：“伤哉！作者犹记矮𩏂舫前以合欢花酿酒乎？屈指二十年矣！”[③] 这是一条双行小字墨评，与脂京本正文同抄，是脂砚的“初评”或“再评”。如为“初评”，则在甲戌以前，如为“再评”，则在甲戌（1754）。[④] 依此上推20年为1734年或者更早几年。若依周氏所推生年（1724），则作者彼时仅十岁或七八岁。十岁以下的孩子，似乎不会酿酒，即便会，也是儿戏，这酒大概也不会用在宴会中。照周氏年表，此

① 第一回，故事前文，各本皆同。

② 《新证》，页426谓“雪芹始草《红楼》”在1745年。按以甲戌（1754）上推10年为1744，若生于1724，则1744为20岁。

③ 影京本，页878，参看《红楼探源》页141。

④ 1754年以后各期脂评中间相隔年数如下：1754—1756—1759—1762—1765—1767—⋯⋯—1774。参看《红楼探源》第五章表3。

事发生在乾隆元年（1736），字号调整时雪芹13岁。[①]但我们无法相信周氏年表，因其所定年份与脂评不符。

第三，第十三回秦可卿死时警告王熙凤，说到那句“树倒猢狲散”的俗语，[②]此段眉端朱批说：“‘树倒猢狲散’之语，全（今）犹在耳，屈指卅五年矣。哀哉！伤哉！宁不痛杀！”秦氏此语是曹家的“典故”，因为这是曹寅爱说的“口头禅”，是他西堂中的座客常常听到的。施瑮的《隋村先生遗集》卷六，页16有《病中杂赋》，其第八首末二句云：“廿年树倒西堂闭，不待西州[③]泪万行。”自注云：“曹楝亭公时拈佛语对座客云：‘树倒猢狲散。’今忆斯言，车轮腹转。以瑮受公知最深也。楝亭，西堂，皆署中斋名。”[④]曹寅这句“口头禅”后来竟成谶语！雍正五年（1727）曹頫免职，“树倒”，次年被抄家，“猢狲散”了。但雪芹当然不可能从他祖父那儿听到这话（曹寅死时他还没有生），一定是后来别人相传此话，他才听到的。脂砚也曾听到别人转述此话，而且他知道雪芹也听到

---

① 周汝昌以小说逐回比附想象中的雪芹平生事迹，致有此表。见《新证》，页182，页189。

② 影京本，页274。

③《晋书·谢安传》记谢安死后羊昙醉后误经西州门（安病舆所经）而恸哭的故事。

④《新证》，页393引。

此话；因为这条批语，不是写给不知道曹家这个典故的“读者诸公”看，而是给熟悉这个典故的作者及其亲友看的。这条朱笔眉批，壬午年（1762）所写，[①]依此上推“三十五年”为雍正五年（1727），即曹氏被抄家的上一年，实即前几个月。如依周氏说雪芹生于雍正二年（1724），则脂砚所记“三十五年前”（即1727）时雪芹才三岁，如何会懂得其中的意义？即使假定此批写于丁亥年（1767），即脂京本中所有朱批的最后一年，雪芹也只八九岁，仍不可能了解这句深于世故，竟成恶谶的禅语。今按曹家抄没虽在雍正六年（1728），但曹頫免织造任，则在上年（1727）冬。[②]是年三月，曹家的至亲苏州织造李煦因胤禩事再下诏狱。[③]而曹家与胤禟有来往。胤禩、胤禟都因与雍正（胤禛）争过皇位，为其死敌。可见曹頫被免职的诏书到时，曹家已知大祸将临，马上要像曹寅常说的“树倒猢狲散”了。脂砚、雪芹和别人悚然听到这句禅宗的谶语，当在雍正五年（1727），与壬午年（1762）脂评所谓“屈指卅五年矣”完全符合。此时雪芹当已10岁以上，才能深知此语所含

---

① 脂京本第十二回至十五回的朱笔眉批，大多数有“壬午”年月，其无年月者，年代较早，即己卯（1759）所写。

② 《永宪录》续编，页390，中华书局1959年版。

③ 《永宪录》续编，页352。

的惨痛意义。

因此，不论从书中作者的自白“披阅十载”（从1754年以前上推），或从脂砚的批语推算，雪芹的生年绝不可能是雍正二年（1724）。如果除此以外，再没有关于他生年的材料，我们也许只好就此搁起这个问题。幸而雪芹的另一朋友张宜泉的《春柳堂诗稿》重印以后，提供了一些新的证据。张宜泉也是汉军旗人，集中有四诗与雪芹有关：

①《怀曹芹溪》（页21）

②《和曹雪芹西郊信步憩废寺原韵》（页46）

③《题芹溪居士》（页47）

④《伤芹溪居士》（同上）

在 ③ 题下自注云：“姓曹，名霑，字孟阮，号芹溪居士，其人工诗善画。”在 ④ 题下注云：“其人素性放达，好饮，又善诗画，年未五旬而卒。”据后一条注，上述种种疑难都得到了解答。虽然我们仍未知雪芹的确切年龄，但如假定他卒时是48岁或49岁——即他生于康熙五十四或五十五年（1715或1716），当不甚远。当他父亲曹頫于雍正五年冬被免督理江南织造之职，次年（1728）被抄家籍产时，他是十二三岁（旧算十三四岁）。此后曹氏家族中的许多人，包括脂砚和雪芹，都移住北京。

这个推定的雪芹生年，和敦敏在乾隆辛巳（1761）的七律《赠芹圃》大致相符。此诗亦见于铁保编的《熙朝雅颂集》，其中第三联云：

燕市狂歌悲遇合，秦淮残梦忆繁华。①

在敦敏早年的抄本《懋斋诗钞》中，“狂歌”作“哭歌”，“残梦”作“风月”。雪芹在南京时尚只十三四岁，“风月”二字当然不妥，所以在后来的集子中改成“残梦”。但如依周氏之说，雪芹生于1724年，他离开南京时只有4岁多，如何能记得“繁华残梦”，或欣赏“秦淮风月”？作为雪芹密切的诗友，敦敏不会连雪芹的年龄，他几岁到北京，都不知道。

---

① 见《考证》，页32引，与《懋斋诗钞》五、七句稍异。此诗在《懋斋诗钞》中眉端批“选抄”二字，可见异文乃选时所改。按《懋斋诗抄》为残抄本，吴恩裕云：“《熙朝雅颂集》收了敦敏将近三十首诗（二十九首？二十九首半？），其中竟有二十五首是《懋斋诗钞》中没有的。”（《八种》，页50）可见敦敏另有全部诗集；《懋斋诗钞》所存，殆不及四分之一。比较《懋斋诗钞》及《熙朝雅颂集》两本文字，自以经过修改的后者为佳。如上举一联改后，文义与平仄均较妥善。诗中用“燕市狂歌”以荆轲、高渐离比雪芹。末联云：“新愁旧恨知多少，一醉酕醄白眼斜。”用阮籍故事，可见雪芹愤世嫉俗的情绪。胡适在作《考证》时早见此诗，却说“《红楼梦》只是老老实实描写一个‘坐吃山空’，‘树倒猢狲散’的自然趋势……是一部自然主义的杰作”。

此外，我们还可以从他另一诗友的集子中找到同样的证据。满洲诗人明义是乾隆的侍卫明琳、明瑞（？—1768）诸人的兄弟，他的姑母是乾隆的第一个皇后。他的《绿烟琐窗集》中，有《题红楼梦》七绝二十首，题下注云：

> 曹子雪芹，出所撰《红楼梦》一部，备记风月繁华之盛。盖其先人为江宁织府。其所谓大观园者，即今随园故址。惜其书未传，世鲜知者。余见其抄本焉。（页107）

这条注文的重要性有两层：① 作者同时人确定小说背景是南京织造府的花园[1]，虽然在小说中，作者给读者的印象是故事背景在北京。很可惜，由于把作者的生年弄错了，周氏费了许多冤枉时间，苦心考订大观园在北京的什么地方。[2]

② 雪芹在南京住到一定年龄，可以使他后来记得当时的繁华盛况。这就是说，他不可能生于1724年，在4岁时便离开了南京。

---

① 参看《红楼探源》中《“大观园”的原址》一文。

②《新证》，页145~157。

第三节　雪芹的生年

照我们所推定，雪芹应生于康熙五十四年（1715）或五十五年（1716），则上引脂砚的两条批语中所指发生于20年前及35年前之事，均若合符节，如此则“以合欢花酿酒”在雍正十二年（1734），其时雪芹为19或18岁。他和脂砚听到“树倒猢狲散”之语，即曹頫免职那一年，他是12岁或11岁，在一个早慧的孩子，很能了解这一个生动的比喻的含义——尤其是次年即发生抄家的大变故，以及此后族人散走，家景萧条的景况，在他以后的生活中留下了深刻的印象，更使他记住这句不祥的谶语。

乾隆在1735年即位后，雍正和他的诸兄弟及其僚友之间的仇恨自然停止。曹家一度起复[①]，曹頫起官为内务府员外郎[②]，雪芹此时为20岁或19岁，其爱情经验，大概在此时或略

---

① 见雍正十三年九月初三日（1735年10月18日）乾隆的丝织诰命，为周汝昌在旧燕大图书馆中发现。《新证》，页422~423引全文。

② 此由脂评证实，见影残本总页28上，《辑评》，页66，在正文“赐了这政老爷一个主事之衔……现已升了员外郎了”下评云：“嫡真实事，非妄拥（拟）也。”参见《新证》页424。

后才有。在小说中，作者把这些爱情故事，融合在他所创造的主角的生活中，把这些生活配置于繁华的南京时代，因此熟悉他的朋友，常在赠诗中把“风月”“繁华”和“秦淮旧梦”相提并论。他在北京的生活虽然穷苦，但精神很好。回忆中在南京的少年时代，即所谓金陵甄（真）家，和他在北京的困苦生活成为明显的对比，激发他写成这部伟大的人间悲剧。他开始写作，大致在29或28岁，即乾隆九年（1744）[①]，而前八十回的稿子，则在1754年（甲戌）已大体完成。在下章中，我们对于他的生年是1715年或1716年这个问题，将作进一步探求。

① 此点著者以后有修正，认为曹雪芹写作始于1741年。见《残本脂评石头记的底本及其年代》，参《红楼探源》页548。——编者注

作者的家世及其生活

目前有关雪芹家世及其生活的资料不多，且很散漫。《红楼梦》本身，因其中有些故事取材于作者的家庭背景，所以其中多少有些线索，可以窥测他的早年生活状况。但此书毕竟是小说，即将“真事隐”去，所记只是贾（假）事。因此这些线索，除非和脂评及其他有关材料联系起来对看，否则往往不但靠不住，且易被引入迷途。如想在小说中探求事实，必须极端谨慎。周汝昌先生因认为“曹雪芹的小说原是当年表写”①，虽费了许多力气，苦心对照小说中的故事和他想象中的作者生平事迹②，同时又把作者的生年弄错了十来年，其说遂多不可信。但他所收集的到曹頫时为止的有关曹家的史料③，却极有

① 《新证》，页203。

② 同上书，第五章，页172~202。

③ 同上书，第六章，页205~424，至1738年止。

价值。在这方面，周氏之功洵不可没。在下文，我们首先简述新近发现的有关曹家的史料；其次，根据上文所定他的生卒年，联系曹氏家世背景，追迹作者的幼年生活；最后，再从脂评及雪芹友人的作品中所能觅得的材料，略叙作者晚年的生活概况。

第一节　曹家的历史背景

雪芹的承继祖父曹寅，是诗人，传奇作家，善本书的收藏家和刊布者；在当时江南许多文人中，他是一个领袖。他继他的父亲曹玺先后为苏州及江宁织造[①]凡22年（1690—1712）。曹寅15岁时侍康熙读书，次年选授侍卫[②]，终生为康熙所信任。他为人公正，可从其救江苏知府陈鹏年一事见之。康熙乙酉（1705）第五次南巡，江苏总督满人阿山想借此狠狠地剥削一次人民，要在丁税和粮税上加收百分之三。别人都不敢反对，只有知府陈鹏年坚决抗议。他说南巡费用既说

① 此职全名为“督理苏州织造”或“督理江宁织造”，简称“织造”，相当于苏州或南京全市丝织厂的总经理，但另领官衔，如曹寅为郎中，李煦为大理寺卿，曹頫则仅为主事。

② 参看《新证》，页214~216。

由帝室开支，便不该向人民榨取。阿山和康熙的太子胤礽恨他，便借一个罪名定他“弃市”（在闹市斩首）。因为陈鹏年曾把南京南市楼妓院改建为学校，就诬以“改建南市楼宣讲圣谕，大不敬”的重罪。曹寅本来和陈鹏年不对，听见此事他却为陈辩护，说“陈鹏年居官廉，民以故爱之”。他向康熙叩头至流血，康熙才答应不杀陈鹏年[①]。曹寅和康熙的第九子胤禟（1683—1726）来往。雍正即位（1732）后，因以前与胤禟有争位之仇，把他逮捕，逐出皇族，改名塞思黑（满语“猪猡”），并株连与胤禟有关系之人。曹家之败显然与此颇有关系。[②]雪芹当然深知他家衰败原因，他对于当时封建宫廷内部倾轧、牵连无辜的丑史，不必说，是鄙夷而痛恶的。

曹家败亡的另一原因，可能由于他们亲戚的牵连。曹寅妻

---

① 陈鹏年（1664—1725），字北溟，湘潭人，康熙辛未（1691）进士，官至河道总督。著有《道荣堂文集》六卷，《沧州诗集》十卷，《历仕政略》《河工条约》各一卷。关于其被诬及曹寅营救事，见《耆献类征》卷一六四，页18宋和《陈鹏年传》；钱仪吉《碑传集》卷七十五“河臣”上页15，余廷灿“陈恪勤公鹏年行状”；同上页25曹一士“光禄大夫……陈公神道碑”。俱见《新证》，页335~337引。陈鹏年事亦在《湖南文征》卷三十二，《湘潭县志》（光绪十三年重修）卷八。

② 参看曹頫继任隋赫德于雍正六年七月三日（1728年8月8日）奏折，内述调查塞思黑所铸金狮子存于曹頫织造府事，《新证》，页420引。

李氏，为苏州织造李煦之妹。[①] 煦于雍正五年（1727）因“馈阿其那（满语“恶狗”，指胤禩）侍婢事觉，再下诏狱”[②]。上年，曹寅之婿“平郡王讷尔苏罪废，以子福彭袭”[③]。《红楼梦》第四回贾雨村的门子所说“护官符”中的四大家族：“这四家皆连络有亲，一损皆损，一荣皆荣。”可知李煦、讷尔苏之罪，也连累曹家。正未必如胡适所谓“坐吃山空”“树倒猢狲散”的“自然主义”的下场。

曹寅有孪生弟曹宣（1658—1705？）[④]，也是一个诗人兼画家，兄弟友爱颇笃。宣卒后即由寅照顾他的孩子，其中之一即曹頫。寅于康熙五十一年（1712）死后，由其子颙（字连生）继任织造。颙于五十四年（1715）又卒，时年21岁。曹家因四次接南巡之驾，亏空甚大。颙死，曹寅更无他子，则其世袭织造之职无人继任，财源断绝，势必破产。康熙因命将宣子曹頫承嗣曹寅一房，俾得继任织造。[⑤] 这样，曹頫变成了曹寅的法定

---

① 康熙五十四年（1715）曹頫《代母陈情折》：“奴才母李氏”，“奴才母舅李煦”。同年李煦折：“臣妹曹寅之妻李氏。”《新证》，页45引。

② 《永宪录》续编，页352。

③ 同上书，页308。

④ 曹宣，字子猷，号筠石。在故书中常误作曹宜，参看《新证》，页58—68。

⑤ 参看李煦康熙五十四年正月十八日（1715年2月21日）奏折；曹頫同年三月七日奏折。《新证》，页403~404引。

的嗣子，頫子曹霑（雪芹）即为曹寅法定的孙子。[①]

近年有一种说法，以为雪芹是曹颙妻马氏的遗腹子，则应为曹寅的嫡孙。但此说只是一种揣测，并无确证。俞平伯先生亦赞成此说。在《红楼梦八十回校本》的序言中，他认为："若说［雪芹］是曹颙的儿子，可能性要大些。"（页1）又在注六中说：

> 曹頫在康熙五十四年奏折上自称"黄口无知"……可见那时曹頫的年纪的确很轻……雪芹即使……生于雍正初元，距康熙五十七年不过三年，其为曹頫的儿子已不大可能。如说他活到近五十，可能性自然更小了。

今按：① 康熙五十七年（1718）至雍正元年（1723）共五年，非"三年"，俞先生算错了。② 如上所述，曹頫是曹宣长子或次子。至于曹宣的三子、四子，曹寅在康熙五十一年（1712）诗

---

① 前人误以雪芹为曹寅嫡孙。发现曹寅和雪芹的过继关系，曹宣为寅孪生弟，确为周汝昌先生的主要成绩（《新证》，页57~68）。周氏所举各事甚确，唯尚有漏举者。如《新证》，页250引王鸿绪《横云山人集》卷十四，页5，《曹荔轩楝亭图》诗，有"哲嗣双凤举""元方拜命出"，均可为证。盖有元方必有季方（见《世说新语·德行》），可见当时均知曹寅有弟宣也。

中已说他们能诗能画，与寅唱和，则至少已有十四五岁。[①] 可知他们的哥哥曹頫至少已十六七岁。至颙死时（1715），又过了四年，曹頫已20岁左右。③奏折中所谓“黄口无知”，仅为谦词，无法据以计算年龄。曹寅于康熙五十一年（1712）三月初九日奏报任内财务，自称：　“臣自黄口，充任犬马……况两淮事务重大……急欲将钱粮清楚，脱离此地。”[②] 曹寅始任苏州织造在康熙二十九年（1690），时已33岁。虽然他在16岁时已任侍卫，但此折专说财务，自应从初任织造，才经手财务开始，则30多岁犹可自谦“黄口”。又曹颙于19岁任织造，其谢恩折中亦自称“包衣下贱，年幼无知”。[③] 大概对一个年长的皇帝，把自己说得小些，只表示谦卑，不足据为估计年龄的标准。

但雪芹非曹颙遗腹子之最强证据，见于脂评。脂砚明明说雪芹有弟棠村，序其“旧”稿《风月宝鉴》（见第七章）。遗腹子的母亲除非再嫁，不能使遗腹子有弟。颙死后頫继任织造，曹氏仍是有钱的体面人家，前任织造的寡妻无再嫁之理。即使马氏再嫁生子，依当时习惯，也不能算作雪芹之弟。

曹家虽因祖上寄住辽阳，变成旗人，但入关以后，由于中

---

① 参看《红楼探源》所收《脂砚斋是谁》一文，第三节。

② 《新证》，页383引。

③ 同上书，页396引。

国文化的陶冶，不但汉化甚深，且在下意识中，时露反满情绪。吴恩裕先生《考稗小记》中引曹寅《咏红述事》五言排律一首，其诗体裁仿温（庭筠）李（商隐），似无足重视，但其中有两句："弹筝银甲染，刺背□□圆。"吴氏说："诗中□□处原系缺字。此诗题目及内容均大可推敲。在第二、三版诗集中，此诗竟被删却，尤非无故。"[1]其故维何？吴氏未言。诗中缺字，以文义及平仄求之，当为"铁铖"或"金铖"一类字眼，并非险韵难下之字，以曹寅之诗才，亦断不至想不出适当字眼来补上；则其所以缺，显然是故意的。此句盖用传说中岳母为岳飞在背上刺"精忠报国"故事，则此诗在二、三版被删却，自然是乾隆大兴文字狱以后之故。[2]吴氏所辑雪芹好友敦诚的《鹪鹩庵杂诗》中尚有"岳少保"一首：

拐子军残虏气颓，书生叩马不教回。

---

① 《八种》，页91~92。原诗在《楝亭诗抄》别集卷一，页15~16。

② 如徐述夔以《游仙诗》"明朝期振翮，一举去清都"二句，父子戮尸，孙子充军黑龙江。曹寅诗"银甲染（朱）"，可以曲解为准备替明朝（朱姓）反清；岳飞故事，更是鼓励反侵略的民族精神。此诗下文为"莲匣鱼肠跃，龙沙汗马盘"，"鱼肠"是吴公子阖闾用以刺吴王僚之剑（见《越绝书》），"龙沙"是班超所到的西域地名，"汗马"暗指汗血马，故隐"红字"。汉武帝时李广利破大宛得汗血马。二事亦指汉人的民族精神，且都与御外侮有关。

千载遗恨黄龙府，未与诸军痛饮来！[①]

满族文人热爱中国的情绪，与汉人完全一致，甚至称他们自己的祖先，侵略中原的女真民族为“虏”，以岳飞之未能“痛饮黄龙府”为恨，可见我们祖国文化中的忠义之气入人之深，绝非过去浅见者流所能想象者。以曹寅而论，他一生为康熙服务，虽似安享富贵，但也未尝不隐怀畏惧，惴栗不安。他有一首七律：

惆怅江关白发生，断云零雁各凄清。
称心岁月荒唐过，垂老文章忧患成。
礼法世难拘阮籍，穷愁天欲厚虞卿。
纵横捭阖人间世，只此能消万古情。[②]

他平日生活优裕，又颇得康熙信任，而集中竟有这样的诗，颇为突出。沈德潜选《清诗别裁》，在曹寅千余首诗中只录此前及另一首五古，似有深意。雪芹后来自号梦阮，他的友人也说他“步

① 见《八种》，页19。

② 见《清诗别裁》卷二十，页69，原题为《读洪肪思〈稗畦〉行卷感赠一首，兼寄〈赵秋谷宫赞〉》。此诗虽为洪升文字而作，但既是“感赠”，又兼寄友人，实为自抒怀抱，非寻常泛泛应酬的题跋可比。

兵白眼向人斜"，"狂于阮步兵"[①]，也以穷愁著书而终其一生。由此可见曹寅的流风余韵，对他颇有影响。

据上文所考订雪芹年代，曹家于雍正六年（1728）移住北京时，他已12岁或13岁（旧算13或14）。曹家被雍正下令抄没家产时，似乎曹頫及其家人事前已将家中细软、书籍等转移他处，甚至此举为地方当局所知，但未加干涉。事实上，前年苏州织造胡凤翚获罪抄家，胡与妻妾自缢[②]，上年李煦又下狱[③]，曹頫即预知大事不妙，但在明令抄家以前转移动产，并不违法，地方官亦无从干涉。曹頫继任人隋赫德在雍正六年报告曹氏抄家经过的奏折中列举曹家的财产如下：

> 细查其房屋并家人：住房十三处，共计四百八十三间；地八处，共计十九顷零六十七亩；家人大小男女共一百十四口；余则桌、椅、床、杌、旧衣、零星等件及当票百余张外，并无别项，与总督[④]所查册内仿佛。[⑤]

---

① 见《八种》，页4，页9。

② 《永宪录》卷四，页265~266。

③ 同上书，页352。

④ 按，当时江苏总督范时绎，为云贵总督范承勋子，乾隆时为工部尚书，卒于1741年。

⑤ 《新证》，页419引。

我们读此清单，不免诧异。曹寅于康熙四十四年（1705）三月十九日奉旨校刊《全唐诗》[①]，他自己也刊《音韵五种》《楝亭十二种》，家藏大量宋刊、精刻、善本图书，何以都不见于清单？[②] 曹氏几代收藏的古玩、字画以及18世纪初年全世界最精美的锦缎、丝绣、纱罗（如脂京本第五十三回的“慧绣”[③]，四十四回的“软烟罗”“霞影纱”）都到哪儿去了？怎么清单内只有些“旧衣零星等件”？我们知道曹家在京亲戚中有平郡王福彭（讷尔苏之长子，1726年袭爵）等，在抄家前必先得到情报，预将珍物运京。隋赫德与总督范时绎，大概也知道曹家并无大罪，不过是雍正对胤禟旧人的私仇，故其执行此抄家诏令，并不严格。

---

① 见《全唐诗》“进书表”。

② 据震钧《天咫偶闻》卷四，页18，曹寅藏书移至北京内城，其中一部分后归昌龄，其后人售与火神庙书商赵某。又李文藻《南涧文集》卷上，页22《琉璃厂书肆记》：“乾隆乙丑（1769）……夏间从内城买书数十部，每部有‘楝亭曹印’，其上又有‘长白敷槎氏堇斋昌龄图书记’，盖本曹氏而归于昌龄者。昌龄官至学士，楝亭之甥也。”（《新证》，页371~372引）李氏所买，当即火神庙赵某书肆之书。昌龄后人在嘉庆时又将一部分藏书售与昭梿（1780—1833），即《啸亭杂录》的作者。《国立北平图书馆馆刊》卷四有“楝亭书目”。又《八旗文经》卷五十七，页10“作者考”甲：“曹寅……甥富槎氏昌龄字堇斋，阁峰（傅鼐，1676—1738）尚书子。”震钧殆不知昌龄为曹寅之甥。据此则曹頫将书籍字画运京后，寄存或售与其姑表兄昌龄。

③ 此段文字在今本中已被高鹗删去。按孔尚任《湖海集》卷五有“昭阳袁娘绣册歌”，雪芹取材或本孔诗。

据说雍正后来听说抄家结果，“止银数两，钱数千，质票值千金而已。上闻之恻然”[1]。雍正显然被曹頫和范时绎遮掩过去了。

隋赫德的奏折中又说：“曹頫家属，蒙恩谕少留房屋，以资养赡。今其家属不久回京，奴才应将其在京房屋人口酌量拨给。”可见曹家回京住下后，不但其书籍、细软仍为其所有，未经抄没，且有一些房屋奴仆，可以出租及治产，仍可维持生活，比一般平民富裕。对于了解雪芹身世，这是应该记得的要点。否则他在十三四岁随家到京，以后几年中不可能获得那样渊博的学识和贵族社会中的丰富经验。同时他的两个姑母都是王妃，至少有一个表叔（昌龄）是尚书的儿子。虽然抄了家，大不如前，但生活仍过得去，他的亲戚中还有贵族。从此时（1728）到乾隆即位（1735），曹家起复，正是雪芹二十岁以前的少年时代，他大概正在饱读他祖父的大量藏书，吟诗、学画——后来以此为生，并且，我们可以加上一句：喝酒——有些是他自己酿造的。

---

① 《永宪录》，页390。

第二节　作者的诞生及其命名

上节既将曹氏家世简略说明，现在可以讨论与小说中的某些故事有关的若干问题。此书虽非所谓“自传”，但书中主角的故事，有些与作者的身世有关，也无须讳言。其所以命名为“宝玉”，书中人“听说”，是因为他生下时口中含了一块玉。[①]这个荒唐的故事，不会只是无稽之谈而已。在此命名的吉祥字面中，必另有含义为其背景。换言之，在他诞生前后家中必有喜事，因此认为这孩子给一家带来了幸福。我们知道曹颙死后，曹寅更无他子可继任织造，如果康熙不令曹頫继于寅为嗣子，使袭织造之任，曹家势必破产。在上一章，我们因无确切证据，姑定曹雪芹生于康熙五十四年（1715）或五十五年（1716）。如果此“含玉而生”的故事是作者生年的一个线索，则其诞生当在康熙五十四年春天敕令曹頫过继的诏书到南

---

① 这种民间传说，外国也有。英国俗语说某人是个幸运儿，因为他“生时口中含了一把银匙”（born with a silver spoon in his mouth），宝玉所佩之玉，当然是普通的“护身玉”，但要他慎重保存，就说：“这是你生时口中含玉，是你的命根子。”以免失去。黛玉初到贾府，曾问此玉来源，袭人说：“连一家子也不知来历……听得说落草时从他口里掏出来的。”此段在程乙本中已被高鹗删去（比较影京本，页79，《红楼梦》，页33），这是极不应该的，使原作文字大为减色。

京之时，或早几天。所以全家认为这个孩子带了“宝玉”进门。如果这种想法是“娘儿们”的迷信之谈，我们不妨查考一下那些读书明理的“爷儿们”如何看法。这可以从这孩子命名的意义上入手。

雪芹名霑，是“沾”的古体字，现在已不大用。霑字本义是被雨所淋湿，但在古代就有吉庆的意义，是“时雨”“甘霖”之霑，不是普通浸湿之义。如《小雅·信南山》：“既霑既足，生我百谷。”是表示感谢上天的恩泽。后来此字便作狭义的“恩泽”解，如云“霑溉后学”，但往往专指皇帝的恩泽。最早的例子是扬雄的《长杨赋》：“盖闻圣主之养民也，仁霑而恩洽。”[①]后来臣下上表谢恩，便用此字。例如唐李邕（678—747）被玄宗任为淄州令，其“谢上表”云：“雨露深仁，霑濡及于萧艾。”[②]又凡诗文中指及诏书，也用此字，如纪唐夫赠温庭筠诗云：“凤凰诏下虽霑命，鹦鹉才高却累身。”[③]一个濒于破产而被诏令挽救的父亲，用这个“霑”字作为新生儿的名字，自然十分恰当。如果对于曹霑命名这样的解释不错，则他生于康熙五十四年春，恰巧是他父亲奉诏过

① 《汉书》卷八十七下，页1。

② 《李北海集》，在《乾坤正气集》内，卷二十一，页3上。

③ 《又玄集》卷下，见《唐人选唐诗十种》，页26。

继，承袭织造的时候，这孩子生下来真算衔了一块“宝玉”到家！

第三节　作者的亲属与其少年生活

关于作者别的亲属，我们已说到他的弟弟棠村把他的“旧”稿定名为《风月宝鉴》，曾为此稿每回作小序，偶尔也在书中加批，署名“梅溪”[①]。他有两个姑母，大姑嫁与平郡王讷尔苏为妃，次姑亦嫁为王妃。[②]在小说中，主角宝玉有兄“贾珠”，婚后早死，有庶母弟“贾环”，顽劣不成才，常妒忌仇视宝玉。[③]脂砚在评语中说：“盖作者实因鹡鸰之悲，棠棣之威，故撰此闺阁庭帏之传。”[④]这似乎指雪芹有兄或弟早死，但早死者不是棠村，因棠村死时，作者既已完成“旧”稿《风月宝鉴》，当然非因棠村之死，始撰此书。周汝昌先生引此评语，加以解释道：

---

① 参看《红楼探源》页28，页98。

② 参看《红楼探源》所收《脂砚斋是谁》。《永宪录》页390。

③ 例如第二十五回，用烛油烫伤宝玉；第三十三回，激怒贾政打宝玉。

④ 《辑评》，页68，录自脂残本第二回。《新证》，页52引此评，说此为“卷二页11背面眉批”。

这段话极可注意，鹡鸰便是棠棣，如果所指一人，“悲”和“威”便没法调和而讲不通了。我的解释是：鹡鸰之悲，悲的便是这个棠村弟的早逝，而棠棣之威，恐怕便指的是贾环对他有侵辱逼凌的事情。①

周氏误解“威”字为“威吓”，故有“侵辱逼凌”之说。实则《小雅·棠棣》原文是：“棠棣之华，鄂不韡韡，凡今之人，莫如兄弟。”次章说：“死丧之威，兄弟孔怀。”三章说：“鹡鸰在原，兄弟急难。”《左传》昭公七年八月引诗二、三章，杜预（222—284）注曰：“威，畏也。言有死伤，则兄弟宜相怀思。”“威”字既非“侵辱逼凌”之意，便不能拉扯到什么“贾环……的事上”去，更谈不到“雪芹盖深感于兄弟间的恩怨”（周氏语）。因此在未有确证之前，我们不如认为“贾环”是作者创造的人物，未必曹家真有其人。周氏“人物考”中所定：“弟某，頫庶出第三子——即《红楼梦》里面的贾环，贾政妾赵姨娘所生。”（页51）并无任何根据。至于棠村，似乎有相当才学，且与雪芹友爱，自非书中“贾环”之类。雪芹在北京写小说时，棠村还活着。据甲戌（1754）脂评，“今棠村已逝”，则其卒年当在甲戌前不久。

---

①《新证》，页52。

关于脂评所谓作者有“鹡鸰之悲，棠棣之威”，另外还有两条评语，似可证雪芹确另有一兄或弟早年死去。第二回叙“贾珠”时，有眉批云：“稍有可望者便死去，叹叹！”[①]第二十三回：“贾政一举目见宝玉站在跟前，神采飘逸，秀色夺人……忽又想起贾珠来。”行间朱批说：“批至此，几乎失声哭出。”[②]作者的这位死去的弟兄，脂砚对他似亦颇有感情，且认为他“有望”。

书中每写王夫人疼爱宝玉时，脂砚常有伤感的批语，如“普天下幼年丧母者齐来一哭！”“昊天罔极之恩，如何得报！哭杀幼而丧父母者。”“未丧母者来细玩，既丧母者来痛哭！”[③]这可能有两种解释：① 脂砚自己早年丧母，故有此伤感。② 雪芹幼而丧母，脂砚对他深表同情。雪芹之父曹頫，字南汉，脂砚称他为南汉先生。[④]当乾隆十几年（大约1750年前后）雪芹正写此书时，他还活着。所以书中说到“后一带花园子里”，脂砚说：“‘后’字何不直用‘西’字？恐先生堕泪，故不敢

① 见《新证》，页52，引自脂残本。《辑评》未录此条。

② 影京本，页520；《辑评》，页383。

③ 分别见影京本二十五回，页564，页585；三十三回，页764。《辑评》，页408，页420，页475。

④ 影京本第十六回，页325，朱笔眉批。《辑评》，页235。

用‘西’字。”[1]因为用“西”字，曹頫见了会想起南京织造府的“西堂”和“西池”，当然要伤心。可见雪芹写此小说时，曹頫还活着。

曹家搬到北京以后，与在南京时生活状况大不相同：虽然有几门阔亲戚，也有些房产可以过活。但一则，从一个历尽荣华富贵的大族，变成了家败人散的破落户；再则雍正为争位之仇，痛恨胤禟，而曹頫为“金狮子”事与胤禟有旧，曹家到北京等于就近监视，自必惴惴不安；三则那些阔亲戚，见他家败落了，自不免对他们冷淡奚落，第一回楔子中所谓“历尽离合悲欢，炎凉世态”[2]，自是作者痛切的经验。雪芹初到北京时只14岁（实为13足岁），未预家事。曹頫既受此重大打击，深知在雍正一朝，他难望再起，自然只有逼儿子读书上进，且时时举其祖父曹寅为榜样，说他当年如何有名，才学怎样好等话，作为鼓励。但曹寅既因系康熙亲信，才能世袭织造，而此后情势大异，如欲再兴家业，只有希望雪芹从“举业”的正途出身。曹寅的大量藏书既已移至北京，雪芹才得广泛浏览，“杂学旁收”。他当然也知道他祖父的才名；但读书

---

① 《辑评》，页64，引自脂残本第二回。

② 影残本，页7；影京本，页12；《校本》，页3。在程乙本中，此句已被删去，参看《红楼梦》，页2。

稍多，发现他祖父也并不是从举业正途出身，倒是一个潇洒的文人，能诗能酒，爱好戏剧词曲，收藏古书字画，所交又大都是当时的文人学者，如邓汉仪（1617—1689）、尤侗（1618—1704）、朱彝尊（1629—1709）、阎若璩（1636—1704）、洪升（1646—1704）、查慎行（1650—1727）。阎、洪诸人连举人也没考上。曹寅在两淮盐使任内，曾“疏贷内府金百万，有不能偿者请豁免，商立祠以祀之”①。在织造任内，也设法减轻一些对于机工、织户的剥削。②为陈鹏年事，不惜忤太子胤礽、江苏总督满人阿山，以营救一个平日和他不和，然而清廉爱民的汉人知府。曹寅这些事迹，雪芹当然很向往。但如果他想成为他祖父的“肖孙”，倒不是走作八股考举人的路，而是倾向于文学艺术方面。并且曹寅虽任要职，却有“礼法世难拘阮籍”的通脱思想，自称“西堂扫花行者”的潇洒风度。③这些都与《红楼梦》前八十回中反理学、反八股、反礼教，爱

---

① 《同治上江西县志》卷二十一“名宦”页31；《新证》，页339引。

② 见张伯行《祭织造曹荔轩文》，《正谊堂集》卷二十三，页16。此文又说他“凡所陈奏，有直无隐……罹文网者获矜全”。则康熙时已有文网，而曹寅曾营救被祸之人。张伯行在祭文中敢指出此事，也算是有胆量的。又康熙五十一年八月二十七日江西巡抚郎廷极折，也称寅死后，江浙机户、车户、丝商、匠役等均颂寅善政。《新证》，页388~389引。

③ 杨钟羲《雪桥诗话》续集卷三，页56。《新证》，页380引。

美、爱率真、爱自由的思想有一些渊源。

雪芹发现了他的祖父，也仰慕他祖父的风度品格，可是他祖父的时代已一去不返。举业是他所不屑的，但不从举业出身，曹家的祖业再也不能复兴。这是一个矛盾。他要思考这矛盾的根源，寻找出路。关于他如何解决这矛盾，我们将在下文论他作品时再说。这里所要指出的是，他在青年时代，由于复兴家业的需要，逼他做举业，才使他发生痛恨八股文的思想；由于厌恶举业，才专力于纯文学（如诗、词、戏曲、小说）的研究，奠定了他后来文艺创作的基础。[①] 在这以前，他当然不会没矛盾，譬如家里要他作八股文，准备考举人，他却要吟诗、作画、看小说。这是非常现实的一个矛盾。后来也突出地表现在他的小说中。此外，他所写的恋爱悲剧也可能有他个人的经验融会在故事之中。果尔，则他不但有事业上的矛盾（举业或创作），也有婚姻上的矛盾。他死前不久才有一子，身后所遗为“新妇”，似乎他的前妻无子或结婚很晚。

---

① 俞平伯先生以为宝玉即雪芹，又以为他“幼年失学”，“以致失学而被摧残”（《研究》，页117~118）。今既知宝玉之模特儿为脂砚而非雪芹，此说自不能成立。脂砚（竹磵）十四五岁已能诗，其伯父曹寅且与之唱和，亦未为失学。雪芹之饱学，由《红楼梦》本书即可作证。即以宝玉而论，其诗词才学，虽贾政亦不能不承认。若以宝玉为失学，其所失者仅为八股举业。

雍正十三年（1735）秋乾隆即位后，九月初三日诰命追封曹振彦（曹寅的祖父）为资政大夫，曹頫起复为内务府员外郎。[①] 其时雪芹20岁，为国子监贡生（说详后），如他要习举业，正当其时。但他没有考举人，后来便在专教满族子弟的右翼宗学当助教一类的职务（详下）。按理说，曹家起复以后，生活应该过得去，但不知何故，当雪芹移住西郊著书时，景况甚为萧条。南京曹家在雍正六年被抄后，隋赫德还替他们在北京留下些房产，以为生活之资。雪芹在西单附近教书时，当然仍住在城内。但在乾隆二十年（1755）以后，敦敏、敦诚诗中说到他，都说他在西郊结庐著书。这可能是他父亲失业或死了，生活困难，遂把城内房产卖了，住到乡下；也可能再度被抄家，剩下的财产又被没收。《石头记》后半部失去的原稿中有“抄没”“狱神庙”诸事五六回[②]，其惨况似乎更甚于南京抄家，因彼时曹氏还许留房产，也未被捕下狱。在高氏所补后四十回中有锦衣卫抄家一回（第一〇五回），描写较真实，似非亲见其事者不能悬想虚拟。可能高氏得有原稿残文，插入其所补文字中。按雪芹原稿，“抄检”共

---

① 见前文页46~47。

② 影京本第二十回，页444，朱笔眉批；第二十六回，页590，眉批。

有两次；第七十四回“抄检大观园”在故事中只能当作“演习”，这也许倒是以南京抄家为素材。[①]其后抄没下狱，则可能发生于北京。但不论原因如何，雪芹后来穷了，放弃城内住屋，移住西郊，则是事实。

第四节　从他朋友诗中所见到的曹霑

关于雪芹后半生的身世，我们有比较直接可凭的材料，但因大都来自同时人的诗中，不免十分零碎。诗中说到雪芹，多半反映作诗者对于他的印象，而不是记录他的行事。所以我们所得到的，也只是对他品格方面的描写，却很少说到他的具体生活。在讨论雪芹生卒年的问题时，我们曾引到敦敏、敦诚、张宜泉的诗，请他去喝酒，或记录他的丧葬，等等，可以约略想见他的生活片段。乾隆丁丑（1757）敦诚随其父在长城喜峰口税关任职，写一首七言古诗给他，原诗如下：

---

①“抄检大观园”后，第七十五回开始即云：“甄家犯了罪，现今抄没了家事，调取进京治罪。”（影京本，页1801）南京甄家即书中所“隐”曹家在南京“真”事。第七十一回贾母问起屏风，凤姐提到“江南甄家”，脂评云：“好一提甄事，盖‘真’事欲显，假事将尽。”（影京本，页1707，“真”字误抄为“直”字）

寄怀曹雪芹（霑）

少陵昔赠曹将军，曾曰魏武之子孙。

君又无乃将军后，于今环堵蓬蒿屯。

扬州旧梦久已觉（雪芹曾随其先祖寅织造之任），且著临邛犊鼻裈。

爱君诗笔有奇气，直追昌谷（李贺）破篱樊。

当时虎门数晨夕，西窗剪烛风雨昏。

接䍦倒著容君傲，高谈雄辩虱手扪。[1]

感时思君不相见，蓟门落日松亭樽（时余在喜峰口）。

劝君莫弹食客铗[2]，劝君莫叩富儿门。

残杯冷炙有德色，不如著书黄叶村。

此诗首四句赞雪芹善画而叹其穷困。杜甫《丹青引赠曹将军霸》说："将军魏武之子孙，于今为庶为清门。"末了又说："穷途反遭俗眼白，世上未有如公贫。""扬州旧梦"，敦诚自注说雪芹

① "西窗剪烛"用李商隐《夜雨寄北》（一作"寄内"）诗。"接䍦倒著"（晋时头巾）用《晋书》卷四十三山简（253—312）事。"高谈雄辩"，杜甫《饮中八仙歌》中语，指焦遂。"扪虱谈天下事，旁若无人"，晋时王猛故事，见《晋书》卷一一四。

② 冯谖故事，见《战国策·齐策一》。

随其先人在织造之任，仅指其少年时在南京曾见繁华，与杜牧诗中所谓“十年一觉”无关。下句用司马相如在成都酒店门口洗碗的故事，大概只为“裈”字韵脚（因为“十三元”的韵脚不好押），未必有所指，不必拉扯到是否与“寡妇史湘云”结婚这些枝节上去。李贺诗格调奇峭，声色冷艳，敦诚评雪芹诗追李贺而不为李贺所拘束，有其奇气而无其鬼气。说到雪芹的实际生活是“虎门”一联，曾有各种不同说法。周汝昌先生据蔡邕《劝学篇》“周之师氏居虎门，今之祭酒也”一语，以为可指国子监；又谓“虎贲氏”即“侍卫之类的勇士”，所以“虎门”又可以指侍卫值班守卫的宫门，则不足为据。他又因此结论说敦诚“与雪芹同为侍卫在一处的事……其事当在乾隆四五年（1739、1740）以后”。周氏显然忘记了乾隆五年敦诚才七岁。[①]敦敏在《四松堂集》前面所附“敬亭小传”中，按年编次敦诚行事，亦未言其弟曾为侍卫。“小传”中却说他年“十一（1744）入宗学……为师长所期许……乙亥（1755）二十二，宗学岁试，考入优等”。次年“以宗人府笔帖式（翻译官）用，因记名焉。丁丑（1757）二月，随先大人司榷山海，住喜峰口”。可见此诗为敦诚 24 岁时在喜峰口所寄，所谓“虎门数晨夕”实指宗学。据

① 本书前三卷于1956年写成，后两年见吴恩裕《八种》，页40，亦指出此点。

吴恩裕先生引《八旗文经》卷三十六果毅亲王胤礼的"宗学记"说:"念我宗室子弟，尤教育所宜先。特谕立东西二学于禁城之左右……即周官'立学于虎门之外以教国子弟'之义也。"①吴氏并引《四松堂集》中"先妣瓜尔佳氏太夫人行述"中敦诚自述"乙亥(1755)宗学岁试，钦命射策，诚随伯兄(指敦敏)试于虎门"及敦敏诗"虎门绛帐遥回首"，"昔年同虎门，联吟共结社"等句，证虎门为北京西城帘子胡同右翼宗学②，其说不可易。敦诚兄弟与雪芹相识，当始于宗学。敦诚赠雪芹诗又有"司业青钱留客醉"③之语。司业是学中助教一类职务，则雪芹曾在宗学任职无疑。雪芹本为贡生④，当然有资格在宗学教书。他在宗学任助教时年已过三十,《红楼梦》初稿即在宗学时所写。宗学的学生"联吟结社","西窗剪烛"，他则笑傲其间，"高谈雄辩"。但他年龄比敦诚弟兄大20岁左右，而他们把他当作平辈朋友，不像师生，我以为这正是他洒脱通达的性格，对权贵

① 《八种》，页40引。

② 《八种》，页40~44。

③ 见《八种》，页4。参见《杜少陵集评注》卷三，页136，《戏简郑广文，兼呈苏司业》:"赖有苏司业，时时乞酒钱。"文学古籍刊行社1955年版。

④ 梁恭宸(1814—?)《劝戒四录》卷四，页9斥《红楼梦》为淫书，说曹雪芹"以老贡生槁死牖下，徒抱伯道之嗟"。(《新证》，页448引)梁虽生于19世纪，但其父章钜(1775—1849)见闻博洽，其说必有所本。

则“白眼斜视”，傲骨嶙峋，对青年却不分彼此，和易近人。①

敦诚诗末有两句劝他的话，初看似乎和雪芹平日诗酒啸傲的性格不相称，当然，敦诚只是套用杜甫诗中几句自白的现成话：“朝扣富儿门，暮随肥马尘。残杯与冷炙，到处潜悲辛。”②借以比雪芹的才学与境遇，仿佛当年杜老。但我们知道，雪芹在北京原有几个阔亲戚：他的大姑丈讷尔苏在雍正四年（1726）爵位被夺，由长子福彭袭平郡王③，讷尔苏卒于乾隆五年（1740），他大姑母也早已死了。④他的姑表兄福彭卒于乾隆十三年（1748）。⑤他的二姑丈，后来也袭了王爵。得他祖父藏书的昌龄，官至学士，也是他的表伯。如果昌龄不是吞没这批藏书，他该偿付的书价是可观的；如果他付了书价，曹家后人也许不至那样贫困。雪芹大概不会奔走于权贵之门。但

---

①《红楼梦》描写宝玉也是一方面最讨厌那些峨冠礼服，为官作宰的“国贼禄蠹”（第三十二、三十六回），一方面却“连一点刚性都没有，连那些毛丫头的气都受的”。（第三十五回）小厮们“坐着卧着，见了他也不理，他也不责备，因此没人怕他，只管随便，都过的去”。（第六十六回）

②《杜少陵集评注》卷一，页43，《奉赠韦左丞丈二十二韵》。

③《永宪录》卷四，页308，雍正四年（1726）　“嗣多罗平郡王讷尔苏罪废，以子福彭袭。福彭，和硕礼亲王代善七世孙”。

④ 参看脂评：“俺先姊仙逝太早。”又曹寅嫁长女与讷尔苏在康熙四十五年（1706），距此时已51年。

⑤《清史稿》卷一六一一，页4859，“皇子世表二”，太祖系载福彭为讷尔苏第一子，“雍正三年袭平郡王，乾隆十三年薨”。

这些亲戚的炎凉世态（有如第二回中封肃对他女婿甄士隐的行径），他一定亲历过不少。敦诚所指“富儿”们的“残杯冷炙”，大概即是昌龄一流的行径。由末句“不如著书黄叶村”，我们知道雪芹此时已经远远躲开那些阔亲戚，移住到乡下，去继续写他的《红楼梦》了。

乾隆二十四年（1759），雪芹似乎离开北京有一年多，此可由敦敏在次年秋天的诗题见之：“芹圃曹君（霑）别来已一载余矣，偶过明君琳养石轩，隔院闻高谈声，疑是曹君，急就相访，惊喜意外，因呼酒话旧事，感成长句。”按此时期内敦敏一直在北京，而题中说“别来”，说相遇的“惊喜意外”，则似雪芹回京后尚未告知敦敏。诗中说“年来聚散”“人犹在”，也表示敦敏原知其先时他往。全诗如下：

可知野鹤在鸡群，隔院惊呼意倍殷。
雅识我惭褚太傅，高谈君是孟参军。
秦淮旧梦人犹在，燕市悲歌酒易醺。
忽漫相逢频把袂，年来聚散感浮云。①

① 《懋斋诗钞》，页39~40。吴恩裕以为诗中“人犹在”或指书中女子（《八种》，页103），非是。

这首诗在《懋斋诗钞》中已用笔勾去，表示不在“选”中，其原因当是：① 首句誉雪芹为鹤，余子为鸡[①]，似不免招忌；② 此诗第三联与后来“赠芹圃”诗第三联文义重复（详下文）。

敦诚在乾隆辛巳（1761）另有《赠芹圃》七律一首：

满径蓬蒿老不华，举家食粥酒长赊。
衡门僻巷愁今雨，废馆颓楼梦旧家。
司业青钱留客醉，步兵白眼向人斜。
阿谁买与猪肝食，日望西山餐暮霞。[②]

据此诗则雪芹移居乡村后，似未解除宗学职务，其俸（青钱）当极微薄，故虽“留客醉”，酒却是赊来的。首句“满径蓬蒿”，与敦诚前诗“环堵蓬蒿屯”所写似为一处。则雪芹自乾隆丁丑（1757）以前即住乡村，以后直至其死未迁居。[③]“今雨”是新

① 此用《晋书》卷八十九《嵇绍传》事，“或谓王戎（竹林七贤之一，时为司徒）曰：‘昨于稠人中始见嵇绍，昂然如野鹤之在鸡群。’”

② 此诗不见于《四松堂集》印本。据另外两个本子，均注明辛巳作。《新证》，页431引此诗；为《四松堂诗》卷上，页15。《八种》，页4引此诗：“见集三十八页，在‘平上闸观水势’一诗后。”

③ 据吴恩裕先生考证，“其地为北京西郊香山下面的镶黄旗营附近”。《八种》，页79。

认识的朋友[①]，可见敦诚这次带了新友去访他，见其景况萧条，有感而赋。这位新客，不知是否张宜泉或明义。当时同去的还有敦敏，也写了一首七律，同题同韵。[②]他们带去的朋友大概慕雪芹之名而去访，没想到他住在这么一个荒凉的贫民区，心中十分难过，故敦诚有"衡门僻巷愁今雨"之句，但雪芹还是留他们喝了酒，下句的"废馆颓楼"即前诗的"秦淮旧梦"，亦即《红楼梦》中的背景，也是他祖父时代的南京"旧家"，即小说中的"江南甄（真）家"。敦敏的诗说：

> 碧水青山曲径遐，薜萝门巷足烟霞。
> 寻诗人去留僧舍，卖画钱来付酒家。
> 燕市哭歌悲遇合，秦淮风月忆繁华。
> 新愁旧恨知多少，一醉酕醄白眼斜。[③]

合两诗以观，可见他们兄弟二人所了解的雪芹的"旧梦""旧恨"，

---

① 用杜甫诗小序："卧病长安旅次，多雨。寻常车马之客，旧，雨来；今，雨不来。"谓旧客雨时也来，今客则雨时不来。故"今雨"后世用为新交之义。

② 吴恩裕亦认为敦诚、敦敏联袂往访。（《八种》，页79）但对"今雨"无说。

③ 此为影印《懋斋诗钞》抄本，页57原文。此诗后来收入《熙朝雅颂集》，文字稍异："僧舍"作"僧壁"，"哭歌"作"狂歌"，"风月"作"残梦"，"一醉"作"都付"，"白眼"作"醉眼"。

都是他少年时代南京生活的回忆，现在变成了小说中的材料。敦敏诗中的“新愁”，指上联的“燕市”一句，当即指上文说到的雪芹在北京所经历的“炎凉世态”；“旧恨”指上联的“秦淮”一句，尤为显然。是年冬，敦敏另有一诗，题为《访雪芹不值》：

野浦冻云深，柴扉晚烟薄。
山村不见人，夕阳寒欲落。[①]

据此诗及下引张宜泉诗，则吴恩裕氏所考雪芹乡居在香山下镶黄旗营附近为是，而旧说在海淀附近是不对的。因海淀离山尚远，不能说是“山村”，且附近亦无“野浦”。

敦敏在乾隆庚辰（1760）年重遇雪芹一诗后，接着有一首七绝：《题芹圃画石》，其内容倒不像是题画，而是描写画者的品格：

傲骨如君世已奇，嶙峋更见此支离[②]。
醉余奋扫如椽笔，写出胸中磈磊时。

---

① 《懋斋诗钞》，页60。
② “支离”是《庄子》“人间世”篇中人名。“支离”亦做形容词。

末句又是用阮籍（210—263）来比他。因为《世说新语》“任诞”中说：“阮籍胸中魂磊，故须酒浇之。”雪芹好画石，这和他书中主角前生是石头，脂砚常呼宝玉为“石兄”是一致的。愿意买画中顽石的人大概不多，则雪芹即不得常醉。以他的亲戚和交游而论，他的画本可以卖给当时的权贵，但他似乎避之唯恐不及。这可以从下面张宜泉的一首诗看出来：

题芹溪居士（姓曹，名霑，字梦阮，号芹溪居士，其人工诗善画）[1]

爱将笔墨逞风流，庐结西郊别样幽。

门外山川供绘画，堂前花鸟入吟讴。

羹调未羡青莲宠[2]，苑召难忘立本（原刊误作“本立”）羞。

借问古来谁得似？野心应被白云留。

在这里首联指其写小说及工作地点，次联指其画与诗。可注意的是第三联：阎立本（？—673）有一次被唐太宗召至春苑池，要他画水上异禽，别人舒舒服服坐着作诗，他却要趴在地上画

① 《春柳堂诗稿》，页47。

② 青莲，即李白。相传白醉，玄宗曾为调羹以赐之。

鸟。他深以为耻，一回家便教训他的孩子，不许他们学画。[①] 雪芹大概没有因绘事被乾隆召见，但把此句及前引敦诚、敦敏各诗合观，似乎他也有过类似阎立本那种不愉快的经验。这块“顽石”是宁可贫困，也不愿意损害他的“傲骨”的。宜泉此诗，吴恩裕以为即题王冈在壬午年所画“幽篁图”雪芹像。[②]

张宜泉集中还有几首有关雪芹的诗，因此时这类材料不多，一并录下，以为参考。但张诗在集中按体裁分类，而不是编年，故颇难定其年月。五律中有《怀曹芹溪》一首（页21上），似乎是他上次访雪芹后，答请他去喝酒的。

似历三秋阔，同君一别时。
怀人空有梦，见面尚无期。
扫径张筵久，封书畀雁迟。
何当常聚会，促膝话新诗？

另有七律《和曹雪芹西郊信步憩废寺原韵》（页46）：

① 见《旧唐书》卷七十七，本传。
② 《八种》，页87。

君诗曾未等闲吟，破刹今游寄兴深。
碑暗定知含雨色，墙隤可见补云阴。
蝉鸣荒径遥相唤，蛩唱空厨近自寻。
寂寞西郊人到罕，有谁曳杖过烟林。

乾隆壬午（1762）敦诚写一首长诗《佩刀质酒歌》[①]。其序文云：“秋晓遇芹圃于槐园，风雨淋涔，朝寒袭袂。时主人未出，雪芹酒渴如狂，余因解佩刀沽酒而饮之。雪芹欢甚，作长歌以谢余，余亦作此答之。”槐园是敦敏别墅，在北京内城西南角太平湖侧。[②]可知雪芹进城，便住在敦敏家中。这天恰巧敦诚去找其兄，遂相遇于城中。原诗如下：

我闻贺鉴湖，不惜金龟掷酒垆。
又闻阮遥集，直卸金貂作鲸吸。[③]
嗟余本非二子狂，腰间更无黄金珰。

---

①《四松堂集》卷一，页15。

② 敦诚《山月对酒有怀子明先生》诗末自注：“兄家槐园在太平湖侧。”《四松堂集》卷一，页18上。杨钟羲《雪桥诗话》正集卷六，页56；又续集卷六，页24；《新证》，页434引。

③ 贺鉴湖，指唐秘书监贺知章（659—744），晚年归山阴，诏以鉴湖剡川一曲赐之。阮遥集，即阮孚，晋元帝时为黄门常侍，因以“金貂换酒”被劾。

秋气酿寒风雨恶，满园榆柳飞苍黄。
主人未出童子睡，斝干瓮涩何可当。
相逢况是淳于辈，一石差可温枯肠。[1]
身外长物亦何有，鸾刀昨夜磨秋霜。
且酤满眼作软饱，谁暇齐鬲分低昂？
元忠两褥何妨质，孙济缊袍须先偿。
我今此刀空作佩，定是吕虔遗王祥？[2]
欲耕不能买犍犊[3]，杀贼何能临边疆？
未若一斗复一斗，令此肝肺生角芒。
曹子大笑称快哉，击石作歌声琅琅。
知君诗胆昔如铁，堪与刀颖交寒光。
我有古剑尚在匣，一条秋水苍波凉。
君才抑塞倘欲拔，不防斫地歌王郎。[4]

---

① 淳于髡“一斗亦醉，一石亦醉”，事见《史记·滑稽列传》。

② 见《晋书》卷三十三《王祥传》。

③ 见《汉书》卷八十九《循吏传》，龚遂劝乡人卖刀剑买牛犊，曰：“何为带牛佩犊？”

④ 用杜甫《短歌行赠王郎司直》中语：“王郎酒酣拔剑斫地歌莫哀，我能拔尔抑塞磊落之奇才。”

次年（1763）春，敦敏有《小诗代简寄曹雪芹》：

东风吹杏雨，又早落花辰。
好枉故人驾，来看小院春。
诗才忆曹植，酒盏愧陈遵。①
上巳前三日，相劳醉碧茵。

由这些诗，可以看出敦敏、敦诚与雪芹的友谊，和他们生活的情调。雪芹死后，敦诚有挽诗两首，敦敏和张宜泉各一首。敦诚二诗如下：②

四十萧然太瘦生，晓风昨日拂铭旌。
肠回故垅孤儿泣（原注：前数月，伊子殇，因感伤成疾），泪迸荒天寡妇声。

① 西汉末陈遵好客，留客饮则闭门以客车辖投井中，使不得出。见《汉书》卷九十二《游侠传》。

② 敦诚诗除一首已常见引用外，吴恩裕先生所辑《集外诗》中多出一首，其第一首亦有异文。可知其初稿原有挽诗两首，后来删一首，改一首。及至敦诚死后，嘉庆初刊《四松堂集》（即今影印本）则两首均被删去，未知何故。兹据吴辑本照录。原诗见《八种》，页17。改后第一首在页5~6。

牛鬼遗文悲李贺，鹿车荷锸葬刘伶。
故人欲有生刍吊，何处招魂赋楚蘅？[①]

开箧犹存冰雪文，故交零落散如云。
三年下第曾怜我，一病无医竟负君。
邺下才人应有恨，山阳残笛不堪闻。[②]
他时瘦马西州路，宿草寒烟对落曛。[③]

从敦诚挽诗第二首，知雪芹死后有《红楼梦》未完原稿。敦诚生前既为雪芹诗友，死后又为雪芹营葬[④]，则其遗稿亦可能由他保管。所谓“开箧”，或即敦诚之箧。脂砚在丁亥（1767）年的评语中屡次说到有“狱神庙慰宝玉等五六稿”“茜雪红玉大回文字”“卫若兰射圃文字”“被借阅者迷

① 关于此诗改后异文，参看前文页31。

② 《晋书》卷四十九《向秀传》：秀经山阳旧庐，“邻人有吹笛者，发声寥亮”，秀乃作《思旧赋》。

③ 关于此诗“三年下第”，吴恩裕先生以为敦诚在乾隆二十年（1755）以前曾应试失败。“西州路”，用羊昙悼谢安事，见《晋书·谢安传》。吴氏亦有解释，参看《八种》，页32~33。

④ 见前文页36~37。

失”“惜迷失无稿”等语[①]，不知所失之稿是否即雪芹卒后敦诚“开箧”所见的“冰雪文”？脂砚卒于甲午（1774）以后，敦诚卒于乾隆五十六年（1791），其时高鹗续书已成，而所失之稿竟无下落，诚中国文学史上千古恨事。

敦敏有一首题为《河干集饮题壁兼吊雪芹》：

花明两岸柳霏微，到眼风光春欲归。
逝水不留诗客杳，登楼空忆酒徒非。
河干万木飘残雪，村落千家带远晖。
凭吊无端空怅望，寒林萧寺暮鸦飞。

此首以诗而论，命意格调都很好，哀戚而不流于肤浅的伤感，深沉而没有造作的晦涩。[②]但不知为何（也许是因为第二句“春”

---

① 影京本第二十回，页444，朱笔眉批；第二十六回，页590，604，墨笔眉批。

② 中国旧诗译成西文后，除名作外，往往不易见佳。此诗本书作者在英文本（页129）译出上半首，虽不用韵，仍富诗意，可以看出原作感情深挚。兹录于后：

Flowers have brightened up the two banks，willows are still slender and sparse，
When the beauty of nature reaches one' s eyes，the spring is about over.
The flowing water never does stay，nor did our poet.
Climbing up these stairs I in vain recall our drinking companion.——编者附记

字平仄不协）没有在眉端标“选”字，是不拟收入刊本的一首。

张宜泉的《伤芹溪居士》，其重要消息为题下自注中“年未五旬而卒”一语，已见前引。原诗如下：

谢草池边晓露香，怀人不见泪成行。
“北风图”冷魂难返，“白雪”歌残“梦”正长。
琴裹坏囊声漠漠，剑横破匣影铓铓。
多情再问藏修地，翠叠空山晚照凉。（页47）

“北风图”当即雪芹为宜泉所画，故在宜泉诗注中两次说到他“善画”。“白雪”则泛指其文，用“阳春白雪，和之者寡”一典。但下文“梦”字则有双关意义，既指雪芹之长眠地下，又指其《红楼梦》之曲高和寡，残稿未完。

雪芹卒后，盖由敦敏、敦诚营葬于颐和园西十二里之健锐营，其地离碧云寺约一里。①

脂砚在批语中说：《红楼梦》“书未成，芹为泪尽而逝”。读此书者，无不知其和泪研墨，抱恨构思，非伤心人不能作此。但从其友人诗中，亦可见其平居岁月，也不是愁眉苦

① 参看《八种》，页104，页107~109。

脸，毫无风趣的。对于饱经忧患的人，泪与笑之间的距离，本来不远。下文所引裕瑞从他舅父明义、明琳处听来的关于雪芹的逸事，尚属可信。

闻前辈姻戚有与之交好者〔云〕：其人……善谈吐，风雅游戏，触境生春。闻其奇谈娓娓然，令人终日不倦，是以其书绝妙尽致……

又闻其尝作戏语云："若有人欲快睹我书不难，惟日以南酒烧鸭享我，我即为之作书"云。[①]

雪芹爱喝绍兴酒，大概是他少年时在南京喝惯了的缘故。[②]

---

①《枣窗闲笔》，页23，页27~28。

② 参看六十三回，宝玉生日，袭人和平儿说了，"已经抬了一坛子好绍兴酒藏在那边了"。

诗人曹霑[1]

这篇短文，是上章的附录。希望通过辑录在这里的材料，使读者于了解小说家曹霑之余，对诗人曹霑也有所了解。既然曹霑在同时代人中以诗人饮誉，他的诗自然要比小说《红楼梦》更能说明他的个性。当然，《红楼梦》中也有大量诗歌，但大多专为书中女性人物所作，主要只能显出作者以十几岁女孩子口吻在诗社中即景吟赋的才华，难以代表他自己的成熟作品。可惜他在诗友中备受推崇的诗作早已荡然无存。《脂砚斋重评石头记》出版以前，我们能读到的，只有敦诚附在他文集后面的笔记里引用的两句：[2]

① 自此以下，为魏旸译。——编者注

② 见敦诚《四松堂集》卷五《鹪鹩庵笔麈》，页285。

余昔为白香山《琵琶行》传奇一折，诸君题跋不下几十家。曹雪芹诗末云：

白傅诗灵应喜甚，
定教蛮素鬼排场。[1]

亦新奇可诵。曹平生为诗，大类如此。竟坎坷以终！……

敦诚从乾隆朝几十位诗坛领袖的题咏中，独独举出曹霑这两句诗加以称道，是意味深长的。

第一节　清初诗坛概况

为了了解敦诚高度评价曹诗的意义，必须回顾一下清初的诗坛。当时戏曲繁荣，而古典诗歌却在长期陈陈相因中归于衰落。诗人中几乎谁也打不破堆砌典故、袭用滥词这一顽固萎靡的俗套。17世纪，王士祯[2]倡导改革，试图创建"典、远、谐、丽"的新诗派。"典"是用词典雅，"远"是含义深远，"谐"是音调和谐，"丽"则是合乎规范的清丽。尽管

---

① "蛮"和"素"分别指白居易的爱婢小蛮和樊素。前者善舞，以杨柳腰著称；后者善歌，以樱桃口著称。

② 王士祯（1634—1711），中国诗坛神韵派的创始人，以别号渔洋行世。

王士祯自己写了许多蕴藉清婉使人乐于传诵的诗，但18世纪诗人的作品却更深地陷入了晦涩费解的典故和抽象莫名的意念。相形之下，上面引用的两句曹诗更显得清新脱俗，合乎典范而又不落窠臼。它用明白洗练的语言，传达了具体的特定内容。至于蛮素，那是白居易钟爱的两位舞女和歌女的小字，不是什么典故，而敦诚曲子所描写的正好就是一则关于白居易的传奇故事。曹诗所独具的这些特点，我们将在下文讨论他的其他诗句时作进一步说明。

脂评问世，使我们有可能从三千多条评语中剳出一些曹诗的散句。小说第一回，贾雨村以为邻居甄家的丫头对他垂青，写了一首诗抒怀。脂砚评道："这是第一首诗。后文香奁闺情皆不落空。余谓雪芹撰此书亦为传诗之意。"① 此评并不恰当。因为贾雨村是作者深恶痛绝的奸险之徒，这种俗不可耐的诗只配刻在梳妆盒之类的东西之上。脂砚以为曹霑将自己的某些诗作收到小说里边来了，但这种说法也不完全属实。其实，正是作者本人，对以往的小说家把自己的劣诗掺入小说进行了批评："不过作者要写出自己的那两首情诗艳赋来，故假拟出男女二人姓名，又必傍出一小人其间拨乱，亦如戏中之小

① 见《辑评》，页50，引自脂残本和脂戚本。

丑然……自相矛盾，大不近情理……”[1]《红楼梦》中的诗和其他小说里的诗的区别在于：第一，曹为小说中不同人物代拟的诗，因人而作，风格迥异，分别反映了书中人物不容混淆的个性，而充斥于其他小说中的诗则几乎[2]是千篇一律的滥调；第二，曹把自己的诗作导入小说是为了提高书的品位，浑然天成，甚至使读者难以分辨，而别人则拼凑小说以容纳他们的歪诗。从下文列举的例句中可以看出，曹平素的诗作和他为小说中的角色代拟的诗歌差别很大。脂砚在评语中所引的曹诗，都具有上述这第二个特点。

第二节　脂评所引残简零句

脂砚在他的评语中，从各种诗歌中引用了二十多句。有些注明了诗的作者，如元微之、杨公回、左贵嫔等。有些注明了出处，如《楚辞》《诗经》等[3]，或只说是“唐诗”“古诗”。还有一些，虽未加注，仍可辨认。如他在一条评语中引

① 见影京本第一回楔子，页13。曹所指的此类小说，可以《好逑传》和《玉娇梨》为代表。

② “几乎”二字，是作者用英语添注在自校本上的。——译者注

③ 见影京本第七十八回，页1926~1930。

用了杜甫的名句[①]，在另外几条中引用了虽不出名仍可查到出处的古诗。[②]除开这些以外，有九句未注出处的诗，其中至少有几句可相信是脂砚见过的曹霑本人的作品，因评者在一些评语中点明了某一情景是由某一句诗演化而来。[③]下面尝试把这些诗句译成英文，并另页录出原句，倘若其中杂有“古诗”，敬请博学君子惠赐出处。

中国诗通常以两句一联的形式出现，单句含义往往不全。可惜在脂砚所引的八处中，倒有七句是单句，译文自难表达完善。而且，这些通过翻译表达出来的意义，无疑也会仅仅由于我们全然不知上下文而受到影响。如果其中有些诗句显得平淡，那是因为在翻译过程中部分地或全部地失去了诗的韵味，只剩下一副由分析而得其大意的骨架。

1. The myriad states [of mind] are all to be viewed as states in dreams.

---

① 见影京本第二十五回，页580。杜甫，“语不惊人死不休”。

② 如《辑评》页44，引自脂残本第一回“三生石上旧精魂”，是唐代僧人圆观所作；影京本第二十五回，页574引“闲倚绣房吹柳絮”，是李商隐句，其中第四字应为“帘”；同上又引了杜甫的“笋根稚子无人见”，此句第一字有异文。

③ 如脂京本第二十五回，页745~575上的朱笔行间夹评。

2. Past events, sad and bleak, are unbearable to hear.

3. The road of this world is hard to travel, [only] money can serve as a horse.

4. In daily life [she] loves to wear old clothes.

5. Remember: the skull and bones in the green grave, were once in the red chamber the fair one covering her face with her sleeve. ①

6. …the flower-burying girl in the pavilion of the flower grave. ②

7. Rather let the fragrant souls dissolve under the earth [than] …

8. Without the singing of a single bird the hills appear to be even more quiet. ③

也许还需要指出，尽管曹霑学识极为渊博，他在这些诗句中并没有引用任何典故。其中有几句诗分明和被他写入小说的女性有关：第四句讲了薛宝钗的日常生活，第六句与第七句显然与

① 脂砚在评贾瑞遭王熙凤残忍捉弄致死时引了这两句诗。

② 英文本把这一联分成两句，列为第五句和第六句，以下三句分别序为7、8、9。现据作者自校本将有关序数一并改正。——译者注

③ 英译文最后一字原为mystic，quiet是作者在自校本中改订。——译者注

黛玉葬花故事（第二十七—二十八回）有关，这一情节可能纯属作者虚构，而是他祖父曹寅的别号“西堂扫花行者”启发了他。曹寅死后，其友人吴贯勉有诗悼曰：

魂游好记西堂路，
同觅仙花扫落芬。[①]

祖父的故事一定给曹霑印象极深，成为他艺术创作灵感的一大源泉。

脂评中引用的曹诗原文如下：

① 万境都如梦境看。（脂残本第一回，见《辑评》，页47）

② 旧事凄凉不可闻。（脂残本第二回，见《辑评》，页58）

③ 世路难行钱作马。（脂残本第四回，见《辑评》，页101）

④ 家常爱着旧衣裳。（脂残本第七回，见《辑评》，页145）

⑤ 好知青冢骷髅骨，就是红楼掩面人。（脂京本第十二回，见影京本，页269）

⑥ 葬花亭里埋花人。（脂京本第三十三回，见影京本，页527）

⑦ 宁使香魂随土化。（脂京本第二十三回，见影京本，页527）

---

① 参看《雪桥诗话》二集卷三，页36；《新证》，页380。

⑧ 一鸟不鸣山更幽。（脂京本第五十七回，见影京本，页849）

其他书中引用曹霑的诗句还有：

⑨ 白傅诗灵应喜甚，定教蛮素鬼排场。[①]

⑩ 钟情贵到痴。[②]

---

① 见敦诚《四松堂集》卷五《鷦鷯庵笔麈》。参看前文页86~87。

② 据《新证》，页450，此句录自赵峨双所作的《忆园听涛录》。（我没有读过赵氏此书，不知周氏所记的作者名和书名是否正确。我觉得，也许作者名为赵峨，书名则为《双忆园听涛录》。） 以上括号内文字是作者记在自校本上的，原文为英文。——译者注

本书探源

“大观园”的原址

第一节　关于原址的争论

在清人说部中，故事的背景常随着情节的发展而转移变换。《红楼梦》则不然，全书始终恪守着“地点的同一性”这一原则。[1]主要故事发生在大观园内，而园址何处使得许多红学家为之困惑。这种困惑是由小说本身某些不可调和的矛盾引起的。最初提到宁国府和荣国府时，说是二府相连，建在金陵，贾雨村对古董商冷子兴就是这样讲的[2]；后来的大观园，则是由两府各划出一部，加上两家后花园，凑在一起，改建而成。[3]

---

① 这是欧洲古典戏剧创作中的三原则之一，被称为“戏剧中的三一律”。其他两条原则是“时间的同一性”和“情节的同一性”。——译者注

② 见影京本第二回，页40~41。

③ 见影京本第十六回，页342。

秦可卿死时，她丈夫贾蓉的头衔是江宁府江宁县监生。[①]但是，故事的背景又明明是北京或“都城”。元春省亲，全副仪仗，从皇宫到大观园，只花了几个钟头的工夫。[②]一次贾母和儿子怄气，扬言要回南京去。[③]书中关于室内的布置陈设和大观园里花草植被的描写亦令人费解。屋里的炕，糊纸的墙，带纱格子的窗，无疑是北国风光。然而，红梅、桂花、芭蕉、竹子，以及其他一些亚热带植物，是难以在北京户外生长的。[④]苛求的尼姑妙玉用“旧年蠲的雨水”泡茶[⑤]，也不是北京的讲究。1921年俞平伯先生和顾颉刚先生对这些令人困惑的问题进行了漫长的讨论，最后不得不承认他们为探明“大观园”地点所作的努力没有成功。[⑥]

后来，他们试图用别的方法探讨这个问题。顾颉刚先生通

---

① 见影京本第十三回，页281。在高本中，“江宁府”作“应天府”，亦指南京。

② 见影京本第十八回，页384~385。

③ 同上书，第三十三回，页766。

④ 元春省亲时，在湖中船游，只见“清流一带，势如游龙”。（《校本》，页176）元宵节池水不冻，非南方不可。第三十七回起诗号，宝玉道：“这里梧桐芭蕉尽有，或指梧桐芭蕉起个倒好。”（同上，页835）——译者附言：这是作者在自校本上的补注。

⑤ 见影京本第四十一回，页948。

⑥ 参看《研究》，页129~135。

过研究其他文献中有关此书的消息以及作者的生平事迹，把这场讨论引上了正道，只因资料有限，未能作出正确的结论。他首先否定了袁枚在《随园诗话》中关于大观园即他的随园旧址的说法。“袁枚生于1716年，与雪芹生岁不远。”顾先生论证道：“他说‘相隔已百余年矣’，可见此老之糊涂！”[①]袁枚把曹的生年弄错了，不能由此断定袁枚所说一切都同样错了。袁枚关于大观园的话，是他看到明义《题〈红楼梦〉绝句二十首》的自注以后，才补入《诗话》的，可见袁枚其实只是在复述明义的注。[②]如顾先生当时能看到《绿烟琐窗集》，当不会对袁枚所说全盘否定。

顾先生进一步论证，他在南京和江苏的地方志—《江宁府志》《江南通志》《上元县志》中找不到袁氏随园是曹氏旧业的证据。袁枚于1745年至1748年任江宁知府，1748年又负责监修地方史《江宁府志》。“买（随）园当然在乾隆十四年（1749）之前”，顾先生说，如随园是曹宅旧业，“岂有不入志之理”？而且他1749年所作的《随园记》中也未提及。因此，顾先生认为，袁枚并不知道随园曾为曹氏所有，“而直

① 参看《研究》，页135~136，引自顾先生1921年6月24日的信。

② 参看前文页45。

等看见了《红楼梦》之后方说大观园即随园”[1]。在地方志和《随园记》中找不到曹氏姓名丝毫不足为怪。南京的曹家早在1728年获罪，虽1735年在北京蒙赦，似乎也好景不长，写上曹氏姓名不能替这些书“锦上添花”。何况，从曹氏离南京到袁枚买随园，此园曾两度易手：先被曹頫的后任隋赫德所占，后又归“吴某”所有。[2] 袁枚告退，早得出奇，意在保全，不愿卷入时政。他在《随园记》中也许是故意不提曹氏姓名。不管怎么说，1749年时小说尚未完稿，袁枚怎么会知道他的园子已被作者写入小说？直到他在《诗话》中引用明义关于“大观园”的注解时，他仍然没有读过小说，这有以下事实为证：明义在诗中赞美史湘云和林黛玉两位姑娘，袁枚却想当然地以为“当时‘红楼’中有某校书，尤艳”。[3] 他把明义两首诗中所咏的《红楼梦》中这两位女主人公误认为“某校书”，即“一个高等妓女”。[4]《红楼梦》这个题目来自警幻

① 《研究》，页135~136，引自顾先生1921年6月24日的信。

② 参看张坚《续同人集》卷一，页1上，《赠袁枚诗序》，载1908年上海图书集成局出版的《随园三十六种》（*The Sui Yuan 36 Works*意译）。

③ 见《随园诗话》卷二，页4下；《考证》，页19~20，《新证》，页447引。

④ “校书”就字面而言是文稿校勘者。唐代著名的诗妓薛涛，曾被韦南康在诗中称为“女校书”。从此，女校书便被用为高等妓女的婉称。

的同名仙曲[①]，但袁枚对它的象征意义了不知情，竟把“红楼”当作一座内有众多“校书”的妓馆！俞先生指责袁枚关于“大观园”旧址的说法是“荒唐言”[②]，但袁对小说的无知恰可驳倒而不能坐实这一指责。

俞先生赞同顾先生的论点，认为顾已排除了“大观园”位于南京的可能性，从而进一步“积极地证明红楼梦之在北京”。他“借作者底生平，参合书中所叙述”来完成这个工作。他的第一个证据是，按他推算，曹霑到北京时才6岁，宝玉在小说中首次出场时已有十一二岁，“则《红楼梦》开场叙事，已在北京”。第二个证据是，王熙凤说她要早生二三十年就可以见到皇帝南巡，而康熙最后一次南巡在1707年，可见小说开始时不会早于1727年，也不会晚于1737年，“以平均计算，大约在1732年左右，曹氏已早北去。”接下去，俞先生又说，“从反面看，却没有确切的保证，可以断定红楼梦是在南方的；袁枚的话是个大谎。”[③]俞先生的结论是：“《红楼梦》所记的事应当在北京，却掺杂了许多回忆想象的成分，所

① 见影京本第五回，页119~120。

② 参看《研究》，页135。

③《研究》，页137~138。

以有很多江南底风光。”[①]

第二节　重新估价袁枚之说

俞先生的两个论点都成立不了。首先，俞先生对袁枚的指责缺乏根据，他不知道袁枚只是复述了明义的话。因此，不能排除“大观园”在南京的可能性。其次，俞先生关于曹霑年龄的推算，以许多未经证明的假设为基础，是错误的，由此产生的用以支持他的结论的论据也就没有价值可言。俞先生忘掉了，如果作者真是6岁到北方，他几乎不可能记得多少南京的生活，更不可能把童稚时的经历融入北京“大观园”里的旖旎风光。第三，故事中的许多情节发生在南京，“确切的保证”其实并不少：小说本身提供了这样的证据[②]，脂砚对许多故事的评语提供了这样的证据，本书前几章提到的曹氏友人敦敏、敦诚和明义的诗也提供了这样的证据。[③]说袁枚撒

① 参看《研究》，页139。

② 参看《红楼探源》所收《高鹗在前八十回中的修改》一文。

③ 参看《红楼探源》页141，关于“西堂产灵芝”；页141~142，关于“西堂与先生”。可参本书页230~232，关于“元春省亲”和“康熙南巡”；第十章，页41~42，关于1727年“树倒猢狲散”的谶语；页44，敦敏关于作者“秦淮旧梦”的诗；页45，明义关于大观园的注；页69~70，敦诚关于作者“扬州旧梦”的诗。

了“大谎”，这个结论似乎未免下得太早。俞先生在推算作者年龄时，为了不致与作者友人诗中提到的南京或“扬州”旧梦相左，作了一些牵强的尝试；俞先生关于作者所记是北京的事情，但掺杂了他对南京的回忆这一结论，也并不更加坚实。

周先生把曹霑的生年断在1724年，则曹家迁到北京时他才4岁。因此，他也只能把故事背景定在北京[①]，他甚至成功地发现“大观园”就在北京内城西北角今北京师范大学附近。[②]为了证明这一定位正确，他摘出了小说中的一些街名，确认它们与北京的街名相同[③]，这种确认可能是正确的，如果小说真的是曹霑北京生活的写实。但事实却是：作者明确宣布这是一部虚构的小说，他的朋友也把小说称作是他的金陵旧“梦”。[④]如果我们把它作为一部虚构小说来接受，看来也没有理由可以拒绝，那么，作者当然可以随心所欲地把这一城市的背景放到另一城市之中，也可以把不同的地名列在一起。周先生不应该干的是：在一个地方引用袁枚关于小说的材料时故意删去了其

① 参看《新证》第四章《地点问题》，页133~156。
② 同上书，页634~636。
③ 同上书，页138~142。
④ 参看前文，页45，页69，页73，页74，页75。

中说到“大观园”的话而不用删节号[①]；而在另一个地方引用袁枚关于“大观园”的陈述时，却又不注明袁文的来源是周在北京图书馆业已发现但其时尚未公开印行的明义诗稿。[②]

“大观园”是不是随园旧址，这个问题虽然很有趣，而且在一定程度上也和我们的研究有关，但是，同它究竟位于南京还是北京这个问题一比，就显得不太重要了。对后一问题的答案，部分地有赖于对作者生年的推算，部分地要靠来自他友人著作和脂砚评语中的消息。这都是前面几章中已经讨论和解决了的问题。顾、俞、周三先生提出的论点，年代推算有误，材料考证欠妥，架势虽已摆开，要害尚未击中。我们的推算表明，曹霑在南京生活到13岁[③]，小说中的某些故事来自他在南京生活的片段[④]，并不意味着这部小说是作者在“大观园”中生活的记录，也不意味着随园旧址非它莫属。前面已经说过，曹霑在创作中，有时把一个故事移植到另一个上面，有时把相差几十年的几件事镶嵌为一件事。[⑤]对“大观园”地

① 参看《新证》页447。
② 见《新证》页143和页447的注。
③ 参看前文，页46~47，页56~58。
④ 参看前文页102注②。
⑤ 参看《红楼探源》所收《脂砚斋是谁》一文，页191。

点的考证，自应以作者好友提出的证据为根据，不能靠小说中的情节来推论。根据这个理由，我们有必要再度引用明义《题〈红楼梦〉绝句二十首》的注：“曹子雪芹，出所撰《红楼梦》一部，备记风月繁华之盛……其所谓大观园者，即今随园故址。”[①] 这部小说是作者亲自送给明义的。明义又是从谁那里得知“大观园”盛衰变迁的消息的呢？当随园老人在《随园诗话》中说大观园是随园故址时，也许可以被怀疑为老糊涂吹法螺，但是，那位亲自把小说送给明义并告诉他该园消息的作者，总不会糊涂到拿自己的不幸去吹嘘吧。何况，作者的好友，如敦敏、敦诚，也多次说《红楼梦》是作者的秦淮旧“梦”，或“废馆颓楼梦旧家”[②]，总不能说他们的话也是错话或假话吧。

第三节 大观园的“蓝本”

曹頫的江宁织造府1728年被他的后任隋赫德接管，这是历史事实。[③] 曹寅的著名的“西堂”就在府中，康熙南巡时

---

① 参看前文，页45。
② 参看前文，页74。
③ 参看前文，页56。

在此驻跸，成为行宫[①]，它无疑是小说中的“大观园”的蓝本。作者提到此园时，偏偏不说它位于府“西”，而说位于府“后”（第二回）；脂砚在评语中解释道，作者担心哪怕只提个“西”字，也会使“先生”伤心。隋赫德将花园改名“隋园”，从主人的姓。不知此园后来归姓吴的主人后是否继续保留这个名称。袁枚得此园，在1748年，改名“随园”，即“随意憩息之园”，保留了原名的读音，而赋予更合适的含义。[②]袁枚在《随园记》中讲得明明白白，此园曾是江宁织造隋公的产业[③]，从来没有人怀疑过这个陈述的真实性。[④]这就使人很

① 参看《红楼探源》页136。

② 隋赫德的“隋”和“随意憩息”的“随”在一定意义上可以互通。“随”是地名，在湖北省。隋朝的开国之君登基前曾受封为随公。他在公元581年建立的朝代也就以此为名，但他把“随”改为“隋”，去掉了下边的“走”字偏旁，他认为这样一改能使隋朝江山永固。

③ 见《小仓山房文集》卷十二，页1下。另据陈诒绂《续金陵琐志》之二，页16，在chih-ho街附近还有一个旧随园，主人是明朝焦竑（1540—1620）之子、曾在当地任太守的焦润生，清入关后他在云南被杀。这个旧随园在妓院聚集的钓鱼巷之北，更在曹氏织造府之北。也许袁枚会把“红楼”误认为钓鱼巷中的一座房子，但他绝不可能把焦润生的随园和隋赫德的织造府混为一谈。（陈《续金陵琐志》未见。据陈著《金陵园墅志》卷上，页20：“随园，江宁焦茂慈太守润生园……园址当在东冶亭左右。”——编者注）

④ 见《新证》，页419，周汝昌先生认为，既然曹頫的房屋和仆役都归了隋赫德，则袁枚的随园或亦可能本属曹家所有。

难理解，为什么顾、俞二先生知道曹頫和隋赫德是前后任，还要说曹氏花园不是随园故址。

确认“大观园”是随园故址，并不意味着小说中全部故事都发生在南京。作者在13岁以前不像能有如此丰富的经历。南京的旧园，在他的“旧梦”中只起到背景的作用，使他在上面画出了复杂的社会和家庭生活的全景。他甚至把这个背景也纳入他成年后的北京生活这一更为宽广的视野之中。因此，“大观园”里的家具陈设是北方型的，但为了保留这一活生生的背景，花草植被仍是长江流域的。至于小说的大环境，则肯定在“都”中，书中有些街名也和北京相同。我们在前面已经指出，作者并不考虑时间顺序，有时把相隔几十年的事情融入另一个故事。同样，他也不拘泥于空间关系，把不同的底片重叠起来，使映像产生相融而不相扰的效果。

后三十回中作者的未完稿和佚文

现在我们已经知道，通行的一百二十回本的后四十回，出于高鹗之笔。这个所谓“全本”，1791年初刊，1792年由高鹗和程伟元修订。在脂评曹著的《石头记》即前八十回稿中，故事写到后几回已臻高潮。赫赫贾府露出了败象，大观园内若干居处已荒凉废弃。以宝玉和黛玉为一方，宝钗追求宝玉为另一方的三角恋爱，依然悬在未定之天。这个爱情故事，在高鹗续后四十回中以这样的悲剧收场：贾府的当家人王熙凤，趁宝玉病重，在贾母和宝玉母亲的允准下，设计安排宝玉和宝钗的婚事，却诓宝玉娶的是黛玉。黛玉闻讯，病势益剧，于宝玉成婚的当天夭逝（第九十六—九十七回）。宝玉愤极，终至出家为僧（第一一九回）。高鹗的续书虽也勾出了贾府没落的主要趋势，终因不少情节与曹霑原定的计划无法协调而损害了全书主题。这种前后矛盾，最刺目的一例是，宝玉出家前，居然应科举试，赢得了他历来鄙夷不屑并且躲闪唯恐不及的举人头衔。[①] 高鹗笔下“金陵十二钗”中好几位女子和大观园内其他姑娘的结局，也与小说前半部的暗示有所不同。[②]

在脂砚对前八十回的评语中，也有关于故事结局的提示，因他在写评时已见过原著后三十回的未完稿。这个未完稿中的某些部分，脂砚在世时就散失了。[③] 下文我们将首先讨论曹霑原稿最后三十回的问题，这最后三十回与前八十回的关系，然后以脂砚斋评语和前八十回伏笔中的线索为先导，探讨这最后三十回特别是最后一回的佚稿。

---

① 高鹗本人1788年考中举人。参见《考证》，页61~62。

② 最清楚的暗示在第五回，宝玉梦见警幻仙子，看了“金陵十二钗”簿册上的诗画，听了《新制红楼梦十二支》曲子，得知这些女儿的下场。见影京本，页111~116，页120~126。暗示还存在于第一回甄士隐对道人《好了歌》的注解（见影京本，页28~29），和第二十二回的灯谜（同上，页509~513）中。

③ 见影京本第二十回，页443~444，朱笔眉批；第二十二回，页510，同上；第二十六回，页590，页604，墨笔眉批。又参看《红楼探源》页44注①、页52~53。

第一节　所谓“旧时真本”

最早提到《红楼梦》另有一本其结局与高续不同者，是19世纪初的《续阅微草堂笔记》。该书把它叫作“旧时真本”。[①]

> 《红楼梦》一书脍炙人口，吾辈尤喜阅之。然自百回以后，脱枝失节，终非一人手笔。戴君诚夫曾见一旧时真本，八十回之后皆不与今同。荣宁籍没后，皆极萧条，宝钗亦早卒，宝玉无以作家，至沦（原作“论”）于击柝之流；史湘云则为乞丐，后乃与宝玉仍成夫妇，故书中回目有“因麒麟伏白首双星”之言也。[②]闻吴润生中丞家尚藏（原作“臧”）有其本，惜在京邸时未曾谈及，俟再踏软红，定当假而阅之，以扩所未见也。

---

① 见蒋瑞藻《小说考证》，卷七，页163。又见《研究》页186~187；《新证》页556~557。周汝昌先生相信，“真本”后半部的情节为曹雪原作。见同书，页558~559。

② “因麒麟伏白首双星”，是第三十一回回目的下联。

这条笔记中摘录的主要情节与高续后四十回大不相同。顾颉刚先生认为，这个“真本”的后半部不是作者的未完稿，而是对八十回本的早期补续，出于无名氏之手。俞平伯先生赞成这个观点，说：

> 这大概不错，因为前人——距雪芹年代极近的——如张船山、高兰墅、程伟元、戚蓼生，都说原本《红楼梦》只有八十回……他们底说话，即使非可全信，也决不是全不可信。他们又何至于联络起来造谣生事呢？[①]

俞先生正确地赞成顾先生对所谓“旧时真本”的判断。但俞先生提出的论据却无助于这一判断。张、高、程、戚确实说过原本《红楼梦》只有八十回，但不能由此推定凡是他们没有说过的就不存在。高鹗和程伟元密切联手造出了一百二十回本，张船山又是高的妻舅，他们何苦提起可能成为竞争对手的“旧时真本”，从而影响自己的作品呢？高、程二人甚至在各自写的序言中都故意不提脂评的存在，尽管在他们制造的作品中显然

① 见《研究》，页188。

存在着脂评的痕迹。[1]我们当然不能因此得出结论，说他们没有见过脂评。他们并未将作者的姓名标在书的题页上，我们也不能说他们不知道作者姓名。戚蓼生不是高、程一党，但由他作序的有正书局影印本也删掉了脂砚之名，尽管此书评注是脂砚所作。他们并未勾结起来“造谣生事”，但可以肯定，他们全都向读者隐瞒了关于这部小说的某些重要消息。为了证实顾先生的判断，必须对作者原定的计划进行全面考察。

很可惜，写那则“笔记”的人没有见到吴润生收藏的“旧时真本”，无从提供更多的信息。我们不知道这个本子在八十回后还有多少回。显然高鹗的本子一传开，这个“真本”很快就被取代了。不过，就总的故事情节而论，这个“真本”似乎比高鹗的续四十回更接近于曹雪的原计划。“笔记”没有提到“真本”中宝玉后来是否当了和尚。如果没有，也许是曹雪

① 脂砚在第三十七回贾芸给宝玉的信后加评“一笑”，高本原样照录。见《红楼梦》第三十七回，页380；《研究》页89~90。又，影京本第二十一回，页464，在描写黛玉安睡的文字下，有墨笔双行评语：“写黛玉身份严严密密。”高本把“严严密密”四字窜入正文。见《红楼梦》，页206。再，第十七回，贾政偕众门客携宝玉同游新建的大观园，在蘅芜院，宝玉指认出许多异草的名目。评者注明，有些名目，出处是左太冲的《吴都赋》和《蜀都赋》。高本把这两篇赋名也窜入了正文。见《红楼梦》，页167。译者附言：此注最后一例，是作者在自校本中增补的，原文是英文。

的原稿没有把故事写完——连脂砚也为没有看到宝玉如何“悬崖撒手”而憾恨。[①]至于宝玉后来的穷困，则在前八十回的伏线和脂砚的评语中都可得到佐证。[②]这个续本的作者，有可能见到过曹霑的某些原稿。

第二节 《风月宝鉴》的分回

我们从脂评中知道，曹霑对全书有一通盘计划，除了现存的八十回外，他还写出了其后的许多回，包括最后一回。[③]脂砚见过，或作者告诉过脂砚，在他评过的八十回以外，后面还有三十回文字。脂砚在第二十一回前一则很长的总评中写道：“按此回之文固妙，然未见后三十回犹不见此之妙。”[④]接着，为了同第二十一回中薛宝钗、王熙凤的故事相对照，脂砚提到小说最后部分有两个相关的故事时，引了一联完整的回目：

---

① 见影京本第二十五回，页585。朱笔眉批，下署丁亥。

② 这一点，后文还要讨论。

③ 同上书，第十七回，页381，壬午朱笔眉批。

④ 同上书，页459，此页误置于二十回末。

薛宝钗借词含讽谏，

王熙凤知命强英雄。[①]

这则评语，由“脂京底贰”[②]的同一誊录者抄出，属于头两期脂评，其年代可定在1754年或更早。这联回目和相应的故事，在脂京本或高鹗续四十回中都没有着落，因此，二者必居其一：要么脂砚写此评时八十回已定稿，他所说的“后三十回”是指作者在八十回后有再写三十回的计划；要么无论全书共多少回，指的是计划中的最后三十回。脂砚在某些评语中没有很强调“三十”这个数字，只笼统说“后数十回”[③]，或“后文”“后部”。[④]但脂砚在另外一些评语中说得明白，全书原定共一百回。他在第二回起首的总评中说：“以百回之大文，

---

① 这个故事，将在下一章讨论。

② 作者研究发现：脂京本是由四个不同时期过录的底本拼凑而成，分别命名为“脂京底壹”“脂京底贰”“脂京底叁”“脂京底肆”。——编者注

③ 见影京本第十九回，页414，双行墨笔评语，关于袭人母兄用果品招待宝玉。第三十一回，页733，回末墨笔总评，关于卫若兰的金麒麟。又见《辑评》页303，页473。

④ 同上书，第二十一回，页472，关于后文宝玉悬崖撒手。第四十五回，页1052，关于后文宝钗的生活。又见《辑评》，页353，页517。

先以此回作两大笔以冒之，诚是大观。”[①] 在另一评语中又说：“通灵玉除邪，全部百回只此一见。”[②] 此评语写于“壬午孟夏”，可见直到作者去世前不到两年，脂砚还相信全书计划是一百回。因此，他所说的以后三十回，必是一百回中的后三十回，即从七十一回到一百回，而不是八十一回到一百十回。这可能是因为1754年以前，即脂砚写第二十一回起首的总评以前，全书只完成了七十回，或因为已写成的内容只分为七十回，所以脂砚把此后的部分称为“后三十回”。再者，如脂砚指的是八十回以后的三十回，则全书应是一百一十回。倘真是一百一十回，脂砚却一再宣称全部百回，未免令人感到可笑。

对棠村小序[③] 的研究使我们知道，曹霑原计划的回数和分回情况，都和现存的脂评《石头记》这一“定本”不同。有一篇作于1754年前的小序是这样写的：“今书至三十八回时，已

---

① 《辑评》，页57，引自脂戚本，第二回。“两大笔”是指女主角林黛玉的家庭背景和贾府的概况。脂戚本中的评语并非都是脂砚所写，但这一条确是脂评，因脂京本中也有类似的话。

② 见影京本第二十五回，页584，朱笔眉批。

③ 作者研究发现，有些评语过去被误认为是脂评的，实为雪芹之弟棠村为雪芹旧稿各回写的短序，被保留下来了。

过三分之一有余，故［作者］写是回，使……”而这篇录在另纸上的序，却被置于第四十二回正文之前，讲的也是四十二回的事。显然，这里所序的回，即八十回本中的第四十二回，一度被列为第三十九回。①这种情况，想必反映了作者早期手稿或《风月宝鉴》的回次。前面说过第十七、十八两回，在脂京本中没有分开，回目也只有一个；脂砚在此回总评中提出篇幅太长，建议分为二回。②第十九回虽已分出，独立成回，但尚未标出回目。进一步考察脂京本各回长度表明，如略去评语所占的篇幅不计，单算各回正文平均长度：前四分册中的各回平均少于20页；第五分册中的各回平均20页左右；第六分册约22页；最后两分册约25页。③这样，如果以最后两册的每回平均长度为标准，则头五分册各回短出五分之一，第六分册各回短出八分之一。换言之，脂京本头五十回的长度相当于早

① 俞平伯先生正确地指出，在小说初稿中，各回文字长，全书回数少。但他误把早期手稿中的前三十八回当作现存在的头四十二回，其实应换算成第四十一回。他根据这个比例推算出来的数据也有疑点，因为后面各回的篇幅比前面长得多。胡适博士认为：“三十八回‘已过三分之一而有余’，可见原来计划全书只有八十回。”（《近著》，页413）这种算法，有点古怪。未查到本书著者所见版本。——编者注

② 见影京本，页349。参看《红楼探源》页56~57。

③ 参看后文，页129~130，附表。

期手稿的四十回。[①]这就是说，按照第六分册中各回篇幅的长度，现存脂京本中的八十回相当于早期手稿的七十回。脂京本第二十六回中有一条早期所写的评语说："看官至此，须掩卷细想上三十回中篇篇句句点红字处……"[②]此评所涉序数似与前述假设相抵牾，但在脂戚本中，"上三十回"作"上二十回"。[③]可见"三十"只是脂京本抄录者难以数清的笔误之一。如果说这是脂戚本擅作的改动，那也该改为"二十五"才能与所次回数相符，而不应改为"二十"。把脂京本中的二十五回折算成早期手稿中的二十回，正好与我们关于脂京本前五十回长度的分析相合。

也许《风月宝鉴》的实际分回不太分明，也许其中有些部分压根儿没有分回，他以上估算似已足以解释脂砚在考虑"后三十回"时为什么要提到"全书百回"了。全书百回是曹霑的

---

① 脂京本中，前面若干回明显比后面的短。请比较：第十回：15页，十二回：12页，十三回：15页，十四回：16页，十五回：16页，二十三回：16页，三十回：16页，三十二回：16页，三十三回：14页；再看后面的例子，五十七回：32页，六十二回：35页，六十三回：37页，七十四回：34页，七十五回：31页，七十七回：34页，七十八回：37页。如作这样的假设，即在作者早期手稿中，前半部中那些篇幅校短的章回曾与其上下回部分地或全部地合在一起，总的回数也比现在少，看来是合乎逻辑的。

② 见影京本，页592，墨笔双行评语。

③ 见《辑评》，页428。

原计划。经过多次修订，前七十回改成了前八十回；而后三十回则未改完，也未成书。如果来得及的话，他可能会把后三十回浓缩成二十回，凑成一百整数，也可能把后面的部分展开扩充，把全书写成一百二十回。

第三节 《石头记》中的未完部分

最后三十回本身还有许多问题需要处理。首先必须弄清，脂砚作评时曾否见过这三十回的全部或部分。这又引出了另一个更根本的问题：曹霑生前到底完成了这三十回中的多少？如他写完了这三十回的全部或某些部分（他显然进行了这方面的工作），那么，为什么各脂评本都没有越出现存八十回的范围？这些问题的答案，仍然只能到脂砚的评注和前八十回的伏线中去找。

第五回中的《新制红楼梦十二支》曲子，总结了全书各主要人物的归宿，可见曹霑对全书脉络确实有一个通体完整的构思。其他章回中，也有涉及后文的类似伏线。最明显的是第一回中甄士隐对道人《好了歌》的诠释和第二十二回中众女儿自制灯谜中的谶语。除此以外，还有些不太显眼易被忽视的伏线，但借助于脂评的指点，也可了解故事在后文的发展。我们知道，由其弟棠村作序的《风月宝鉴》是曹雪这部小说的初稿。[①]现存的《石头记》既然是他的再次创作，可见其总体设计必在“增删五次”的第一次之前，时间当早于1750年。在现存的八十回中存在着以下事实：① 许多回中仍有脱榫或未完成的篇幅[②]；② 第十八、十九、七十五、八十回尚缺回目；③ 许多回缺少回末的诗联[③]；④ 第六十四回和六十七回全缺。由此可以断言，曹雪去世前，仍在修改小说的前半部，也许还在重写后半部。我们知道，脂京本的底本“贰”终于第四十回，底本“叁”始于第四十一回，另有一种早期的印本只包括前四十回。[④]从上述各种事实看来，初稿《风月宝鉴》在重写过程中起了详细提纲的作用，发展成《石头记》后，才誊清，才加评，先以每册十回的四册形式“发行”，后以八册

① 参看《红楼探源》页98~99。

② 如影京本中，第十一、三十六、四十一、五十九各回回首的故事均与前一回不接；页513，第二十二回，脂砚在丁亥即1767年的注中说，作者已于此回定稿前亡故；页1799，第七十五回，脂砚在一条写于乾隆二十一年即1756年的注中指出，回中缺中秋诗，俟曹雪补来。

③ 第五、六、七、八、十三、二十一、二十三回结尾都有一联两句的回末诗。第十七回的回末诗（原文如此，或指回前附页上的诗。——编者注）不是两句而是一首。脂戚本第六十四回末也有一联。参见《校本》，第二册，页725。

④ 见《中国通俗小说书目》，页120。

八十回形式发行。第二次“发行”后，作者没有来得及继续改完其余各回交脂砚加评，就逝世了，因而没有作第三次“发行”，最后几册并未问世。如果实际情况果如上述，脂砚就不会看到后三十回定稿的全部，他看到的只是其中某些经过修订的章回和旧稿《风月宝鉴》。誊清《石头记》八十回时，《风月宝鉴》“旧”稿后三十回中的有些部分已被改写成“新”版本的后部[①]，但有些部分尚待展开，其中有些改写稿尚未“发行”就失落了。为了检验上述推断，有必要对脂砚的某些评语作一回顾。

第二十回，讲到丫头茜雪从宝玉屋里出去，脂砚评曰：

> 茜雪至狱神庙方呈正文。袭人正文标昌[②]：“花袭人有始有终。”余只见有一次誊清时与狱神庙慰宝玉等五六稿被借阅者迷失，叹叹。
>
> 丁亥夏　畸笏叟

① 关于“新”与“旧”，参看《红楼探源》页98~99。

② 此处最后一字被抄错（见影京本，页444）。周汝昌先生把“标昌”订正为“标目曰”。见《新证》页440。

这个眉批，除了证实上述某些推断外，还提到了小说八十回后的重要故事，有“狱神庙红玉、茜雪一大回文字”[①]，这个故事我们在下文讨论其他评语时还要提到。脂砚所说“五六稿”，当是五六“大回文字”。有一点值得注意：脂砚引用了有关袭人故事那一回目中的一句，只有七个字，与八十回中的八字句回目不侔。[②]这一异常，只能这样解释：这种七字型回目属于旧稿《风月宝鉴》，尚未改写成与定稿回目一致的句型。

第十九回宝玉访黛玉，写出了他们互通情愫的最初迹象。脂砚在这回末尾评道：

> 玉生言（香）是要与小恙梨香院对看，愈觉生动活泼。且前以黛玉，后以宝钗，特犯不犯，好看煞。
>
> 丁亥春　畸笏叟[③]

丁亥是1767年。我们知道，宝钗从梨香院移居大观园是第二十三回中事，后又搬回梨香院则是第七十五回中事。此评提

① 见影京本第二十六回，页590，朱笔眉批。

② 脂砚在另一条评语中又引了后文的一个回目，一联两句，各八字，参看前文页113。

③ 见影京本第十九回，页438，朱笔眉批。

到的宝钗“小恙”，当在八十回后的某一回。脂砚1767年写此评时，该回文字当仍在人间。[1]

在此以前，脂砚还读过卫若兰“射圃”故事的修改稿[2]，此稿在作者死后失落。关于这位史湘云未来丈夫的故事以及其他佚稿，将在本书第十五章中讨论。

此外，早期手稿中还有一些情节，脂砚见过，但作者从未展开铺陈，其中之一是宝玉绝望的决定——出家。第二十二回讲到宝玉躲进道家思想，脂砚评道：

> 宝玉之情今古无人可比，固矣，然宝玉有情极之毒，亦世人莫忍为者，看至后半部，则洞明矣。此是宝玉三大病也。宝玉有此世人莫忍为之毒，故后文方能“悬崖撒手”一回。若他人得宝钗之妻，麝月之婢，岂能弃而[为]僧哉。[3]

从另一条评语中可以看出，宝玉出家前，家境贫寒已极：“[宝

① 这一段为英文本《〈红楼梦〉探源》所无，是作者在自校本中增补的，原文是英文。——译者注

② 见影京本第二十六回，页604，署年丁亥，墨笔眉批。

③ 影京本，页472，墨笔双行批语；又《辑评》，页352~353。

钗？］寒冬噎酸齑，［宝玉］雪夜围破毡。”[①]此联不全，像是脂砚从某一回目中摘引出来的残句。尽管脂砚很清楚宝玉是如何出家的，但在另一则评语中，他说从未见过这一接近尾声处的原稿：

> 叹不能得见宝玉“悬崖撒手”文字为恨。
>
> 丁亥（1767）夏　畸笏叟[②]

此评写于作者死后三年半。可能作者生前没有把《石头记》写完。脂砚一定是从旧稿《风月宝鉴》或作者本人那里知道这个结局的。

第四节　警幻“情榜”

脂评曾多次提到曹霑未定稿最后一回有一警幻情榜。博学的尼姑妙玉出场时，脂砚在一条早期评语中列出了正册“金陵

① 影京本第十九回，页414；又《辑评》，页303。

② 同上书，第二十五回，页585，朱笔眉批；又见《辑评》，页419。在脂残本中，此评没有署名，也未系年，“宝玉”写作“玉兄”。见《文存》，页605。

十二钗”的名单和副册、又副册中几个姑娘的姓名。后来，脂砚在同一页上加了一条眉批：

> 树（前）处引十二钗总未的确，皆系谩拟也。至末回警幻情榜，方知正副再副三四副芳讳。
>
> 壬午季春　畸笏[①]

另有一条评语表明，宝玉也榜上有名：

> 余阅此书亦爱其文字耳，实亦不能评出此二人终是何等人物。后观情榜，评曰“宝玉情不情，黛玉情情”，此二评自在评痴之上，亦属囫囵不解，妙甚。[②]

---

① 见影京本第十七回，页381；又《辑评》，页278。评语第一字“树”，当为“前”字之抄误，周汝昌作了校正。见《新证》，页545。从这条写于壬午即1762年的评语，可以约略推断脂砚见到情榜之前写“前处”评语的大致时间。在第十九回的一条双行夹评里，脂砚也提到了情榜。可见第十七回中“前处”那条评语属于脂砚所写的第一期评语，第十九回的评语则属第二期。曹雪情榜之作，当晚于脂砚的第一期评语而早于第二期评语，约在1754年前。

② 同上书，第十九回，页421，双行墨笔评语；又《辑评》，页309~310，所谓“宝玉情不情，黛玉情情”，确实费解难译。［译者按：作者在英文本中把“情不情”译为“passionate（lover）yet without passion at all”，把“情情”译为“lover with pure love”。］“情不情”和“情情”，可用作具体名词或抽象名词，也可用作形容词。一经翻译，必然难以表达原文的含义。

棠村序文解释宝玉名列情榜的缘由是，因为“宝玉系诸艳之贯”[①]。脂评中的“情痴”，可能是对秦可卿纵情丧生的断语。脂砚在其他一些评语中也提到过情榜或其中的断语。[②]其中之一，评宝玉在起用聪明的丫头红玉问题上犹豫难决，是这样说的：“玉儿每情不情，况有情者乎？”[③]此处所谓“有情”，是指宝玉的大丫头袭人，显然也正是情榜对袭人的断语。而袭人又是宝钗的影子，可见“有情”也是对宝钗的断语。[④]这也正如晴雯之于黛玉：晴雯是黛玉的影子，两人同被断为“情情”。

根据第五回“金陵十二钗”簿册和《新制红楼梦十二支》曲中的预言和线索，我们也来尝试对警幻情榜作一番钩

---

① 见影京本，页349，墨笔过录在第十七回正文前；又《辑评》，页256。俞平伯先生以脂戚本为根据，认为“宝玉系诸艳之贯”的“贯”应作“冠”。见《研究》，页223~224。“贯”，指贯通的脉络。“冠”，意谓领袖。改“贯”为“冠”，未必得当。

② 如影京本第二十二回，页506；第二十三回，页526；第二十八回，页634，页636；第三十一回，页711。又见《辑评》，页177，引脂残本第八回（其中“情榜”误为“情讲”）。

③ 同上书，第二十五回，页561；又《辑评》，页406。“有情”本佛语，但在这里是在“有情人终成眷属”的意义上使用这个概念的。

④ 关于宝钗的断语，著者在别处还曾推论为“无情”，从宝玉生日掣签中得来。见《罗音室学术论著》卷三，页386。——编者注

沉。宝玉排在榜首，正副五册中的女子则仿照《汉书·古今人表》[①]格式，即：第一行十二钗，由林黛玉领头，依次是薛宝钗、元春、探春、史湘云、妙玉、迎春、惜春、王熙凤、巧姐、李纨、秦可卿；第二行，以香菱为首[②]，其后是宝玉的一些女性亲戚；第三行由宝玉最钟爱的丫头晴雯列第一，其后是袭人[③]、麝月等。五行共列女子60名。设横排为行，纵向为列，则每列五人，合一断语。第一列"情情"，由第一行的黛玉，第二行的香菱，第三行的晴雯等组成。第二列"有情"，以宝钗为首，第二人不详，第三人是第三行的袭人。最后

---

① 此表在《前汉书》卷二十，表中按编史者的道德标准把汉代以前人物分为九类。情榜则根据人物与主人公的伦理关系分册。

② 香菱名列副册第一，这个问题已在警幻仙子的簿册中解决。见影京本第五回，页112。残本第三回脂评也说："甄英莲（香菱原名）乃付（副）十二钗之首。"见《辑评》，页77。俞平伯先生看了脂京本页380~381的另一条评语后，详细地讨论了这个问题。他认为香菱应列在又副册。（《研究》，页222~223）但俞先生忘了，就在页381的那条评语之上，脂砚在一条署年壬午的朱笔眉批中承认他"前处引十二钗总未的确"。俞先生也未注意他自己辑录自脂残本第三回的一条评语。他想使读者相信：曹雪自己在第五回中把警幻簿册写错了；而脂砚后来自认不确的那条评语倒是对的。

③ 影京本第十九回，页425有一条脂评："袭人……自是又副十二钗中之冠，故不得不补传之。"按，这也是脂砚早期评语，正如上文妙玉出场时那条评语所说，"总未的确"。彼时未见末回情榜。在榜自应以晴雯为首。（译者附言：此注为英文本所无，是作者增补在自校本上的，原文是中文。）

一列，即第十二列，断语是“情痴”[①]，居首的是秦可卿，尤三姐、尤二姐、金钏等属之。[②]我们可以设想第九列的断语是无情[③]，以王熙凤为首，薛蟠妻夏金桂和贾政妾赵姨娘归入这一列。

以情榜作为全书的结尾，体现了作者浑然一体的构思。作者力图通过这个十分宏大的计划，使尘世和彼岸间沟通融会，而无损于小说的主要情节和主题思想的现实效果。因此，情榜是对第五回《新制红楼梦十二支》曲和第一回楔子的补充，赋予它们以更丰富的内涵。

我们不知道作者在原稿最后一回中是用何种方式来提出这个情榜的。胡博士认为，它大致与《水浒传》中的石碣或《儒林外史》中的幽榜相仿佛，因此，他认为，缺了情榜对小说也无大损失。[④]然而，《水浒传》中刻有一百单八条好汉名单的石碣，是在他们事业达到巅峰时而不是在收场时出世的。[⑤]《儒

① 此断语出现在《新制红楼梦十二支》曲的尾声中：“痴迷的枉送了性命。”见影京本第五回，页125~126。

② 四人皆因爱情或婚姻变故自杀。

③ “无情”这个概念也出现在《新制红楼梦十二支》曲的尾声部分：“无情的分明报应。”见影京本，页125。

④ 参看《近著》，页413。

⑤ 17世纪40年代后流行的《水浒传》是经过金圣叹评点的，被他删为七十回。此前有一百二十回本，一百一十五回本，一百一十回本和一百回本，其中有九种至今犹存。见何心《水浒研究》页22~23，页100~101，上海文艺联合出版社1955年版。

林外史》中的幽榜则是小说的附录，与全书情节发展无关，其真实性也有可疑。[①]较为确切的类比是小说《金瓶梅》的最后一回。其时金人大举入侵中国北部，婢女小玉陪着她的主母即小说主人公西门庆的遗孀吴月娘仓皇逃难，南行途中，半夜见高僧普静在佛寺里超度小说中的亡灵，打发他们按照各自的命运转世投生。《红楼梦》原稿在最后一回中，可能有某种类似的处理：宝玉出家后，警幻手持情榜，再度现身，舞台转回到小说开场时那个大荒无稽的仙境。人间俗世形形色色的百态万象，以警幻慧眼观来，自无异于梦幻泡影，而警幻的职司，正如其名所示，告诫世人从幻梦中猛醒。书中人物就这样向他们历劫下凡前的彼岸回归，从而完成“彼岸—此岸—彼岸”的大轮回。[②]至于那块石头，作者早在第一回神话故事里交代得清清楚楚：他把历劫期间离合悲欢的尘世遭遇镌刻在自己身上。于是乎才有了这部《石头记》。[③]

---

① 《儒林外史》的故事写到万历二十三年（1595）。幽榜则系于万历四十三年（1615），当时小说中的人物已不在人世。见小说第五十五回及附录。根据钱静方《小说丛考》和邓之诚《骨董三记》，此幽榜并非著者原作。见1936年初版，1957年由上海古典文学出版社重刊的孔另境先生的《中国小说史料》，页180~181。杨宪益先生翻译的《儒林外史》英文本（1957年北京版）中，删去了列名幽榜的附录。

② 作者的朋友明义见到，在早期手稿中，“石头”的确回到了青埂峰下。参看后文《〈红楼梦〉的一个早期稿本》。

③ 见影京本第一回，页11~12。

附表：脂京本中每回页数一览表①

回次	页序	页数	回次	页序	页数
1	9—30	19.5	△19	407—439[c]	20
2	33—51	18.5	△20	441—457	24
3	55—79	24.3	△21	463—482	20
4	83—99	17	△22	487—510[d]	24
5	103—129	26.2	△23	515—531	16.2
6	133—153	21	△24	235—559	24.4
7	157—177	21	△25	561—585	24
8	181—200	19.3	△26	587—607	21
9	203—219	16.3	27	611—629	19.5
10	223—237[a]	15	28	633—660[d]	17.3
11	241—257	16.6	29	663—687	24.3
△12	259—271[b]	12.5	30	691—707	16.4
△13	273—288[b]	15.4	31	713—732	20
△14	289—305	16.2	32	737—753	16.4
△15	307—322	15.6	△33	755—768[e]	13.7
△16	323—346	24	△34	769—790[e]	19.2
△17	351—405[c]	22	△35	791—813[ae]	22.2
△18			△36	817—836	19.5

① 此表已据著者自校本修正。——编者注

续表

回次	页序	页数	回次	页序	页数
△37	839—866	27.6	59	1391—1405	14.3
△38	869—886	17.7	△60	1407—1427[e]	21.1
△39	887—905	18.2	△61	1431—1449[e]	19
△40	907—933[a]	26.2	△62	1451—1485	34.9
△41	939—957	19	△63	1487—1523	36.7
△42	961—983	22.4	△64	1525—1554[f]	29.1
△43	985—1005	21	△65	1555—1577	22.2
△44	1007—1028	21.4	△66	1579—1593	15
△45	1029—1054	26	67	1595—1623[f]	29
△46	1057—1081	24.5	68	1625—1644[g]	20
△47	1083—1103	20.7	69	1645—1665	21
△48	1107—1127	20.5	△70	1667—1686[ae]	19.6
△49	1131—1152	21.5	△71	1689—1714	26
△50	1153—1180	27.3	△72	1715—1737	22
△51	1185—1206	21.5	△73	1739—1762	24
△52	1207—1230	24	△74	1763—1797	34.4
△53	1231—1256	26	△75	1801—1832	31.3
△54	1261—1285	24.7	△76	1833—1859	27
△55	1287—1310	23.5	△77	1861—1894	34
△56	1311—1335	25	△78	1895—1932	37.2
△57	1337—1368	31.7	△79	1933—1948	16
△58	1369—1389	20.3	△80	1951—1973[c]	22.2

表中符号“△”代表此回有双行小字夹评。评语从前数回占3页至后几回占半行不等。此书每页10行，300字。回间夹页有墨笔及朱笔评或棠村序文（译者附言：最后五个字是著者在自校本上加的）。眉批及行间夹评不占正文位置，故未标明。

a——回末故事与下回回首不接。

b——因作者修改致使此回缩短，参见本书后文《前八十回中的若干问题》第四节。

c——缺回目。

d——作者原稿缺损。

e——回中至少有一、二或三条评语。

f——脂京本全回缺，从其他底本补，无任何评语，参见后文《前八十回中的若干问题》。

g——脂京本丢1642、1643两整页，共560字，因此，此六十八回应为22页。

曹雪写此书的原定计划

曹雪的《红楼梦》中断于八十回，这是中国文学无法弥补的损失，也引起了许多人对作者嗣后计划的猜测。18世纪80年代起，出了许多赓续补亡之作，其中以高鹗所续的四十回最为成功。小说有了高续，才有完整的面目，才得以广泛流传，脍炙人口。但后来脂评《石头记》的出版却使我们借助脂评可以再现曹雪原定的计划，从而得知高续的许多地方与曹雪这一计划不符。

除第五回中的《红楼梦》曲子和我们已在前一章中讨论过的那些线索外，前八十回中还有许多情节，如不与脂评参读，初看似乎只是一些游离的断片，但一经脂评指点，便知这些插曲正和脂砚见过的佚稿中的后文故事遥相呼应。用脂砚的话来说，这部小说就是用这种“千里伏线”[①]严密地组织起来的。前文出现的故事，看似琐细平常，其实无一“废墨”，都和后文有这样那样的关照。必须充分了解曹雪这种恢宏精致的构思，才能领略这部小说是多么壮丽夺目，其伟大处不亚于最佳的希腊悲剧。高鹗的续作则与前文脱节，不独浪费了自己的笔墨，而且破坏了曹雪设计的脉络，使前八十回的许多情节变得支离芜蔓，无法体现其本初的深意。倘若把曹著的前八十回和高续的后四十回视为一个整体，即使大师如陈寅恪先生，也只能喟叹《红楼梦》在整体结构上甚至不如文康的《儿女英雄传》！[②]

本章将综述作为全书结局的贾府败亡之由的轮廓。[③]

---

① 脂砚曾多次使用“千里伏线”这个概念来形容这部小说的布局。在影京本，页733，页947和《辑评》页104，页132，页441等，都可以找到这种评语。——译者注

② 见陈寅恪先生《论再生缘》1951（？）年广州油印本，页31上。陈先生作出这一评价是在脂评石头记（脂京本）出版之前。编注：参阅《罗音室学术论著》第三卷，页29~30。

③ 因本书为摘选本，此处删原文“至于书中各个角色在八十回以后的归宿，将在第十五章中讨论”字样。——责编注

第一节 “通部书”中之“四大关键”

全书有几大关键，使“风月繁华”的大观园内表面上欢乐幸福的生活急转直下，迭遭大祸，终于导致贾府的败亡。这些关节，曹霑都安排在八十回之后发生，但在高鹗的续四十回中却所存无几，这对我们读者来说真是憾事。小说前半部的第十八回很要紧，曹霑在这回中精心为后半部埋下了伏线。元妃回府省亲时点过四出折子戏：① 豪宴；② 乞巧；③ 仙缘；④ 离魂。这些都是当时流行的剧目，似乎信手点来，漫不经心。但脂砚在评语中破解道：第一出，选自《一捧雪》，“伏贾家之败”；第二出，选自《长生殿》，“伏元妃之死”；第三出，选自《邯郸梦》，“伏甄宝玉送玉”；第四出，选自《牡丹亭》，“伏黛玉之死”。他说，“所点之戏剧伏四事，乃通部书之大过节大关键。”[①]

对这四出戏，需要作点解释，以便了解它们在小说后文所起的伏线作用。

---

① 见影京本，页402。《一捧雪》是李玉（16—17世纪）的作品。《长生殿》是洪升（1646—1704）的作品，此剧有杨宪益先生和戴乃迭女士的英译本，1955年北京出版。《邯郸梦》和《牡丹亭》都是汤显祖（1550—1616）的作品。

1.《一捧雪》是一白玉杯的名字。这个稀世之珍受到豪门觊觎，致使其主人莫怀古[①]身罹大祸。其实，这部戏乃取材于明代将军王忬[②]的遭遇。王收藏了一幅宋人张择端的名画《清明上河图》，被奸相严嵩之子严世蕃看中夺走，但恶棍汤裱褙向严报告，严所得为赝品。王因此于1559年以贻误军机罪被处决，真实的原因乃是严借机发泄被骗之恨。《红楼梦》中有贾赦霸占穷书生石呆子古画扇的故事。石宁死也不肯放弃扇子，贾赦通过他在当地做官的朋友贾雨村，讹石拖欠官银，将石下狱，把扇子抄没官府，送给贾赦，“那石呆子如今不知是死是活。”[③]

周汝昌先生正确地指出，此乃贾府终归破败的主要原因之一，而贾雨村也就是这个故事中的恶棍。[④]大概日后陷害石呆子一案败露，贾雨村、贾赦皆因此下狱，所以《好了歌》注中的这样两句：

因嫌纱帽小，
致使枷锁扛。

---

① 莫怀古，就字面讲是“不要怀有古董”的意思。
② 见《明史·列传》第九十二，卷二〇四。
③ 见影京本第四十八回，页1115~1116。
④ 见《新证》，页594~595。

脂砚正在这里加评："贾赦、雨村一干人。"尽管故事的发展方向不同，但像《一捧雪》中的玉杯毁了莫家（《清明上河图》则毁了王家）一样，画扇最终也给贾府带来了大祸。

2.《乞巧》选自《长生殿》，讲唐明皇和杨贵妃的爱情悲剧。曲中第二十二折《密誓》，是指他们二人七月七日在长生殿山盟海誓，愿生生世世为夫妻。后因贵妃堂兄[①]杨国忠误国，公元755年安禄山叛乱，贵妃在从长安出逃到四川的途中被迫缢死。脂评说，此戏伏元妃之死。看来，曹雪原稿中的这一部分，必与高续第九十五回中关于元妃因病早夭的描写完全不同。我们知道，曹雪有一姑母于1706年11月30日嫁给平郡王讷尔苏，[②]讷死于1740年，[③]即曹雪之父曹頫复职后第五年。[④]如小说中的线索可据，曹雪的姑母大约死于18世纪20年代初，比讷尔苏死得早得多。[⑤]看来讷尔苏或其妻之死肯定加速了曹家的没落。[⑥]

3. 汤显祖的《邯郸梦》是根据唐人沈既济的传奇小说《枕

---

① 英文本为brother，据著者自校本更正。——译者注

② 参看后文《脂砚斋是谁》，页229。

③ 见《清代名人传》卷二，页740。

④ 参见前文，页46。

⑤ 见后文《前八十回的若干问题》页198注①。

⑥ 关于元春之死，参见同上，页199~201。

中记》写成的戏曲。有个热衷于仕途的穷书生，姓卢，在邯郸旅舍里遇到道士吕洞宾，当时居停主人正在煮黄粱粥。卢生诉说人生坎坷，吕给他一个两端有孔的青瓷枕。卢倦极欲睡，见枕孔逐渐变大，便入内，至一贵人家，喜得娇妻，多生贵子，自己登科做官，宦途得意，位至宰相。一度受诬，以叛国罪发配，终因皇恩，遇赦复职，受封为赵国公，寿至八十而薨。于是梦醒，见自己躺在吕洞宾身边，炉上的黄粱粥尚未煮熟。吕告诉他，世间功名利禄也无非一梦。汤显祖这部戏曲的最后一折，题为《合仙》，讲卢生被吕洞宾携至仙境，受仙家点化升天。这个故事，大概与宝玉看破“风月繁华”，顿悟人生似梦，接受佛教真谛的故事相似。但与“甄宝玉送玉”之间的联系则难以重构。不过，在原稿佚文中确有玉被“误窃”的故事[①]和凤姐在门前扫雪拾玉的故事。[②]高鹗在续作中把失玉写得很神秘（第九十五回），且把还玉的过程更加神秘地说成是一来历不明的和尚所为（第一一五回），显与曹雪原来的构思完全不同。

4.“离魂”是《牡丹亭》第二十折《闹殇》的主题。剧中

① 见《辑评》，页178，录自脂残本第八回脂评：“塞玉一段又为误窃一回伏线。”“塞玉”一事，见影京本，页198。

② 见影京本第二十三回，页522，墨笔双行评语。

女主人公杜丽娘因相思而死，林黛玉则因宝玉与宝钗结婚而死。二者相类，自不待言。

既然以上四个戏曲故事伏下了小说后半部发展的线索，是“通部书”的“大关键”，可见这些转折点的发生，必在八十回之后不久。这样，才能留出足够的篇幅，去写宝玉婚后生活和其他主要角色的悲剧性下场。[①]

第二节　贾府的败亡

脂砚用两条评语总结了贾府败亡的根由。其一是对第四回中“护官符”的评语。此符是一张金陵有权势人家的单子，这些家族的成员即使犯了法，地方官也必须特殊回护。单上列了贾、史、王、薛四家，而史是贾母和史湘云的娘家，薛是薛宝钗的娘家。脂砚评道：

> 此等人家，岂必欺霸方始成名耶？总因子弟不肖招接匪人，一朝生事则百计营求，父为子隐，群小迎合。虽暂

---

① 在作者早期手稿中，元春之死发生在第八十回之前，但他修改时把这一情节推延到第八十回以后。参看后文页199~201。

时不罹祸网，而从此放胆，必破家灭族不已。哀哉！[1]

另一条评语，评的是正文中紧接着的几句表白："四家皆联络有亲，一损皆损，一荣俱荣，扶持遮饰皆有照应的。"脂砚评道："早为下半部伏根。"[2]如是，曹氏原稿后文必有若干处讲到贾府子弟结交匪人致祸，以及其他几家出事对贾府的影响。有些事端的严重，大约到了足以"灭族"的程度。[3]除了贾雨村用奸计夺画扇外，还有其他不少事情也是促使贾家覆亡的原因。如王熙凤受贿三千两银子，害死了一对已经聘定的青年。[4]她假丈夫之名，给一位节度使修书，叫他影响他的下属，解除其儿子的婚约。在王熙凤托名修书的文字下面，脂砚评道："不细。"[5]出手告捷壮了王熙凤的胆，她日后越发不择手段地干了许多诸如此类的事。[6]在小说后半部，王熙凤的假信想必漏出破绽，罪行败露，殃及贾府。脂砚在评论她受贿三千两时说："如何消

① 《辑评》，页99，录自脂戚本第四回。
② 同上书，页99，录自脂残本、脂晋本。
③ 灭族之祸，不一定坐实贾家，也可能指其他巨室中的某一家。
④ 参看《红楼探源》页139。
⑤ 见影京本第十五回，页322，墨笔双行评语。
⑥ 同上书，第十六回，页324，墨笔双行评语。

檄，造业者不知，自有知者。”[①]有条署名评语还这样说：

阿凤心机胆量真与雨村是一对乱世之奸雄。后文不必细写其事，则知其生平之作为。回首时无怪乎其惨痛之态[②]……脂研[③]

王熙凤的贪婪和贾雨村的奸险使得贾府终被抄家，好多人坐牢，宝玉也未幸免。这些事情的发生，当在宝玉结婚以后，出家之前。

---

① 见影京本朱笔行间夹评。

② “回首”，本佛家语，这里指死亡。袭人在她母亲死后对鸳鸯说：“我也想不到能够看父母回首。”（见影京本第五十四回，页1265。）高鹗不懂，把它改成“殡殓”。（见《红楼梦》，页580。）又，参看《儒林外史》亚东版，第二十回，页13：“牛先生是个异乡人，今日回首在这里，一些什么也没有。”这是牛布衣死后，他寄寓的庙里的住持在葬礼上说的。

又，参看《古今小说》卷三十七，《梁武帝累修归极乐》，页2：“今日拜辞长老回首……闭着眼睛去了。”页8：“我姊妹二人，今夜与你们别了，各要回首……如何不带挈养娘一同回首？”（这最后两例，为英文本所无，是作者补注在自校本上的，原文是中文。——译者注）

③ 见影京本第十六回，页324，墨笔双行评语。

第三节 “落了片白茫茫大地真干净”

最后，每况愈下的贾府连同它的种种罪孽被一场大火烧得干干净净。这可从两条脂评得知。早在第一回甄士隐（真事隐）的女儿元宵被拐的故事中，就有一场火从毗邻的小“葫芦庙”延来，把甄家烧成一片瓦砾。脂砚评道：“写出南直召祸之实病。”① 小说中还有一个荣国府马棚失火的情节，脂砚评道：“一段为后回作引。”② 继抄家、籍没、下狱之后，又来了这场大火，贾府大概已所剩无几。接近尾声前，贾家又走了两位姐妹。探春远嫁他乡，早在第二十二回里，脂砚就探春制的灯谜“风筝”评道：“此探远适之谶也。使此人不远去，将来事败，诸子孙不至流散也。悲哉，伤哉！”③ 在同一页上，脂

---

① 见《辑评》，页52，录自脂残本第一回。南直，即南直隶，是江苏的旧称。（参看《杂剧三集·梦幻缘》，第二出：“第一甲第一名史珏，南直梁州人。”——此条为作者补注，录自自校本。）评语提到的大火无疑是一历史事实，可能发生在南京的某织造厂，也可能是江宁织造官邸起火。但曹的继位者隋赫德在奏报曹氏家产的折子（参看前文，页56。）中没有提及财物被焚等情，曹寅的藏书也安然运到北京（见前文页57，注②），看来这场火不像起于官邸。也许，曹頫革职的直接原因是这场大火。

② 影京本第三十九回，页900，墨笔双行评语。

③ 影京本，页510，同上。

砚评惜春的灯谜“佛灯”道：“此惜春为尼之谶也。公府千金至缁衣乞食，宁不悲夫？”秦可卿临死时说过：“三春去后诸芳尽，各自须寻各自门。”[①]又说，“树倒猢狲散。”[②]《红楼梦》曲子最后一支的最后几句，用生动的画面概括了这部大悲剧落幕时的最后场景：

好一似食尽鸟投林，
落了片白茫茫大地真干净！[③]

---

① 参看《红楼探源》页94，注①。“三春”语带双关，这里指迎春、探春、惜春。

② 参见前文《作者的生卒年》，页41~42。

③ 见影京本第五回，页126，正文。脂砚评此句云：“又照着葫芦庙。”（见《辑评》，页127，录自脂残本。）按，葫芦庙烧成了白地，则此白茫茫的大地，亦指烧成的白地。高鹗以为雪景，乃误解原意。——此注为英文本所无，是作者自校本上的补注。

后半部书中故事探源

探索作者原稿后半部的内容，绝非仅为好奇，实为替更全面的批评工作奠下基础，对作者作出更公平正确的评价。[①]

书中有十个或十几个关于主要人物的故事，有可能根据前文或评语新提供的伏线进行探索。但这些故事之间的关系已无法追踪。本章试图讨论的，只限于那些无可争议地存在于原稿中的重要故事。下文将分节勾勒这些故事，并分别冠以独立的标题，其实，在曹雪原稿中，其中有些故事无疑已被组织成为互有联系互相贯通的长篇故事。把它们分割开来探讨，只是因为原稿中那些重要的联系脉络已经找不到了。

① 英文本没有这一段。这是作者在自校本上的眉批，原文是中文。——译者注

第一节　林黛玉之死

曹雪原稿后半部中，无疑有黛玉之死和宝玉很不情愿地与宝钗成婚的故事。这一点，在《红楼梦》十二支曲的头两支中已经交代清楚了。[①]不清楚的是，黛玉是否像高鹗续补的那样，死在宝玉举行婚礼的同时。从第一回甄士隐对《好了歌》的注解来看，宝玉是在黛玉死后不久结婚的：

> 昨日黄土陇头埋白骨，
> 今宵红绡帐底卧鸳鸯。[②]

上句讲黛玉之死，下句讲宝玉结婚，两句适成对照，写出了办

---

① 见影京本，页120~121，正文。

② 见影京本第一回，页29。《辑评》页54~56从脂残本录入了脂砚对歌词所作的逐句评语。因俞先生系根据脂配本间接转录，许多评语被误抄在不相干的句子之下。错误如此明显，看来俞先生未作必要的校订。例如，在“如何两鬓又成霜”句下，俞先生过录了“黛玉晴雯一干人”的评语，但这两位姑娘去世时都不满20岁——晴雯死时才16岁。（见影京本第七十八回，页1926）显然，“黛玉晴雯一干人”是对前引“黄土陇头埋白骨”的注脚，而与“两鬓又成霜”相对应的注脚则应是前一条脂评：“宝钗湘云一干人。”王佩璋先生在非难他过去的导师俞平伯先生时利用了这个例子，却贬低了脂评的价值。参看《讨论集》卷一，页123。

喜事的悲剧气氛。至于林黛玉泪尽而死的时间，当发生在第八十回之后不久，这从此前几回连续出现的暗示中可证。还泪之说，源于第一回的神话：黛玉的前身绛珠草，得到宝玉的前身石头的灌溉照拂，绛珠草因此设誓，下世为人要把一生所有的眼泪还他。[①] 第七十六回姑娘们中秋联句，林的诗句“冷月葬诗魂”是她夭逝的预兆。宝玉钟爱的丫头晴雯是黛玉的影子，晴雯死了，第七十九回中宝玉为她作诔，有些词句，不像祭晴雯，更像悼黛玉，使黛玉不禁移神变色。当时黛玉在咳嗽，脂砚又评，“总为后文伏线。”[②] 紧接着，宝玉的堂姐迎春许配孙某，那人后来证明是个“中山狼”，害死了这位善良的弱女子。迎春离开大观园后，宝玉在她的旧居前徘徊，不胜惆怅，脂砚评曰：“先为对境悼颦儿作引。”[③] 当时已届晚秋。前文讲宝玉春日访黛玉，作者用了“凤尾森森，龙吟细细”[④] 一联描写黛玉居处的美丽幽静，脂砚却在这两句下评道：“与后文‘落叶萧萧，寒烟漠漠’一对，可伤可叹！”[⑤] “落叶”一联，显然是脂砚从后文宝玉到黛玉居处凭吊时的写景文字中引来，可见黛玉之死，也同在晚

---

① 见影京本，页17，正文。
② 同上书，第七十九回，页1935~1936，双行墨笔评语。
③ 同上书，页1938，同上。
④ 同上书，第二十六回，页597~598。
⑤ 同上书。又见《辑评》，页432。

秋时节。

棠村在第四十二回前的序文中提到过“黛玉死后宝钗之文字”，[①] 俞先生把这句话解释为“黛玉逝后宝钗伤感得了不得”，[②] 但这仅是猜测而已。早在第二十二回中，宝玉和黛玉有点误会，黛玉问宝玉：“他（湘云）得罪了我，又与你何干？”脂砚评道：

> 问的却极是，但未必心应。若能如此，将来泪尽夭亡，已化乌有，世间亦无此一部《红楼梦》矣！[③]

这条评语告诉我们，黛玉死后，这部书并不戛然而止，还有许多故事要说。[④] “离魂”是通部书中承上启下的一个“大关键”，既然林死后书里还有许多故事，可见黛玉之死不可能发生在第八十回之后很久。作者不忍叫林姑娘死得太早，但若要这位无辜少女来分担行将降落贾府的种种磨难，想必使作者更受不了。

---

① 见影京本，页959。

② 见《研究》，页213。

③ 见影京本，页497，墨笔双行评语。

④ 第二十一回脂评：“以及宝玉砸玉，颦儿之泪枯，种种孽障，种种忧岔（忿），皆情之所陷，更何辩哉！”（见影京本，页468）则黛玉死后，又有宝玉砸玉故事。这是作者在自校本上的补注，英文本所无。——译者注

第二节 王熙凤的下场

在《金陵十二钗》簿册中，王熙凤被画成一只栖在冰山上的雌凤。配画的诗是个谜，其中有一句廋词，若不了解她后来的生活便难以破解。但在高鹗的续作中，并没有写这些故事。[1]那一句诗中的“人木”二字，可合成一个“休”字，意即被离弃。[2]其最后一句是：

哭向金陵事更哀。

高鹗根据这一句，拙劣地让王熙凤死前在病榻上不住嘴地胡言乱语，说要“到金陵归入册子去”。[3]高鹗可能没有注意，也可能没有看懂上一句最后两个字的含义。

《红楼梦》十二支曲中的第九支，写的就是王熙凤，题

---

① 在高本中，贾母死后，王熙凤在贾府很孤立（第一一〇回），最后死于妇科病（第一一四回）。

② 见影京本第五回，页115。脂评说，作者用的是“拆字法”。参看后文页154注②。

③ 见《红楼梦》第一一四回，页1260。

为《聪明误》：

> 机关算尽太聪明，反算了卿卿性命。生前心已碎，死后性空灵。家富人宁，终有个家亡人散各奔腾。枉费了意悬悬半世心，好一似荡悠悠三更梦。忽喇喇似大厦倾，昏惨惨似灯将尽。呀，一场欢喜忽悲辛，叹人世，终难定。①

前面提到的那幅画和这支曲，预示了这只雌凤一生的下场。画中的冰山是个关于唐代宰相杨国忠的典故，指一种短暂的靠不住的权势和气焰。②这支曲子是说，王熙凤费尽心机算人，最后反算了自己。高鹗续补时又忽略了曹氏原定计划中的这一情节，安排她在贾府境况依然良好的条件下自然病故。

王熙凤干了许多坏事，害死了好几条人命。除了逼死那对已有婚约的青年以外，她还毒设相思局害死她丈夫的堂弟贾瑞（第十二回）。当她偷听到自己的丈夫跟仆人鲍二的媳妇诅咒她，便闹得天翻地覆，逼得鲍二媳妇自缢（第四十四回）。她

---

① 见影京本第五回，页124。

② 杨国忠，公元752年任相。有人劝陕郡的张彖去拜谒杨国忠以谋高就，张答："君辈倚杨右相如泰山，吾以为冰山耳！若皎日既出，君辈得无失所恃乎！"见《资治通鉴》唐天宝十一年。此典也可在一定程度上支持我们前面的假设：元春之死与贾府败亡密切相关。

丈夫的侧室尤二姐，也因不堪受她虐待而寻了短见（第六十九回），这是她所设机关中最狠毒的一个。原来，尤二姐幼年曾许配给一个名叫张华的人，但这门亲事早已被尤父退掉。王熙凤知道了这段往事，便派人买通张华，唆使他去告发贾尤两家，借以羞辱她自己的丈夫贾琏及其妾尤二姐，同时讹诈尤二姐的异母姐尤氏。王得逞后，仍不知足，生怕张华日后泄露真相，又派仆人来旺行贿官府，以莫须有的罪名企图将张华在狱中治死；此计不成，又要来旺负责杀死张华。来旺未从，却向主母谎报，佯称张华已在回家途中被截路的歹徒打死。王熙凤的丈夫后来发现尤二姐死得蹊跷，便立志要报复这害人精。①

王熙凤树敌甚多，其中有一个是她主持秦可卿的盛大丧事时惩罚过的负责迎送亲客的女仆。一天早晨，她迟到了，王熙凤下令打她二十大板，革她一月银米。她被打后，还得向王叩头谢罚。脂砚在此评道："又伏下文，非独为阿凤之威势费此一段笔墨。"②这位女仆后来如何报复，以及她对王熙凤的失势起了多大作用，已难猜度，但看来她一定会叫王为此付出

---

① 见影京本第六十九回，页1663。高鹗删去此段，参看《研究》，页97。
② 同上书，第十四回，页297，墨笔双行夹评。又见《辑评》，页219。

代价。

小说前半部讲到贾琏与厨子的妻子多姑娘有染，多姑娘给了他一绺头发，被通房大丫头平儿发现。平儿怕王熙凤泼醋，为了保护贾琏，没有声张。贾琏却瞅平儿不防，将头发抢了过来。脂砚对这件事又评道："妙！说使平儿，再不致泄漏。故仍用贾琏抢回，后文遗失后过脉也。"[①]

这一绺头发和尤二姐之死，势必成为贾琏和王熙凤在八十回以后闹得不可开交的主要原因。[②]但是，不管他们吵得如何，王熙凤所以垮台，主要还是她伪造了那封曾经害死一对无辜青年的假信。她在叔父王子腾帮助下行贿谋害张华的未遂罪行，也肯定使她的案情更加严重。王熙凤的这些罪恶，加上她公公贾赦强占石呆子的画扇，招致官府彻查，终于贾府被抄，贾赦及其子贾琏，其媳王熙凤，乃至宝玉，[③]都被拘下

---

① 见影京本第二十一回，页480，墨笔双行评语。又见《辑评》，页362，脂戚本为："妙，设使平儿收了，再不致泄漏，故仍用贾琏抢回，后文遗失，方能穿插过脉也。"

② 周汝昌先生也指出了围绕着这绺头发的重现和尤二姐之死发生吵闹的可能性，他认为这是造成王熙凤早死的原因。但他没有说明，为什么这些争吵会使她死亡。参看《新证》，页600~601。

③ 脂砚评语中提到茜雪到狱神庙安慰宝玉，可见宝玉也曾下狱。见影京本第二十回，页443~444，朱笔眉批。

狱。也许贾琏很快获释，因为他也是受害者，不是罪犯。[1]

当他们系狱时，茜雪和红玉赴狱神庙替宝玉和王熙凤做了一些事，对他们的释放可能有所贡献。[2]这是一个复杂而令人感动的故事，曹雪写了五回或六回文字，但原稿在脂砚生前已经迷失。[3]

王熙凤出狱回家时，“冰山”已经消融。她把叔父王子腾扯进张华一案，娘家也被殃及。[4]此时她和贾琏已相互易位。一度惧内的丈夫占了上风，宁要性情和顺的侍妾平儿，也不理那只嫉妒、残忍、专横，但已失去昔日威风的“雌凤”。有一阵，王熙凤的地位下降到与婢妾为伍。最后，被她丈夫，毋宁说是被贾府休掉，不得不“哭向金陵”。离开之前，她还“强”了最后一次“英雄”，但已无济于事。脂砚在第二十一回前的总评中，曾把在贾琏与多姑娘事件中王熙凤对平儿的气焰和她后来可耻的奴颜作了对比。这篇评语相当长，不仅讲了小说后半部中王熙凤、平儿和贾琏的故事，也提到了宝

---

① 贾琏曾因没有把画扇弄到手，挨了他父亲贾赦一顿混打。见影京本第四十八回，页1116，正文。

② 参看前文页121。茜雪和红玉的故事将在第三节中单独讨论。

③ 参看前文页121。

④ 参看前文页139所引“四家皆联络有亲，一损俱损”以及脂砚评语“早为下半部伏根”。

钗、袭人和宝玉：

> 此曰（回）“娇嗔箴宝玉，软语救贾琏”，后曰（回）“薛宝钗借词含讽谏，王熙凤知命强英雄”。今只从二婢说起，后则直指其主。然今日之袭人之宝玉，亦他日之袭人，他日之宝玉也。今日之平儿之贾琏，亦他日之平儿，他日之贾琏也。何今日之玉犹可箴，他日之玉已不可箴耶？今日之琏犹可救，他日之琏已不能（可）救耶？箴与谏无异也，而袭人安在哉？宁不悲乎？救与强无别也，甚矣，今因平儿救。此日阿凤英气何如是也？他日之强何身微运蹇，展眼（亦）何如彼（是）耶？人世之变迁如此，光阴（倏尔如此）。①
>
> 今日写袭人，后文写宝钗，今日写平儿，后文写阿凤，文是一样情理，景况光阴事却天壤矣。多少眼泪洒出此两回书。②

脂砚说“‘救’与‘强’无别”，含义不明。当时是平儿救了贾

---

① “倏尔如此”四字，影京本中缺（见页460），但在脂戚本中保留下来了，见《辑评》，页343。

② 见影京本，页459~460。

琏，以免他的妻子王熙凤发现他和别的女人的私情。这事发生在贾琏搬出寝室时，因为他女儿大姐儿（后来改名为巧姐）出天花。脂评对此评道："在子嗣艰难化出。"[①]王熙凤没有子嗣，贾琏常和女人鬼混，王又多疑，嫉恨贾琏和其他异性有任何来往。王的最后一次"强英雄"，可能是指她忍痛目睹平儿成为贾琏正室，自己则沦为婢妾。因此第二十一回的"景况光阴"和后回相比，有了"天壤"之别。"人世之变迁倏尔如此"，王熙凤处境大变，彻底失败了。

平儿是一位品行端正，性情极好的女子。在小说前半部里，平儿在贾琏家里，处在一种亦婢亦妾的地位，但王熙凤总不让她接近贾琏。前几回书中也有平儿将成为贾琏正室的暗示。[②]至于王熙凤后来被贬为婢，则从脂评中关于"穿堂门前""便是凤姐扫雪拾玉之处"[③]一句可知。

脂砚说："他日之琏已不可救耶"，可能是指他在休王熙凤一事上持激烈的态度，连平儿也无法"救"他不走极端。第二十八回中，有三处文字都暗示王熙凤最终被丈夫遗弃。她

---

① 见影京本第二十一回，页475，朱笔行间夹评。

② 同上书，第四十四回，页1013，正文，"把平儿扶正了只怕还好些"，鲍二媳妇对贾琏说。又第四十五回，页1032正文，李纨对王熙凤说："给平儿拾鞋（还）不要（呢）！你们两个，只该换一个过子才是。"

③ 同上书，第二十三回，页522，墨笔双行评语。

在买通张华控告贾琏后，大骂为贾琏尤二姐说媒拉纤的贾蓉，以及贾蓉的母亲（即尤二姐的异母姐）。她一把鼻涕一把眼泪大闹宁国府，离奇地编派道："连官场中都知道我利害，吃醋。如今指名提我，要休我！"她要："请合族中人，大家觌面说个明白，给我休书，我就走路！"①下一页中，又重述了这些话。在小说后半部佚文中，当有这样一些故事：王熙凤因伪造假信和受贿三千两银子，真的被官府提审，真的下了狱，最后也真的被积怨甚深的丈夫休掉，哭着回金陵。在第六十八回中刻画王熙凤这些编派和做作，显然是在为后文那些故事作铺垫，使之具有更鲜明的讽刺意义。正是根据这些情节，《金陵十二钗》簿册把她画成一只雌凤，对她的一生下了这样的断语：

> 一从二令三人木，
> 哭向金陵事更哀。②

---

① 见影京本第二十三回，页1637，正文。

② 同上书，第五回，页115，正文。其中"二令"，也可以说成"冷"字；但"三人木"中的"三"字并非字谜"休"的组成部分，可见不能把"二"当作"冷"的偏旁，而且"冷"的左偏旁也不是"二"字。

俞平伯先生也"猜测"王熙凤最后会被丈夫休掉，因为丈夫和婆婆都不喜欢她。见《研究》，页153~154。

被贬作妾，也许就是被休之前的第一道“令”，但相形之下，逐回娘家当然“更哀”了。

王熙凤回到金陵，不久就死了，也许是横死，因为《好了歌》的注中是这样说的：

正叹他人命不长，
那知自己归来丧？[①]

“命不长”的“他人”，指王熙凤的朋友秦可卿；“归”则指被夫家离弃只得回娘家的王熙凤。

第三节　红玉、茜雪的故事

有两位女子，前面出过场，作者对其中之一且落墨甚多，到将近第八十回时却无影无踪了。第八回，宝玉院里的丫头茜雪，让宝玉的乳母，爱惹是生非的李嬷嬷，喝了为宝玉沏的枫露茶，因此遭到宝玉训斥。[②]第十九回和二十回，李嬷嬷

① 见影京本第一回，页29，正文。
② 同上书，页197，正文。

又到宝玉院里去哭闹，抱怨宝玉为枫露茶把茜雪撵走了。[①]第四十六回，贾母的大丫头鸳鸯又提到一次“去了的茜雪”。[②]从此以后，无论在八十回原稿或高鹗续作中，茜雪的名字再也没有在任何地方出现过。脂砚在第二十回的一条评语中说，茜雪的故事要到“狱神庙”慰宝玉一回方呈正文，但作者原稿已失。[③]在另一段描写晴雯与宝玉谈及李嬷嬷骂袭人一事时，脂砚评道：“一段特为怡红袭人晴雯茜雪三嬛之性情见识身份而写。己卯冬夜。”[④]看来，在曹雪计划中，茜雪是宝玉院里三个最重要的丫头之一。

怡红院里的另一个丫头红玉，又叫小红，或红儿，在前半部的一些章节中起着更加重要的作用。作者在五回书中用大量篇幅[⑤]来描写这位动人、俏丽、干净、苗条的16岁的少女，以及她对宝玉侄儿贾芸的暗恋。她是怡红院里的一匹黑马，几乎不为主子所知，因为那些好妒的丫头竭力不让她接近宝玉，后

---

① 见影京本，页419，页443，正文。

② 同上书，页1066，正文。参看《研究》，页219~220。

③ 同上书，页443~444，丁亥朱笔眉批。又见《辑评》，页332。

④ 同上书，第二十回，页444，朱笔眉批。

⑤ 同上书，第二十四回，页550~552，页555~557。第二十五回，页561~563。第二十六回，页587~592，页596。第二十七回，页614~622。第二十八回，页643。

来她刚被宝玉发现，却因其聪明才干受到王熙凤赏识而被调去使唤。从第二十八回她离开宝玉给王熙凤当差后，再也没有什么关于她的重要消息。①

红玉初次出场是在第二十四回末，脂砚在一条总评中说："红玉在怡红院为诸嬛所掩，亦可谓生不遇时，但看后四章供阿凤驱使可知。"②但此后在脂京本前八十回中，只有一回提到红玉供王熙凤驱使。③其他三回关于红玉的故事，按照曹雪原计划，想必发生在第八十回以后。在同小丫头佳惠的一次长谈中，红玉悲观地说，她们能一起在大观园，也不过三年五载，"千里搭长棚，没有不散的筵席"，针对这整段对话，脂砚在不同的年代写了以下两条评语：

红玉一腔委曲怨愤。系身在怡红，不能遂志，看官勿错认为芸儿害想思也。己卯冬。

---

① 在高鹗续作中，她的名字在四回中被提及（第八十八、第九十二、第一〇一、第一一三回）。其中，只有一次，贾芸来访王熙凤时，她开口讲了几句话。（见《红楼梦》，页995~996，页997。）

② 见影京本，页559，朱笔；又见《辑评》，页405。

③ 同上书，第二十七回，页617~644，正文。

狱神庙回有茜雪红玉一大回文字，惜迷失无稿，叹叹！丁亥夏，畸笏叟[1]。

后来红玉得以到王熙凤手下当差，脂砚评道："红玉今日方遂心如意，却为宝玉后（文）伏线。"[2]对红玉抓住这个机会"向上爬"，脂砚先在已卯年曾写了一条尖刻的评语加以苛责，但八年后，他又在紧靠上述评语处重新加评表示歉意："此系未见'抄没''狱神庙'诸事，故有是批。丁亥夏，畸笏。"[3]对红玉心甘情愿离开宝玉去服侍王熙凤，脂砚的评论是："且系本心本意，狱神庙回内方见。"[4]脂砚并在第二十七回前的一条总评中指出，在狱神庙里宝玉大得力于红玉的帮助：

凤姐用小红，可知晴雯等埋没其人久矣，无怪（其）有私心私情。且红玉后有宝玉大得力处。此于千里外伏线也。[5]

---

① 见影京本第二十六回，页590，墨笔眉批；又见《辑评》，页424~426。

② 见《辑评》，页448，录自脂残本第二十七回。脂京本中没有这条评语。

③ 见影京本第二十七回，页622，朱笔眉批；又见《辑评》，页451。这条评语以及其他有关原稿迷失的评语都是脂砚在作者死后三年半所写，似乎那些手稿是有人在作者死后向脂砚借走迷失的。

④ 见《辑评》，页451，录自脂残本第二十七回。脂京本中没有这条评语。

⑤ 见《辑评》，页441，录自脂残本第二十七回。脂京本中没有这条评语。

红玉跟王熙凤去了，脂砚评道：“又了却怡红孽冤，一叹。”[①]可见红玉在狱神庙之前不再出场正是曹霑计划中事，而在狱神庙那个很长的故事中，红玉将再度为狱中的王熙凤奔走。在讲狱神庙故事的那五回或六回佚稿中，有三回讲红玉为王熙凤出力，[②]其他几回讲茜雪慰宝玉和红玉助宝玉的故事。

如今要重构这些故事，真是惹人遐思，但已绝无可能。我们只能凭借想象去感知这些情节该是多么动人：在贾府败亡主人下狱之际，仅有这些可怜的旧婢在竭尽全力为她们的故主奔走！也许在这里需要重提一下第十八回中那条贾府落败的伏线《一捧雪》。[③]那出戏中，莫怀古蒙冤被判死刑，曾经参与仿制新玉杯替代古玉杯的义仆莫成，最后将自己乔装打扮去替代主人赴难。中国文学中这一经典式的“殉义”，比《双城记》中昔德尼·卡尔顿的“自我牺牲”早两个世纪。（托尔斯泰认为《双城记》是不符合他关于艺术的严格定义的几部巨著之一。）[④]红玉和茜雪这两个丫头（或两者之一）为王熙凤和

① 见影京本第二十八回，页643，朱笔行间夹评。

② 参看前文，页157~158。脂评指出，红玉供王熙凤驱使的文字有四回。她第一次供王驱使的故事已在第二十七回中写出。

③ 参看前文《曹霑写此书的原定计划》，页135。

④ 参看《艺术论》第十六章。

宝玉所做的事，也许与莫成为他主人所做的事有某种类似，当然，不一定非去代受死刑不可。

第四节　巧姐的归宿

王熙凤在主持荣国府家政的鼎盛时期，做了许多坏事，却有一件好事，尽管她的动机无非是一种纡尊降贵，赐恩施惠。有个村妇刘姥姥，是王熙凤祖上的远亲，因女儿女婿经济窘迫，带着外孙板儿来到贾府。王熙凤善待他们，给了她二十两银子（第六回）。过了些日子，刘姥姥携板儿二进贾府，送了些土产来。这一回，他们留在贾府住了几天，临走时，王给了她一百多两银子、丝绸衣裳和其他好些东西（第三十九至四十回）。当时，王熙凤唯一的女儿大姐又犯病了，刘对王提了点保平安的建议，还应王之请，给女孩取了个名字“巧姐”——孩子是七月初七生的，这名字正合中国的风俗。而且，“巧”还有“巧合”之意，刘姥姥解释道：“日后大了，各人成家立业，或一时有不遂心的事，必然是遇难呈祥，逢凶化吉，都从这‘巧’字上来。”[①]

① 见影京本第四十二回，页961~964，正文。

关于刘姥姥两次进贾府，脂砚写了好几条评语，这些评语清楚地表明，他读过小说后半部中刘与巧姐的关系以及巧姐和板儿结亲的故事。第六回开头，刘姥姥一进荣国府，棠村序文[①]说："此回借刘妪，却是写阿凤正传，并非泛文；且伏二进、三进及巧姐之归着。"[②]脂评也说："略有些瓜葛，是数十回后之正脉也。真千里伏线。"[③]小说讲到，刘姥姥是"红了脸"向王熙凤讨钱的，脂砚评道："老妪有忍耻之心，故后有招大姐之事。作者并非泛写。"[④]

刘姥姥二进荣国府时，有一段写板儿和巧姐交换他们正玩着的柚子和佛手。对这个有象征意义的插曲，脂砚加了两条评语：

> 小儿常情，遂成千里伏线。

> 柚子即今香圆之属也，与缘通。[⑤]佛手者，正指迷津

---

① "棠村序文"四字，在英文本中误作"总评"，现据作者在自校本上的勘误改正。——译者注

② 见《辑评》，页131；录自脂残本，第六回。

③ 同上书，页132；录自脂残本，第六回。

④ 同上书，页141，录自脂残本，第六回。"招"，犹"招亲"，"招女婿"。

⑤ "缘"与"橼"同音，"缘"通指缘分，特指姻缘。

者也。以小儿之戏，暗透前后通部脉络，隐隐约约，毫无一丝漏泄，岂独为刘姥姥之俚言博笑而有此一大回文字哉！[①]

所有这些评语都指明了一个事实：巧姐最后落脚到刘家的村子，嫁给刘姥姥的外孙板儿。这也完全吻合警幻簿册中透露的曹雪的原定计划。在那本簿册中，巧姐的画紧随在王熙凤的画后面，图上是“一座荒村野店，有一美人在那里纺绩”。有诗断曰：

事败休云贵，家亡莫论亲。
偶因济刘氏，巧得遇恩人。[②]

《红楼梦》曲子中的第十支，是为巧姐作的。这支咏巧姐的曲子也紧接在咏王熙凤的那支曲子之后，题目是“留余庆”。

留余庆，留余庆，忽遇恩人；幸娘亲，幸娘亲，积得阴功。劝人生，济困扶穷。休似俺那爱银钱忘骨肉的狠舅

① 见影京本第四十一回，页947，墨笔行间夹评；又见《辑评》，页501~502。

② 同上书，第五回，页115，正文。

奸兄！正是乘除加减，上有苍穹。[1]

《红楼梦》曲子的尾声中有这样两句：

有恩的，死里逃生；

无情的，分明报应。[2]

可视为“乘除加减，上有苍穹”的注解。第一句讲刘姥姥报恩，找到处在水深火热之中的巧姐并救了她。第二句讲王熙凤罪有应得的下场。

这些线索使我们知道，巧姐由于“巧合”，遇到了“恩人”刘姥姥。当时，贾府破落，众叛亲离，更糟的是还有“狠舅”即王熙凤的兄弟，以及“奸兄”——有可能是贾蓉[3]，财迷心窍，算计巧姐。这一切都发生在她母亲王熙凤死后。巧姐的归宿是荒村野店。不清楚的是，巧姐是在什么地方什么场合巧遇刘姥姥的。

---

① 见影京本，页124。“加减乘除，上有苍穹”是佛家因果报应的比喻语：善有善报，恶有恶报。

② 同上书，第五回，页125，正文。

③ 贾蓉在第六、十二回里似乎是王熙凤的心腹，但后回捏合贾琏和尤二姐的婚事，遭王熙凤控告、谩骂和羞辱，事在第六十八回中。

巧姐小时候是荣国府最有权势的女主人的独生女。娇生惯养，搞得弱不禁风，连饮食习惯都和常人不同。刘姥姥二进荣国府时，巧姐“只因风地里吃了一块糕”，便发起烧来。王熙凤问及，那农妇劝她：以后少疼孩子些就好了。[①] 在甄士隐的《好了歌》注中，有一句说：

择膏粱，谁承望流落在烟花巷！[②]

这就是她那钱迷心窍的“狠舅”“奸兄”设计坑害她的结果！那时候，贾蓉又与他结交的匪人沆瀣一气，把自己的堂妹卖给一个妓院。早在第四回的一条脂评中就清楚地指出了这一点。[③] 可见，巧姐是在“烟花巷”中，“巧遇”“恩人”刘姥姥，被刘搭救到刘家，成了板儿的妻子，一似他们儿时玩佛手时所示。这个狠毒母亲的无辜女儿，经历了一个女人所能遭受的最痛苦的磨难，终于到了农村，成为农民的妻子，过着自食其力、诚实正派的生活。高鹗续作中关于巧姐后来嫁给一中了秀才的富绅之子为妻的故事，显然与曹霑的原计划完全不合。

---

① 见影京本第四十二回，正文，页963。

② 同上书，第一回，正文，页29。

③ 参看前文《曹霑写此书的原定计划》页138~140。

第五节　史湘云与金麒麟

第三十一回中那个两只金麒麟的故事，引起了对史湘云和宝玉后来关系的种种猜测。第三十一回回目的下联是“因麒麟伏白首双星”。金麒麟的故事是说，史湘云带着丫头翠缕到怡红院访袭人，半路上翠缕拾到一个雄的金麒麟，和湘云所带的饰坠雌麒麟正好配对。到了怡红院，才知道雄麒麟是宝玉的失物。那是他新近方得到的东西，但没说他是如何得到的。[①]随后，袭人听说湘云业已订婚，向她道喜，湘云红了脸。[②]

这时正好黛玉也来看宝玉，碰巧听到了这件事儿，不由得怀疑起宝玉和湘云的感情来。但棠村在第三十一回的序文中说：“金玉姻缘已定，又写一金麒麟，是间色法也，何颦儿为其所惑？”[③]第三十一回末，有一关于雄麒麟的评注：“后数十回若兰在射圃所佩之麒麟正此麒麟也，提纲伏于此回

---

① 麒麟是一位老道士给宝玉的。见影京本第二十九回，页676，正文。

② 同影京本第三十一回，页731~732，第三十二回，页737，正文。

③ 同上书，页711，用墨笔大字另页过录在回前。最后一字在脂配本和脂戚本中作“惑”，脂京本中作“感”。又见《辑评》，页473。

中。所谓草蛇灰线在千里之外。”[①] 可见金麒麟其实与宝玉并不相干，回目中的“白首双星”指的是卫若兰和史湘云。前八十回正文中，卫若兰的名字只在到宁国府给秦可卿送殡的宾客名单中出现过。[②] 但上述评语表明，脂砚读过后文关于卫若兰的故事。在第二十六回的眉批中，脂砚将此前此后描写有关倪二、冯紫英、柳湘莲、蒋玉函的几段归于“佚文”[③] 后，紧接着加了一句：“惜卫若兰射圃文字迷失无稿，叹叹！丁亥夏畸笏叟”。[④] 但俞先生反驳道，设若金麒麟是史湘云和她的丈夫卫若兰相聚到白首的象征，显然与第五回警幻簿册中关于史湘云非早卒即守寡的预示相冲突。因此，他“宁认为这回目有语病，八十回的回目本来不尽妥善的。”[⑤] 另有不少人相信，湘云寡后，嫁给宝玉续弦。“旧时真本”首先这样写了[⑥]，周先生也力持此说，并力图证明湘云就是脂砚斋。[⑦] 俞

---

① 见影京本，页733，墨笔大字另页过录，可能是棠村序文，被误置在回末。

② 见影京本第十四回，页303，正文。

③ 这几篇佚文故事，倪二在第二十四回，冯紫英第二十六回，柳湘莲在第四十七、六十六回。前八十回中没有关于蒋玉函的佚文，本章随后将另行讨论。

④ 同上书，第二十六回，页604，墨笔眉批；又《辑评》，页436。

⑤ 参看《研究》，页215。

⑥ 参看前文《后三十回中作者的未完稿和佚文》页110~111。

⑦ 参看《新证》，页547~564。又，参看《红楼探源》页84~85。

先生指出“白首双星”的回目有毛病，但否定湘云丧夫后嫁给宝玉。脂砚在评语中从未有过湘云最后将嫁与宝玉之意。第一回《好了歌》中有这样一句：

脂正浓，粉正香，
如何两鬓又成霜。

脂评指出，这句讲的是宝钗和湘云。[①]因此，俞先生认为，湘云早死的可能性已排除。但宝钗婚后不久死去也不可能，这只是“旧时真本”为了使宝玉得以在出家前与湘云成婚的一种设计。至于湘云的命运，则预示在《红楼梦》曲子第五支《乐中悲》中：

厮配得才貌仙郎，博得个地久天长，
准折得幼年时坎坷形状。
终久是云散高唐，水涸湘江：
尘寰中消长数应当，
何必枉悲伤！[②]

---

① 参看前文页144，注②。
② 见影京本第五回，页122，正文。其中倒数第2行的文字，在高本中略有歧义。

在藏着“云”“湘”二字的对仗中，“高唐”是指《高唐赋》[①]故事的发生地；“云”，指那篇赋中楚王梦见的女神；“散”，可能暗示由于丈夫去世或其他原因造成的夫妻分离；“水涸湘江”，也许是指她后来穷途潦倒，不一定是死。从这一切“终久是”中，没有理由叫人相信她终究嫁了宝玉。何况，簿册中为湘云配画的诗这样断道：

高贵又何为？襁褓之间父母违；展眼吊斜晖；湘江水逝楚云飞。[②]

这里，“水逝”“云飞”与“斜晖”同时呈现，表明她已临近生命的终点，没有也不可能与宝玉有任何进一步的关系。小说结尾，宝玉出家为僧，当时他的妻子仍是宝钗，不是湘云。[③]至于一度属于宝玉的金麒麟，后来怎样到了卫若兰手里，[④]在推

---

① 据说是屈原的学生宋玉所写。见萧统（页501~531）《文选》，卷十九。

② 见影京本第五回，页114。

③ 同上书，第二十一回，页472，墨笔双行评语：“若他人得宝钗之妻，麝月之婢，岂能弃而（为）僧哉！”

④ 乾隆皇六子永瑢（西园主人？）本事诗《宝玉》：“多情诗赠麒麟珮。”（汇编，页519）可能宝玉以其麒麟送卫若兰，以后卫与湘云结婚，故曰“伏白首双星”。（这一条是作者在自校本页185上的补注。——译者注）

动卫和湘云的姻缘上又起了什么作用，便无从知晓了。

卫若兰射圃故事之重要，在于它和大观园内那种机锋、精微、纤巧的仕女腔不同，它是虎虎有生气的“侠文”。用棠村的说法，这是作者的“间色之法也”，与前文描写女性时采用的工整细腻的风格形成对照。换言之，它反映了作者多方面的才能。第六回首次出现刘姥姥农家生活的场景时，脂砚评道，“珍馐中之齑耳”①：倘把前五回中贵族生活的描写喻为“珍馐”，这一段就是珍馐之后足以爽口的“齑”。如果“射圃”一回没有迷失，脂砚评语也许会用“烈酒”来比喻这段文字了。②

第六节　宝玉的婚后生活

宝玉娶的是宝钗，这在第五回《红楼梦》曲子第一支和脂砚许多评语中都已指明。但在曹雪手稿中，在临近小说结尾宝玉出家为僧以前，还有许多故事，我们在探索其他主角的故事

① 见《辑评》，页132眉批，录自脂残本第六回。

② 射和饮是中国古代社会中紧密相关的礼仪。参看《礼记》第四十六章，《射义》。

时已连带涉及了一部分。宝玉爱黛玉，不爱宝钗，宝钗却巧妙地利用她对他母亲和祖母的影响，小心地笼络他的大丫头兼守望犬袭人[1]，而聪明地赢得了这场婚事。脂砚在前面的一条评语中说："……后文成其夫妇时，无可谈旧之情。"[2]至于宝玉不喜欢袭人，这在晴雯被她用恶计撵出园子郁郁而死后，便明朗化了。[3]

宝玉婚后不久，袭人离开贾府，嫁给艺名琪官的伶人蒋玉函，宝玉是在冯紫英处和蒋相识的，后来成了好友。[4]高鹗续作中，袭人是在宝玉出家为僧后才嫁给蒋的（第一百二十回）。但在曹雪自己的手稿中，袭人离开宝玉时，他仍和宝钗生活在一起。我们不知道这位"忠心耿耿"的婢妾是在什么情况下离开她的夫主的。俞先生认为，她是在宝玉潦倒后，在宝玉的允准下嫁给蒋的。[5]但此事既然发生在宝钗"讽谏"无效之前，当然也在贾府被抄、宝玉下狱之前。因此，没有理由认

---

① 如：影京本第二十一回，页467，第三十六回，页825~826，页827~828，正文。

② 同上书，第二十回，页453。这条评语被俞平伯先生误认为与第二十七回相关。参看《研究》，页213。

③ 同上书，第七十七回，页1875~1876，正文。

④ 同上书，第二十八回，页653~654，正文。

⑤ 参看《研究》，页217~218。

为贾府是在宝玉婚后陡然破落的。何况在嫁走袭人之前，宝玉早已有把怡红院里的丫头全都放出去之意，可见此事发生在贾府尚称富裕之时。[①]

宝玉有个心愿，把所有的丫头包括袭人在内都打发回家。一天晚上，袭人病了，别的丫头不在，宝玉给麝月梳头，在这段文字中，有一则脂评：

> 闲上一段儿女口舌，却写麝月一人。有袭人出嫁之后，宝玉宝钗身边还有一人，虽不及袭人周到，亦可免微嫌小敝等患，方不负宝钗之为人也。故袭人出嫁后云，好歹留着麝月一语，宝玉便依从此话。[②]

事情正是这样。后来宝玉把他家中的丫头全放走了，只留下麝月一人，直到他出家时，她还在他家里。[③]

---

① 这一句（何况……之时）为英文本所无，是作者补记在自校本上的，原文是英文。——译者注

② 见影京本第二十回，页447，墨笔双行评语。宝玉有放走院中所有丫头之志，在正文中已经点明。丫头春燕告诉她母亲：宝玉常说，将来我们这些人，他都要全放出去，与本人父母自便呢。（见影京本第六十回，页1408，正文；《红楼梦》，页650。）

③ 同上书，第二十一回，页472，墨笔双行评语。参看前文，页122。

脂评提到，后文有一回“薛宝钗借词含讽谏”，脂砚说，宝玉不想听“讽谏”时，袭人也不在了。[①]这篇评语写在前面讲宝玉还能听得进袭人劝说的那回文字的起首。这一对比的目的在于点明，宝钗当了他的妻子，作用还不如他过去的丫头袭人。脂砚没有透露讽谏的内容，但既然前文袭人劝宝玉是因为他大清早到林黛玉住处去梳洗，[②]后文宝钗的讽谏就可能与宝玉到黛玉故居凭吊有关：只见“落叶萧萧，寒烟漠漠”，黯然销魂。袭人劝宝玉，宝玉遁入道家哲学，仿作了一篇续《庄子》，[③]无论如何还是答应了要听袭人的话。但后来对宝钗的规劝，他压根儿没理会，也可能那时他已皈依佛教哲学了。

宝玉一生中另一重大事件是贾府被抄家以及他和亲属一同下狱。昔日的丫头茜雪到狱神庙来探慰，设法搭救他们的则是另一旧婢红玉。当时，红玉一定已经嫁给了贾芸即宝玉的侄子和“义子”。[④]脂砚说过，贾芸“此人后来荣府事败，必有一番作为”。[⑤]脂砚在另一则评语中还说，在贾芸和他娘舅卜世

---

① 见影京本第二十一回，页460。参看前文页114，页152。

② 同上书，第二十一回，页464~468，页473~474。

③ 同上书，第二十一回，页471~473，又见《红楼探源》，页145。

④ 同上书，第三十七回，页841，贾芸给宝玉的信。

⑤ 同上书，第二十四回，页546，朱笔行间夹评。

仁分手之际，作者就埋下了此人可用的伏线。[1]这可能是个相当复杂的故事，牵涉到贾芸的邻居侠客头儿醉金刚倪二。贾芸困难时，倪二曾仗义接济过他。[2]倪二可能同一些牢头禁子有交情，红玉和茜雪通过他们才得以到狱神庙探慰故主，出力营救，最后使他们获释或潜逃出狱。

宝玉出狱后，袭人和她的丈夫蒋玉函“供奉玉兄宝卿，得同终始”，这是棠村说的。而且，“琪官虽系优人”，这一报恩行动应归功于他。[3]曹霑在手稿中专门写了一回，回目中有一句是“花袭人有始有终”。[4]俞先生认为，“有始有终”是指袭人婚后与宝玉宝钗关系甚好，两家常来常往。[5]但棠村所说的“供奉玉兄宝卿”，绝非一般的社会交往活动，评论的重点也不在袭人而在蒋玉函。宝玉当时已穷途末路，寒冬雪夜只能噎酸齑围破毡了。[6]这里，是宝玉的故人优伶蒋玉函携妻前来照应和接济宝玉夫妇，而不是往昔的婢妾袭人带丈夫来探望旧主。宝玉如果是潜逃越狱，可能正是蒋玉函冒着风险加以

---

① 见影京本，页548，朱笔眉批，下署己卯（1759）冬夜。

② 同上书，页544~546，正文。

③ 同上书，第二十八回，页631，另纸过录置于本回之前。

④ 同上书，第二十回，页443~444，朱笔眉批。参看前文，页120。

⑤ 参看《研究》，页218。

⑥ 参看前文页122注③。

荫蔽掩护的。[1]也许当时蒋玉函自己也很穷，所以宝玉当然只能噎酸齑了。[2]因此，脂砚才将蒋玉函故事称为全书最好的“佚文”之一，把蒋同冯紫英、柳湘莲、卫若兰相提并论。当与宝玉夫妇同住时，蒋必须外出唱戏挣钱“供养”他们，而袭人则留在家中“侍奉”他们。花袭人因此被评为“有始有终”。

这期间还有宝玉失玉的故事。这事被说成是“误窃”，经王熙凤在穿堂门前扫雪“拾”得，最后又由甄宝玉“送”了回来。[3]此事当发生在宝玉出狱之后，蒋玉函和袭人回来“供奉”之前，因为这时王熙凤失宠受辱已沦落到扫雪的地步，脂砚说她是“其星陨落如彼”！[4]后文提到王熙凤受辱时，袭人也已离开贾府，而且去向不明。[5]令人不解的是，此玉既然已被同

---

① 蒋玉函本人曾从亲王府逃出，藏身在东郊紫檀堡。宝玉为此挨了父亲一顿狠打。见影京本第三十三回，页757~759；又见《红楼梦》，页338~339。

② 后文“寒冬噎酸齑”“雪夜围破毡”这一经过缩略的回目，是脂砚在一则评语中提到的，而这则评语所及之事，是宝玉到袭人家，袭人母兄张罗许多果品招待，袭人却认为总无宝玉可吃之物。脂砚正是读到这个情节不胜慨叹，才提出要同后文酸齑等节对看。

以上两句（“宝玉如果是潜逃……只能噎酸齑了。”）和相应的两条注，为英文本所无，是作者补记在自校本上的。原文是英文。——译者注

③ 参看前文，页137，以及注①、②，引自《辑评》，页178，影京本第二十三回，页522的评语。

④ 据英文直译。脂砚原文为：“身微运蹇如彼。”——译者注

⑤ 参看前文页151~152，引自影京本，页460的评语。

府的王熙凤拾得，为什么没有还给宝玉，却要假甄宝玉之手送回？俞先生是这样处理这个问题的：或是凤姐拾玉，或是甄宝玉送玉，而他倾向于第一种。[①]但曹霑原稿中的拾玉和送玉，正如脂砚所示，是两个前后衔接的情节，而不像俞先生所想，是两种互相排斥的可能。两者之间，只是失落了一个重要的环节罢了。

我们从第二回中知道，甄宝玉家住金陵。[②]王熙凤被休后，也“哭向金陵”。[③]看来，她扫雪得玉后，悄悄地把玉带在身边，回娘家了。我们不知道这玉如何到的甄宝玉手中。但甄宝玉确实来过京城：第七十五回讲得很明白，甄家犯了罪，已被抄没了家，调取家人进京治罪。[④]当时甄宝玉年岁不大，大概不会牵连进去，因此王熙凤回娘家时，甄宝玉仍留在南京。至于甄宝玉进京和还玉，大概发生在小说快收场时。从失玉到送玉可能经历了相当一段时间。此玉又是宝玉历劫前的原身，玉的复归很可能促使他“顿悟”“前生”，看破这个给

---

① 参看《研究》，页211。

② 见影京本第二回，页47~48，正文。

③ 参看前文页154。引自影京本第五回，页115，正文。

④ 见影京本第七十五回，页1801，页1807。“甄”家是曹家的背景。作者故意创造这一“戏中戏”，用以点明小说的背景。

他带来诸多烦恼的尘世。也许这就是汤显祖的《邯郸梦·合仙》之所以被视为“甄宝玉送玉”之“伏线”的来由。[①]

剩下的问题是宝玉怎样“悬崖撒手”，怎样撇下妻子宝钗和丫头麝月出家当和尚。很难将宝玉的“悬崖撒手”同汤剧中卢生追随吕洞宾入道直接相类比，因为第一，我们不知道送玉的背景；第二，甄宝玉非僧非道，只是宝玉的“潜身”或“真我”。[②]作者的用意大概是，一经“真我”送回失玉，贾宝玉就恢复灵智，识破俗世的污浊，达到彻底的解脱。

以上六节，是在可能限度内对作者原稿中几个主要故事的探讨。从评语透出的消息来看，书中还有其他一些故事或片段，有的不太重要，有的缺少确证，串不起来，无法连接。诸如博学的尼姑妙玉、丫头诗人香菱、贵妇元春、守节寡妇李纨以及男性角色如贾芸、贾兰、贾环等的结局。有些内容，下文在讨论其他问题时将会涉及。后面还有一些事情，所涉人

---

① 参看前文，页134，页136，引自影京本第十八回，页402中的脂评。

② 参看第二回中初次提到甄宝玉时的一则脂评：“甄家之宝玉乃上半部不写者，故此处极力表明，以遥照贾家之宝玉。凡写贾宝玉之文，则正为真宝玉传影。”（见《辑评》，页67~68，录自脂残本。）这里“甄宝玉”的“甄”被误抄为“真”。

物难以认明，如《十独吟》的故事[1]，结尾处关于“葫芦”的插曲[2]，已无从探究。俞、周二先生在研究中根据评语中的消息，列举了后半部书中故事的相关点。俞先生在《红楼梦研究》中分列十三个题目加以讨论，其中有些题目连同引文只有数行文字，[3]但他没有研究这些线索的联系或探讨其中缺失的情节。周先生列举了二十四个独立的要点，每点摘引一些评语，[4]其中有的是前八十回中的故事，[5]有的是涉及同一故事的线索，[6]有的解释有误，[7]有的不大重要。[8]有些更重要的问题，如宝玉出家，袭人嫁蒋玉函，二婢与狱神庙，周先生认为已有人（俞先生）指出，不再提了。周先生也没有试图运用所列各点进而探究与主要人物互相关联的情节。俞、周二先生从脂砚无数评语中选出这些要目，帮助人们更好地欣赏原作，功

---

① 见《辑评》，页557，录自脂晋本和脂戚本第六十四回中的脂评。

② 同上书，页104，录自脂残本第四回。

③ 同上书，页209~224。如：（1）8行；（2）4行；（3）5行。

④ 见《新证》，页587~603。

⑤ 参同上书，页588~589的第（3）、（4）、（5）项。

⑥ 见《新证》页592中的（8）、（9）项，页598—600中的（14）、（15）、（16）项。

⑦ 参同上书，页587的第（1）（又见后文《高鹗在前八十回中的修改》，页292~295），（12）项，又见，《红楼探源》页397，注③。

⑧ 参同上书，页588的（2）；页591的（7）；页592的（10）；页598的（14）；页600的（17）；页603的（22）。

绩俱在。我对小说后半部中主要故事的探索，不可能确切地反映作者的原稿的内容，但望本章所探讨的总体方向与作者的原定目标相差不远。

前八十回中的若干问题

前面已经说过，小说前八十回中，上回结尾与下回起首有许多脱榫之处；有几回尚未写完；有几回残缺不全。[①]曹雪原稿中的回数和分回界线与现存前八十回脂评本也有出入。[②]从脂评本中还可以看到修改正文和重编主要情节的迹象。显然，作者在1764年去世前，虽已大体改定前八十回，接近完成后文约三十回，但尚未最后杀青，我们先从回目和其他有关问题谈起。

---

① 参看《红楼探源》，页55~58。

② 参看前文页113~118。

第一节　回目、标题诗之类

脂京本的底本壹，是在1760年之前抄清的。当时作者说已"批阅十载，增删五次，纂成目录，分出章回"。[①]但脂京本中有些回目仍付缺如，如第十八、十九和八十回。还有一些回目，不同的抄本互有异文，[②]在脂残本、脂京本、脂戚本和程乙本（1792年）这四种抄本中，回目不同的至少有三回，即第三、第五、第八回。[③]除了程乙本外，其他三种抄本中的回目异文，很难分辨是作者本人还是脂砚作了修改。中国小说的

---

① 见影京本第一回，页15，正文。

② 参看《脂京本的构成及其底本》，见《红楼探源》，页40~41。俞平伯先生列出脂戚本与高本回目不同的有9回（第五、八、九、十七、二十五、二十七、三十、六十五、八十）。（见《研究》，页80~81）高本与脂京本相比，第三、十四、四十一、七十四回的回目也不相同；还有一些回的回目有一两个字的小出入，即第三十六、三十七、三十九、五十二、五十六、五十七、六十一、七十三、七十九回。

③ 俞平伯先生列出了脂残本、脂戚本和程乙本中的回目异文。（见《研究》，页264~265。）事实上，那些回目在脂京本中也不同于其他三种抄本。例如，这四种抄本中第八回的回目分别为：

脂残本：薛宝钗小恙梨香院，贾宝玉大醉绛芸轩

脂京本：比通灵金莺微露意，探宝钗黛玉半含酸

脂戚本：拦酒兴李奶母讨厌，扔茶杯贾公子坐嗔

程乙本：贾宝玉奇缘识金锁，薛宝钗巧合认通灵

传统模式要求在每回正文之前题诗一首，并在回末照例用“正是”引出一副对联，曹雪无疑也想照此办理，但只有少数几回完成了这样的诗或联。[①]有几回的末尾，标出套语“正是”以后却无联语，光塌塌地十分刺眼。[②]这类缀语，有些存在着事后增补的痕迹，所以第七回的联语没有录入正文，只在另纸上由评者注明“七回卷末有对一付……”[③]第十三、十七回开首的短诗也是如此。显然，这些对子或诗句，是作者写完各回文字以后很久，陆陆续续补写上去的。有些则显然出于棠村之手，如脂残本和脂京本第一、二、十七回的序后诗。[④]

这些都无关宏旨。倒是有一回目，似乎可以从中看出并非

---

① 脂京本中，第一、二、十三、十七回，起首有诗；第五、六、七、八、二十一、二十三回，回末有联。第一回有两首诗：其一见于脂残本，在棠村序文之后正文之前（见《文存》，页582；《辑评》，页33）。但脂京本没有这首诗。其二在作者自撰的楔子之后（见影京本，页15），各本都保存了这首诗。脂京本第二回的诗，也在序文和正文之间（同上，页34）。脂残本的评语中多了两首诗，分别在第七和第八回之前（见《辑评》，页144，页160）。第十三回的诗也含在脂评中，是由脂砚连同棠村序文一并录下（这一句是作者补在自校本上的；影京本，页240），但未抄入正文。第十三回末尾还有一副对子。第六十四回末尾的联语，脂戚本有（见《校本》，页725），其他各本均无。参看，《红楼探源》页41。

② 见影京本第十八回，页405；第十九回，页439；第六十九回，页1666。

③ 同上书，页178。

④ 关于第十七回诗的作者，著者后在自译稿中有修正。

所有回目都出自作者手笔，因而也不尽妥帖。第七十五回前有一附页，是脂砚1756年6月4日写的：“缺（宝玉、贾环、贾芸的）‘中秋诗’，俟雪芹。”脂砚还建议，此回回目可采用以下词组：

开夜宴　发悲音
赏中秋　得佳谶[1]

后来就有了一联对句，用作第七十五回的回目：

开夜宴异兆发悲音
赏中秋新词得佳谶

上联指贾府祠堂里发生悲叹的怪声，与此回情节切合。下联则牛头不对马嘴。因为此回无诗，何来凶谶佳谶？故事虽说了三个男孩在作即景诗，但看来作者已无意为他们捉刀。从1756年至1760年，直到脂京本“定”稿，他一首也没有补上。原因很明白：前文赋诗甚多（后回又有一长诗），如在这里再添三

---

① 见影京本，页1799。

首，太没意思，且其中之一还得是替顽冥不化的贾环代笔写打油诗。仔细阅读便能领会这回的重点在于贾赦的失礼，他说的笑话伤了他的老母，败了全家中秋赏月之兴。本回的用意，是预告贾府行将大难临头，也有揭露贾赦恶行，为他日后玷辱家声打下铺垫之意。从第七十一回起，小说开始描写败象，贾府走的是下坡路，后十回中再也无“佳谶”可言。脂京本采用这一回目，似乎表明脂砚比作者本人更急于看到前八十回能以定稿形式快快发行。

第二节　上下回之间故事的中断

小说中出现了好几处上下回故事脱榫的断缺，[①] 有些还很显眼。第十回和十一回之间的断缺，是因为作者修改了秦可卿之死的故事，这将在后文讨论。其他脱榫处，可能是因为作者手稿的回首或回末部分损坏，如脂京本中的第二十二回；也可能是因脂京各底本的拼接配合造成，因为，如本书第四章所述，脂京本中有些底本完稿较早；有些底本晚出，且有修改。[②] 第

---

① 上下故事脱榫的各回，已在本书第129~131页附表中列出。请参看该页注a。

② 关于第四十与四十一回之间的脱节，请参看《红楼探源》页45~46。

三十五回末讲到黛玉访宝玉，下一回却不再交代。[①]但最大的断缺是在第七十和七十一回之间，由此引出一些值得玩味之点。

上一个故事四月放风筝，下一个故事九月贾母八十寿辰，两者之间留下了一大片空白，这也许是作者的刻意安排。[②]因为第七十回标志着大观园全盛期无忧无虑生活的终结，下一回则冒出最早的不祥之兆：两名顶嘴的婆子被捆，两府女主人因此生隙，败了寿庆的兴。这回书还提到了金陵的“甄家”，这在第十六回追叙皇帝南巡时也提到过。脂砚在第七十一回评“甄”这个姓时说：“好一提甄事。盖真事欲显，假事将尽。”[③]此评具有多方面的重要性：除了再一次有力地否定了胡博士、俞先生、周先生等红学家所持的“自传”说外，还透露了小说背景和写作过程的一些重要情况。

首先，它确认了作者在第一回中关于隐去真事，虚构故事的自我表白，也证实了脂砚在前面几条评语中的提示——提

---

① 俞平伯先生讨论了这一点。请参看《研究》，页2。

② 在高鹗本中，这一断缺已插入了一些段落，因而被遮盖了。

③ 见影京本第七十一回，页1707。其中“真事”误抄为“直事”。这一笔误很明显，因为“甄”是“真”的谐音而与“贾”即“假”相反。《辑评》页566未录此条和页1703、1706的两条评语。这一条评语碰巧与“自传”说抵牾。

到“甄家”时才讲真事，否则便是作者的创作。

其次，小说主体部分的许多故事，比方说从第十七回到七十三回，绝大多数出于作者的虚构，当然也有作者经历过或听到过的一些零碎片段被编了进去。凡属这类插曲，脂砚便批道：“有是事”，“有是人”，“此非作者杜撰而有”等，[①]如在矮𫙮舫前以合欢花酿酒，在西堂以大海饮酒，马道婆的胡言乱语，贾蓉的失态等。这并不是说，第十七回以前和第七十三回以后的故事都是曹家生活的实录。这只是说，像抄没家产导致“贾家”破败之类在后文佚稿中的故事，是以作者自己家里发生过的历史事件为基础的。另一方面，元妃省亲虽属虚构，却有一个特殊的历史背景，即康熙南巡时把行宫设在曹寅的金陵织造府。前文已经指出，[②]把脂京本和脂残本合在一起计算，前二十六回脂砚批了很多评语，时间是第一期和第二期；[③]第二十七、二十八回只有朱笔评语，可见是后来批注的；进入第二十九回以后，评语数量急剧减少。进一步考察便会发现，从第二十九回到三十二回除各回回首的棠村小序，正文竟无任何评语；第三十三、三十四、三十五各回，正文中也

① 参看《红楼探源》页139~142。

② 同上书，页135~136。

③ 前两期脂评，在脂京本中以双行小字形式散见于正文中。

只有一两条短评；从第三十六回起，头两期评语数量稍多了一些，但远比不上前二十多回；最后八回（第七十三回—八十回）脂评的条数又多了起来，为前数回的两倍。[①] 在誊录脂京本时，可能自第六十六回以后略去了一些评语不抄，[②] 把这种情况考虑在内，前二十八回各回中的评语仍是此后各回评语的三倍或四倍。很自然，比起小说中间部分纯属虚构的故事，[③] 脂砚对自己十分熟悉的以作者家庭生活为背景的故事写了更多的评语。

第三，小说后半部，如上一章故事探源所述，是个家败人散的悲剧。作者意欲通过这种描写，揭示曹家衰败的真相。因此，作者这一部分手稿的散失，更加令人惋惜；与高鹗假手皇帝使贾府"沐皇恩"以恢复往日的尊荣相对照，反差也更为明显。

脂京本第二十二回末尾的残缺，以及脂砚的附注，[④] 都说明有若干回在作者去世时仍处在未完成状态。这一回的后半部

---

① 在《辑评》中，前二十八回每回平均有15.6页评语，从第三十六至七十二回这五十七回中，每回平均只有2.5页评语，最后八回的评语平均每回4.8页。

② 参看《红楼探源》页24。

③ 当然，不包括作者根据家庭生活而写的故事以及有诗的各回，如第三十七、三十八、四十五、七十八、七十九回。

④ 参看《红楼探源》页57。

分，讲大观园开夜宴，男男女女大家赋诗制灯谜，给家长贾政猜。这些灯谜，同第五回中的《红楼梦》曲子一样，既要符合制谜者的个性，还应暗示其将来的命运。[①]但在脂京本正文中，只写了贾氏姐妹四人即元春（她制的谜是从宫中送到府里来的）、迎春、探春、惜春的四首诗谜，便突然结束。脂砚在丁亥年写的附注中记下了宝钗的诗谜，并说："此回未成而芹逝矣。叹叹！"[②]无疑的，曹雪本意要为在场的每位姑娘写一个谜，但这项工程比写曲子更难，只好放下诗谜继续写故事了。在高鹗的本子中，脂砚注明为宝钗的谜却成了林黛玉的，惜春的谜被删，另制了两首加入正文，一在宝钗名下，一在宝玉名下，湘云、李纨和其他姑娘的仍付阙如。为了过渡到下一回，高鹗在回末让贾母说了一句"明日还是节呢，[③]该当早些起来"，把这次聚会解散了事。这样一来，高本的下一回的开场白是："话说贾母次日仍领众人过节。"但接下去与"过节"毫不相干，径直讲起别的故事来了。第二十三回开头的这句话，在脂京本以及其他各种抄本中都没有的，加得不

---

① 脂砚在每条灯谜下的评语指点得很清楚。见影京本第二十二回，页510~511。

② 见影京本，页513。

③ 其实这次聚会已是阴历正月二十二，"节"早已"过"完。

是地方，是高鹗为了把此回和他自己加在上回末尾的“明日还是节”云云相承接而插入的过门。[①]

第三节 早期稿本中文字的修改

脂京本前八十回正文，每回都和经高鹗修改后于1791年、1792年印行的版本略有不同。高的这两种版本，亦称程甲本和程乙本。关于高本问题将在第十七章中专门讨论。本章所说的“早期稿本”，指的是经脂砚评过的八十回的各种抄本，其中的修改，或是作者采纳脂砚建议所作，或是稿本所有者誊录时所作。本书第一章提到的五种抄本中，脂配本是个残本，内容只有三十八回，[②]年代已无从探究。[③]脂晋本据

---

① 脂戚本第二十二回最后一大段文字（见《校本》，页227）显系出版者有正书局所添。它与高鹗的程甲本完全相同，只有四个字歧异，意思也未变。参看《校本》，册三，页125。《红楼梦》下，“校记”页11；以及《校本》，册一，页228。

② 即第一至二十回，三十一至四十回，六十一至六十三回，六十五至六十六回，六十八至八十七回。参看《辑评》，页8。

③ 在《辑评》页8和影京本《出版说明》第5页中，脂配本被定为“1759年”，但此说不能成立，正如把脂京本和脂残本分别定为“1760年”和“1754年”之不能成立相同。脂配本可能是1759年底本的过录本。

说是1784年稿本的后来过录本，但评语稀少，不能确定它是早期底本的准确过录本。[①] 因此，这两种稿本的文字的可靠性令人怀疑。出自脂戚本的有正本，在重印过程中有某些改动，[②] 但从俞先生把它和高本比较时所引的相关段落来看，[③] 脂戚本文字与脂京本基本一致。[④] 这样，只剩下了两种稿本：脂残本和脂京本。这是迄今犹存最重要的两种稿本。要作任何文字比较，都离不开这两者。可惜现在公众能见到的只有脂京本。能从脂残本得到的材料非常少，只限于胡博士1927年的文章和俞先生《辑评》中的引文，以及从脂残本和脂京本的评语中偶尔得出的推断。

脂残本第一回神话故事中，有一段四百多字的文字，描写仙界的石头在下凡前央求和尚道士带他到人间去享一享荣华富贵，于是，巨石被佛法缩成扇坠大小一块玉。[⑤] 此段有六

---

① 本章完稿时，著者读到俞平伯先生的意见。俞认为，丁本（晋本）中的文字，与其说接近于甲本（残本）和丙本（京本），不如说更接近于1791年本。参看《校本·序言》，页27；又见《红楼探源》所收之《有关高鹗续作的其他问题》，附录三。

② 参看《新证》，页540；《研究》，页101，注②。

③ 参看《研究》，页86~99。

④ 俞平伯先生每当看到脂戚本有与高本不同的段落，便感到“奇怪”，说它们是后来“插进”的。（见《研究》，页89，页94~96）但俞先生所指的这些段落在脂京本全有。因此，没有理由把它们说成是后来“插进”的。

⑤ 在《文存》页 592~593 上录有这段文字。《校本》第一回，页 2~3 亦已补入。

处脂评。[①]在评到僧道二仙关于好事多磨，乐极生悲，人非物换，万境归空一段话时，脂砚说，“四句乃一部之总纲”。但原稿中这很长的一段在其他所有稿本包括脂京本和脂戚本中都被删去了。因脂残本的底本直到1774年仍保存在脂砚手中，因此此段在其他稿本中被删似不是出自作者或脂砚之手。设若果为作者手删，也是从脂砚所未曾见过的另一抄本中删却。脂残本中第一回的序和正文之间有八行开场诗，在其他各种稿本中也全被略去。[②]

在第六回中，初次提到刘姥姥女婿家时，作者直接面向读者，以茶馆说书人身份讲了这样几句：“你道这一家姓甚名谁，又与荣府有甚瓜葛，且听细讲。”[③]上述最后一句“且听细讲”在脂残本中，是这样说的：“若谓聊可破闷时，待蠢物（即“石头”）细细言来。”脂砚在这句下评道：“妙谦，是石头口角。”[④]其实，在脂京本后文中，有好几处也被评为“妙谦”。如第十八回，对新筑大观园在元妃省亲时月夜张灯结彩作了详尽的描写之后，有一大段文字是用这样一句起头的：

---

① 见《辑评》，页35~36。

② 诗文见《辑评》，页33~34。在根据脂戚本重印的《校本》中，已将此诗插入正文（见第一回，页1~2）。

③ 见影京本，页135。

④ 见《辑评》，页132。

> 此时自己回想当初在大荒山中，青埂峰下，那等凄凉寂寞，若不亏癞僧跛道二人携来到此，又安能得见这般世面！

作者接着说，他本想作一篇灯月赋或省亲颂，但转念却收了笔，怕入了别书的俗套。这段话是这样结束的：

> 按此时之景即作一赋一赞也不能形容得尽其妙，即不作赋赞其豪华富丽，观者诸公亦可想而知矣。所以到是省了这功夫纸墨，且说正经的为是。①

脂砚在这里加了两条评语。一条是早期的双行评语，加在这段独白末尾："自'此时'以下皆石头之语，真是千奇百怪之文。"后来他在一条朱笔眉批中又评道：

> 忽用石兄自语截住，是何笔力！令人安得不拍案叫绝，是阅历来诸小说中有如此章法乎？

① 见影京本，页381~382。

后来有一位局外的读者名叫绮园，却以为"'此时'句以下一段似应作注"。确实，作者这种不同寻常的笔法会使不知用意的人惘然不解，于是早在过录"脂京底壹"时就作了修改：前面所引的第六回中的那段文字就是这样被改动的。

第七十八回中也有类似的插曲：宝玉写诔悼爱婢晴雯，在月夜设灵宣读前，作者突然转向读者，说："诸君阅至此只当一笑话，看去便可醒倦。"[①]所有这些道白，就像中国戏曲演出时演员走到舞台边偷偷向观众旁白一般，表明作者重视与之有关的故事的重要性，以唤起读者对下文的注意。[②]但在高鹗的本子中，这些道白已被悉数删尽。

① 见影京本，页1925。

② 这种口气其实是由旧时茶馆说书人吸引听众注意的一种技巧，《今古奇观》和《清平山堂话本》中保存着许多这样的形迹。

顺便提一下，秦可卿灵前铭旌，各本互有异文，也是早期稿本中文字变动的又一例证。[①]

但早期稿本中最重要的异文出在第六十四和六十七回，脂配本和脂京本没有这两回文字。高鹗续补和编辑成一百二十回本时，在《引言》（1792）中抱怨说，在他收集到的各种稿本中，“六十七回，此有彼无，题同文异。”俞先生把脂戚本第六十七回文字和高本相校，发现二者出入很大。[②]他列出了脂戚本有而被高本删去的四段，以及其他稍有不同的两段。现在

---

① 参看《红楼探源》页47。

著者自校本还有三条补充：1.脂残本第十四回，页2上，眉批贴身丫头与男人交谈，今无此故事，已删去，此批脂砚在回前总评第一条已回答，可见乃早期原稿中故事。2.从棠村序文可见回次分合变动。参见脂残本第六回，页16上，抄作回末总评，述及三回之事。3.脂残本第十三至十六回均有“诗云”二字而无诗。可证原有诗，已删。参见脂残本第十三回，页1—2本书著者眉批。（全文为：“再按此回及以下三回中每回正文之前，均有‘诗云’而皆无诗。第三至五回、第二十五至二十八回共七回前亦无诗，但亦无‘诗云’二字。则可知有‘诗云’者原来有诗，过录时因故删去，其故维何？即因原题旧稿《风月宝鉴》之诗，已不适用于改后新稿《石头记》，故只好割爱。即如脂京本中第十三回墨本誊录时亦无诗，但有朱评之底本，则尚保存此五绝，遂补录于第2册目录页后空白处。而第十四至十六回之三诗，则已悉被删去，甚为可惜。如能保存即可推知原稿故事之大概，如由脂京本第十三回之诗，不独可以确定可卿之死因：‘一步行来错’，死状：‘回头已百年’，且知其诗原来为《风月宝鉴》所作，其第三句已点明矣。”——编者补记）。第二条还可参看《红楼探源》页122。——译者注

② 见《文存》，页601；《研究》页94~96。

脂京本第六十七回是从脂配本中补入的。把脂配本中的这回文字与高本相校，则二者完全相同。但脂配本中本来也没有这两回：即第六十四回和六十七回，它也是从另一本子也许是晚得多的本子中抄来，[1]这个本子可能和高的程乙本是同一来源。可以说，脂戚本的第六十七回在三者中为最早出，最接近于作者原稿。俞先生认为程乙本中的某些段落文字较脂戚本为胜，[2]可能经过作者亲手修改。脂京本第六十四回与第六十七回出自同一底本，其文字更接近于程甲本而不是程乙本。[3]看来，脂配本中这两回文字是根据不同的来源抄配的。

第四节　作者自己所删改的若干故事

所有这些本子都是作者“增删五次”以后的原稿的抄本，作者的手稿早已荡然无存，要探索小说中故事修改的轨迹几乎没有可能。幸好，在小说前几回中曾部分透露了作者对小说的总体设计，诸如《好了歌》的注，警幻仙子的簿册，《红楼

---

① 见《辑评》，页8。
② 见《研究》，页95~96。
③ 参看影京本，页3，“出版说明”。

梦》曲子以及姑娘们的诗谜，虽说采取了谜一般令人费解的形式，毕竟道出了后文故事发展的某些线索。再加上脂砚的评语，它们可以帮助我们了解作者心中最初的构思和后来的修改。下文将根据已有的材料考察三个实例。

（一）秦可卿给王熙凤的遗言

在小说主要故事中，改动最明显的当数秦可卿之死。1921年6月24日，远在脂残本出现之前很久，顾颉刚先生就在给俞平伯先生的信中提出了这个问题。俞先生从他们二位后来的讨论中得出结论，秦氏是自缢身亡，不是病死在床。①最重要的论据是第五回中警幻仙册上关于秦氏的画：一座高楼，上有一美人悬梁自尽。1927年出现的脂残本中，脂砚的评语不但为俞的立论提供了坚实的证据，而且使我们知道，正是应脂砚之命作者才从原稿中删去了部分内容，并改写了整个故事。②但对这一修改的探讨，到此并未结束。

虽然俞先生和胡博士都详细地讨论过这个问题，但他们两位都没有看到这一修改对其他故事的影响。修改后的故事

---

① 俞平伯先生用整整一章讨论了这个问题。参看《研究》，页175~185。

② 参看《红楼探源》页146~147。

说，秦可卿死时，托梦给王熙凤，建议趁今日富贵，预留退路，省下钱来，多购祭田房舍，作为合族公产，以经营所得，举办宗族义学，将来即使家道中落，后代子孙仍可读书务农，自食其力。[①]这番良言大为脂砚和松溪赞赏。脂砚在脂残本的一条总评中说：鉴于秦可卿向王熙凤提出这一忠告，他令作者怜赦秦可卿，把她因淫丧身的情节从原稿中删去。[②]如此看来，秦可卿遗言倒像本来就是作者原稿的一部分。其实不然。

第一，秦可卿生前，既不长于治家，亦不善于进谏。她待人亲切，心地善良，但在情爱方面并不慎重。《红楼梦》曲中把她说成是“败家的根本”“宿孽总因情”。[③]无论在这套曲子中还是在警幻仙册的诗画中，都看不出她进忠告的影子。倘若她真有这种聪明和远识，也不至于断送自己——就像作者原稿中写的那样了。

第二，秦死时贾府尚未登上富贵的顶点，元春尚未贵为帝妃（第十六回），其父尚未点为学差（第三十七回）。在这种情

① 见影京本第十三回，页274~275。

② 见《辑评》，页214。脂京本中没有这则评语。参看《红楼探源》页146~147。

③ 见影京本第五回，页125。“宿孽总因情”的“情”字，与“秦”谐声。

况下，秦说什么“月满则亏，水满则溢”，显然不是时候，这种判断，只应出现在极盛或转衰之际。

第三，作者修改这一故事，不但重写了第十三回从起首到秦死的部分，还重写了第十回和十一回中详细描写她病情的部分，作为秦病死的张本。[①] 秦死时托梦赠言的情节，虽与删改后所描写的气氛相符，但若说原稿如此，却无法令人信服。在原稿中，她是私情败露，惊恐自缢。[②] 因此，所谓遗言云云，实为重写时所增添，非原稿所得而有。脂砚曾令作者修改秦氏之死的故事，这是真的，但原因绝非因为秦氏做了进忠言这件后来加上去的好事。脂砚此举的真实动机，是要掩盖根据曹家实事而写的这一令人恶心的丑闻。

但另一方面，关于“趁今日富贵”，留下“退路”，使子孙将来还能“读书务农”等，确是小说中心思想的一个重要方面。至于这是秦可卿说给王熙凤听的，还是某人说给另外的人听的，倒无关大局。在作者最初手稿中，这一遗言是为元春设计的，她是位博学的女子，死时向父母托梦，进了忠言。《红楼梦》仙曲中，《引子》后的第三首，写的就是元春。[③] 为了

① 第十二回也有大改。将在下文讨论。

② 参看《红楼探源》页146~147；参看《研究》，页178~183。

③ 见影京本，页121。

说明我们的观点，值得把它译成英文。[①]

Sorrow for the Uncertainly of Life

While happily enjoying her honour and prosperity,

She was suddenly confronted with the arrival of Death.

With wide-open eyes everying had to be abandoned,

And into the unknown infinitude her youthful soul must vanish.

Looking towards her native place: the road were long, the mountains high.

Hence she had to find and to tell her parents in a dream

---

① 影京本第五回，页121原文如下：

恨无常

喜荣华正好，恨无常[ⓐ]又到。眼睁睁把万物全抛，荡悠悠把芳魂消耗。望家乡路远山高，[ⓑ]故向爹娘梦里相寻告：儿命已入黄泉[©]，须要退步抽身早。

ⓐ “无常”佛家语，意指生命无常，即死。

ⓑ 这一句“望家乡路远山高”引出以下有趣的几点：第一，尽管小说的背景在京城，亦即元春所在处，但曹霑写此曲时，心目中仍认为她远离家乡。由此又引出第二点，证实元春的原型是曹寅的女儿，她嫁给了北京的平郡王讷尔苏，而曹家当时在南京。（参看后文《脂砚斋是谁》，页188）第三，她的死应在1728年曹家迁到北京之前。最后一点，作者心目中明显是把南京的园子作为小说中大观园的原型。（参看前文《大观园的原址》，第三节）

© “黄泉”，指冥府。这是一个典故，见《左传·隐公元年》（公元前722年）。——译者注

Your child's life has now gone to the Yellow Spring.

You must find a retreat and retire there in good time.

这支曲中最后一句“须要退步抽身早”，概括了忠告的内容，在作者后来手订的修正稿中，这些话转到秦可卿名下，由她去告诉王熙凤。但在作者初稿中，显然是元春亡魂在她母亲梦中进言。试回顾与之有关的作者家庭背景：元春的原型是曹寅的女儿，1706年嫁给讷尔苏。作为亲王的正配，身居京城，她当然熟知宫廷内幕，意识到曹家潜在的危险，何况曹家的肥差又如此惹人垂涎。元春这一遗言，毋宁说是一警告，完全符合她的思想倾向。比方说，她初见大观园内外的富丽堂皇，便“默默叹息奢华过费”。后来在园中游赏时，她又清醒地提出批评：“以后不可太奢，此皆过分之极。”[1]经过彻底重写秦可卿之死的故事，作者把元春的遗言转到病死在床的秦氏头上，其实是为脂砚作出修改的建议提供一个说得出口的理由。

然而，在修改后的稿本中，元春之死并没有写入前八十回。这似乎也与作者原计划不符。警幻仙册中，元春那幅画上题了这样一首诗谶：

---

① 见影京本第十八回，页386、页393。又见《红楼梦》页175、页178。已被改动。

二十年来辨[①]是非，榴花开处照宫闱[②]。

三春争及初春好，[③]虎兔[④]相逢大梦归。[⑤]

元春自制的诗谜也不是吉兆。最后两句是：

一声震得人方恐，回首相看已化灰。[⑥]

这诗的谜底是爆竹，象征她权势的短暂，表明元春的日子已经不多了。

诗中的“二十年”含义不明，可以包含她进宫前的时日，也可单指她在宫中的岁月。若是后者，元妃死时想必将近四十岁了。[⑦]故事中说，宝玉三四岁时，她教宝玉读书，有

---

① 在脂京本中，“辨”被误抄为“辦（办）”。见影京本第五回，页113。

② “闱”被误抄为“围”。

③ “三春”通常还指春天的第三个即最后一个月，但这里是个双关谐语，指迎春、探春、惜春三姐妹。“初春”当然是作为第一春的元春了。

④ “虎”和“兔”是十二地支中的第三和第四的岁属名称。高鹗认为元春死于阴历虎年的最后一个月，兔年的春天已经开始了。见《红楼梦》第九十五回，页1066。

⑤ “大梦”指“人生”。“归”自大梦，即“死”。

⑥ 见影京本第二十二回，页510。

⑦ 高鹗在续书中写她死时43岁。见《红楼梦》第九十五回，页1066。

如母子。则她册封为妃，获准省亲，想必将近三十岁了，那时宝玉大约十二三岁年纪。[①]但若元春在宫中如此之久而只有一次回家省亲的机会，她大概无法明“辨”贾府发生的各种“是非”。所以，“二十年”想必包括了她进宫前的日子，她教幼弟读书也在其内。她的鼎盛期应从封妃那年算起，根据爆竹诗谜，从册封到薨逝，时间不长。省亲是元春在贾府中地位的最高峰，此后不久即死，初稿中元妃之死的情节不可能拖到八十回以后。但这一故事的主要情节即谏亲赠言一事已转嫁给秦可卿，元春之死的意义便降低了，整个故事也非重写不可。

（二）初稿中的元春之死

这里有个很有趣的问题：在作者早期手稿中，元春之死究竟安排在什么地方？既然她的遗言是敦促节俭力戒骄矜，可见当时贾府已走完了它的全盛时代，元妃之死意味着贾府权势开始迅速下降。

贾府经济拮据的最初信号出现在第五十三回，宁府主人贾珍向佃农庄头乌进孝抱怨上交租子太少，说府中这几年入不

---

①（见过宝玉诗的）“一等势利人”以为当时宝玉年龄如此。见影京本第二十三回，页525。其实，书中从未明白讲过宝玉的年龄，他可能比那些人所说的大两三岁。

敷出。[1]至第七十二回，景况恶化到荣府的主持者贾琏不得不求贾母的大丫头“偷着运出”老太太的金器去典当，弥补亏空。为了替贾母做寿，宝玉的母亲王夫人张罗了两个月，[2]同样只得把“后楼上的铜锡家伙”当掉，才把钱凑了起来。为了支付另一笔开支，王熙凤把金钟卖了560两银子。[3]此时贾府声望也大不如前。第七十二回中就讲了太监们到贾府来需索无厌的一些故事。[4]假如元妃健在，太监怎敢如此肆无忌惮地向她娘家敲诈？随后，在阖家团圆的传统节日中秋之夜，从祠堂传来了叹息声。[5]若元春平安在宫，按照他们的信仰，祖宗何至于如此忧心忡忡。看来，元春之死的故事当以安排在第五十三至七十二回之间的某处最合乎情理。

第六十三回中，赋闲的宁府主人贾敬，一位虔诚的道教徒，沉溺于长生术，死于过量服用自炼的“金丹”。当时碰巧只有他的儿媳即贾珍[6]的妻子尤氏一人在家，正如回目所

① 见影京本，页1238~1240。

② 同上书，页1723~1724。

③ 同上书，页1729~1730。

④ 同上书，页1731~1732。

⑤ 同上书，页1821~1822。

⑥ 贾珍（chia chen）是宁府的老爷，宝玉的堂兄。勿与宝玉的父亲、荣府的贾政（chia cheng）相混。

示：“死金丹独艳理亲丧”。这一事件是作者总设计的一个重要部分，因为只有这样，这位孤零零的尤氏才不得不把她继母和两位漂亮的异母妹尤二姐和尤三姐接来协理家务，从而发展成尤二姐嫁给贾琏为侧室，最后被王熙凤逼死的悲剧，事在第六十五和六十九回中。贾敬死时，贾府所有正经主子从贾母、邢夫人、王夫人起，到贾珍、贾蓉、贾琏等等，统统不在家。其原因，在贾府通过礼部代呈上达天听的奏折中是这样说的：“其（死者贾敬）子珍，其孙蓉；现因国丧，随驾在此，故乞假归殓。”[1]后来王熙凤申斥贾琏，第一条罪状就是在国丧期间娶[2]尤二姐作二房。

这里出现了问题：所谓国丧，究竟死了谁，闹得非但第四代爵爷贾珍及其子贾蓉，而且上至贾母、王夫人，以及宁荣二府全体女眷统统都得躬自入朝随祭？人们自然会想，必是皇妃元春死了，才惊动了整个贾府上下。但如回过头去复按前几回书，便会在第五十八回中发现一段奇文：

---

① 见影京本第六十三回，页1518。“殓”，意思是“为死者穿衣”。

② 见《红楼梦》页762~763；《校本》页767~768。影京本中，缺了包括这段文字在内的两页，见第六十八回，页1642以后。请参看前文第129~131页附表，注g。

谁知上回所表的那位老太妃已薨，凡诰命等皆入朝随班，按爵守制……敕谕天下……贾母邢王尤许婆媳祖孙等皆每日入朝随祭；至未正已后方回。在大内偏宫二十一日后，方请灵入先陵，地名曰孝慈县。这陵离都来往得十来日之功，如今请灵至此，还要停放数日，方入地宫，故得一月光景。宁府贾珍夫妻二人，也少不得是要去的，两府无人。因此大家计议，家内无主，便报了“尤氏产育”，将他腾挪出来，协理宁荣两处事体。[1]

这段文字，提供了“独艳”尤氏为公公贾敬治丧的理由；但仍有许多矛盾，参读其他回的有关段落就更明显。上回即第五十七回压根儿没提到这位“老太妃”。不管怎么说，第五十五回开首处倒是带了一笔“目下宫中有一位太妃欠安”。[2]这些都可以说出于疏忽而置之不论。太妃之死要求全体诰命夫人随祭也许好像有点道理。但再读下去，贾府一应婆媳祖孙都得每日入朝，她们并不个个都是“诰命”夫人，而是全体成员，不分男女老幼，都躬与祭典。看来，死者

① 见影京本第五十八回，页1369~1370；《校本》，页638；《红楼梦》，页632，已被改动。

② 同上书，页1287。高本删去此段。

若非贾府亲人，很难说得通。

“老太妃”的安厝闹得贾府忙乱不迭。第五十九回开场，几乎用了两页篇幅，写贾母、王夫人、贾赦夫妇，以及其他人等五鼓入朝的情况。这时离送灵日已不远，仆役们在准备马匹、驮轿和随身用品。由于大多数人不在家，府中采取了特别保安措施：主要大门全关，小厮们坐更打梆子。[①]这种气氛明摆着在预示将有重大事件发生。但故事突然中断，下文笔锋转到丫头们拌嘴等鸡毛蒜皮的事上。可以一提的是，这个第五十九回，只有14.3页，是前八十回篇幅最短的数回之一，与第五十七回（31.7页）、五十八回（20.3页）、六十回（21页）、六十二回（34.9页）相比；少出6~20页。[②]似乎题中本应有一大段描写送灵场面和有关情节的文字已从此回初稿中删去了。还可指出一点，在这部脂评《石头记》的最后四十八回中，唯有这第五十九、六十、六十七、六十八和六十九五回没有双行评语（参看页101~103附表）。看来，这五回的原稿已被作者在修订时抽去，致使脂砚原来所写的评语与修改后的内容不

---

① 见影京本第五十九回，页1391~1392；又见《校本》，页648~649；《红楼梦》，页642。

② 参看前文页129~131，附表。前八十回篇幅最短的是第十二回，只有12.5页。

再符合，无法录入修改后的稿本。[①]

还有一个矛盾，存在于那位不知名的太妃之死和贾府发生的事件之间。太妃显系死于三月中旬，因为她的灵柩停厝二十一天后是在清明之前送到乡间的。[②]贾敬之死则在盛夏，[③]但直到此时，贾府中的贾珍、贾蓉、贾琏等人仍在陵寝淹留，尚未回家。[④]两起丧事之间，显然比上述有关国丧安排中所说的"一月光景"长得多。贾府诸人在下葬后守陵达两三个月之久，说明他们与死者的关系非一般官宦人家与皇室成员之间的关系可比。然而，这位"老太妃"却与贾府非亲非故，与小说中的任何故事都无关联——书里连她的姓名也没提到过。

此外，第五十五回首次提到这位老太妃时，说元宵节时（阴历正月十五），她病了，致使嫔妃不能省亲。[⑤]这也令人难以置信。元宵倒正元春省亲一周年（第十八回）。看来，这几句话是想解释，为什么这个专为元春省亲而筑的大观园，她却只来过一次。让这位不知名的"老太妃"如此孟浪地闯入小说

---

① 以上两句（"还可指出……无法录入修改后的稿本。"）为英文本所无，是作者补在自校本上的。原文是英文。——译者注

② 见影京本第五十八回，页1374。清明一般是公历4月4日或5日。

③ 同上书，第六十三回，页1515。

④ 同上书，页1516，页1519。

⑤ 同上书，页1287。高本中删掉了这句话。

的主文，至少是太露斧凿。这位老太妃除了强行使贾家诸人离府一段时间以外，不起任何作用。然而，为了打乱贾府上下的正常生活，她从生病到死一个短短的故事却被小心翼翼地分配在四回文字之中。①

还有一个与太妃之死有关的情节更令人难以理解。第五十八回讲了一下国丧安排以后，尤氏和王夫人便去商量府里十二名女伶和教习等的遣散事宜。问及这些女孩子愿去愿留时，七人愿意继续留下。诸教习每人给银八两，令其自便。②也许需要重提一下，这些女孩儿是专为元妃省亲之需从苏州买来唱南昆的，教习也是打那儿请来的。③从来府到遣散，她们一直在梨香院中排练，④有时被元春召进宫中表演，⑤平时在大观园和府中演唱。⑥只要元春还在，总还会有回府的机会，还

---

① 即第五十五、五十八、五十九、六十三回，提到她的文字，大多只有寥寥几行。

② 见影京本，页1371~1372；《红楼梦》，页633~634，其中删掉了“教习等”字样。

③ 同上书，第十六回，页339，第十七至十八回，页379~380；《红楼梦》页155，页172。

④ 同上书，第二十三回，页529~530，第三十回，页704，第四十回，页923~924；《红楼梦》页233，页315，页421。

⑤ 同上书，第三十六回，页831；《红楼梦》，页375。

⑥ 同上书，第四十回，页924，页927~928，第五十四回，页1276~1278；《红楼梦》页421，页423，页585~586。

要听戏班演唱，还会召她们进宫。可怪的是，不知名的“老太妃”一死，贾府的戏班就被解散了，甚至无须征询元春还要不要她们继续侍候。戏班解散以后，不愿离去的女伶被允准同贾府的女孩们同住，最绝色的女伶芳官和宝玉的丫头一起留在怡红院里。这一新情况为她们将来在大观园里的活动铺下了路。可见遣散戏班一定是作者早期稿本中最初布局的一部分，当时肯定知道从此不再需要戏班表演了。

现在只要把元春的名字代入这位不知名的“老太妃”，就一通百通了。在作者初稿中，正是元春薨逝，才要求贾府全体成员赴大内偏宫随祭，其中重要成员还须在陵地守丧两三个月，甚至贾敬死了，他们要回家奔丧，还非上奏乞假不可。元春的夭折也说明了她何以再未重游这座专为她营建的大观园，以及府中戏班何以遣散之由。[①]元春册封为妃，才一年多就死了。所以，《红楼梦》曲子里提到了无常的突然来到，而她自制灯谜的谜底则是一束爆竹。[②]

---

① 又，第七十七回王夫人要宝玉明年搬出园，此亦表示元妃已死。因宝玉等入园乃元妃之命，若元妃仍在，王夫人此举须待元妃同意也。（这一条注是作者补记在自校本上的。原文是中文。——译者注）

② 参看前文页199；见《影京本》第二十二回，页510，以及脂砚对灯谜的评语。

其实，脂砚早已指明，元春将在初游大观园后不久死去。第十八回，元春在离园前说“倘……天恩仍许归省”句下，脂砚评道：

> 妙极之谶……只有如此现成一语，便是不再之谶。只看他用一“倘”字便隐讳，自然之至。

很明显，她的谶语，必与她自己的死而绝非与某一“老太妃”之死有关。正是她的死，使她从此不能再度省亲了。而且，根据小说后文，那位“老太妃”死后多年，元春也没有再到大观园里来过。①

作者改写了秦可卿之死的故事，就必须相应地改写元春之死。但原总体设计中有贾府举家外出的情节，关连到后来尤氏姐妹的悲剧。现在既然别无他法使贾家成员在贾敬死时不在府中，作者只好造出一位“老太妃”来顶替初稿中的“贾妃”。这样一改，当然轻而易举，但也引出了一些矛盾，且使某些段落显得牵强。作者在修改时还必须删繁就简，把“老太

---

① 见影京本第十八回，页405，墨笔双行评语。

这一段文字和注解，为英文本所无，是作者补充在自校本上的。原文是英文。——译者注

妃”之死，尽量简化。这种删节，在第五十九回中最刺眼，也许原稿的二分之一被割爱了，其中可能本来包含着一些引人入胜的故事。

而且，作者还得写一个“新的”元春之死的故事。当他把那个“老”故事从第五十八和五十九回中删去时，前八十回各回均已完成。这样，新的故事只能放在第八十回以后，元春之死就这样被推到后边去了。

（三）第十二、十三回中故事的删节

脂砚在脂残本第十三回末尾的总评中说，因删去了天香楼[①]即秦可卿自缢的故事共四五张，此回只10张即20页了。现存第十三回在脂京本中占15页半，可见脂残本中每页的字数比脂京本少。[②]这就是说，若把未经删改的第十三回原稿按照脂京本的规格抄录，大约有22页或更多的篇幅。一般人会想，删改后的第十三回一定短得异乎寻常。但在前八十回中，篇幅最短的不是第十三回，而是第十二回，它在脂京本中只占12页半，其中还包括了星星点点约占半页多纸的评语在内。确实，第十二回比15页有半的经过删削的第十三回短得多。

---

① 秦可卿自缢处。参见《红楼探源》页146。

② 脂残本每页12行，每行18字，共216字。见《文存》，页568。

天香楼故事在第十三回初稿中占三分之一是可以理解的。因为这个故事，非但必须包括秦可卿自缢，还得讲瑞珠、宝珠两个小丫头如何发现她的私情致使她自杀，[1]讲这一事件如何遮盖平息，以及贾珍的妻子尤氏如何悻悻恚怼乃至托辞身体不适拒绝参与儿媳的丧事。而且，秦可卿和她公公贾珍的不正当关系[2]已非一日，早在第七回中，老仆焦大在酒后"骂"街时就揭出了这一丑闻。[3]在事情败露和秦氏自杀之前，作者想必在原稿中写过这一事件。脂砚还暗示了丑事的地点。宁府有一建筑，名叫"逗蜂轩"，脂砚在楼名下面评道："轩名可思。"[4]

既然删改前的第十三回按照脂京本的格式可望达22页或更多，若说第十二回的文字并未删改，未免短得异乎寻常。[5]秦氏自缢的情节是在她与贾珍关系被人发现后随即发生的，可见后者必与第十三回紧相衔接，即在第十二回中写出，而绝不会出现在数回之前。所以，第十二回篇幅所以如此之短，也是由

---

① 参看《研究》，页179~181，页183。

② 这种关系在中国被视为乱伦。

③ 见影京本，页177。

④ 同上书，第十三回，页280，墨笔双行评语。

⑤ 脂京本前二十回的平均篇幅是每回20页，每页10行300字。

于作了大删大削，而删削的目的在于避免与经过修改的后回文字相凿枘。

现存的第十二回主要讲了贾瑞调戏王熙凤未遂的故事。王装作多情，却屡设圈套，埋下伏兵，把贾瑞抓了起来，最后要了他的命。这是一个有趣而别致的故事，除了表现王熙凤的狠毒以外，与整个布局中的其他部分没有什么关系，显然像是以独立插曲的面目出现在小说之中。其实，这正是作者揭示全书主题的关键情节之一。贾瑞临死，有道士给他一面名曰“风月宝鉴”的镜子，用反面照，可见一具骷髅立在其中。但贾瑞不听道士警告，照了正面，却见王熙凤在其中微笑招手相邀，便“进了”镜子与凤姐云雨——当然是在荡荡悠悠之中。[①] 风月背后即是败亡，这一主题是这样重要，以至于作者之弟就以镜名作了书名。[②] 但用一回书中一名次要人物的游离于其他情节之外的故事来表达全书的主题，似乎有点怪。

然而贾瑞的故事毕竟和秦可卿的故事有其异同之处。这两个人，在初稿中，都因风月之情被对方所害。贾瑞与王熙凤实

---

① 见影京本第十二回，页269。

② 同上书，第一回，页15。参见前文《红楼梦研究的历史背景》，页1，注①；又见《红楼探源》，页98~99。

无所染，秦可卿则真的被卷入了不正当的私情。贾瑞是被王熙凤瞧不起的穷措大，径直落进她的陷阱。秦可卿不然，嫁与巨室，生于安乐，顺从了她公公的引诱。在贾瑞寄灵铁槛寺[①]一段下，脂砚评道："先安一开路道之人，以备秦氏仙柩有方也。"[②]这一段描写的事情，发生在秦可卿自缢之前。脂砚把这两个牺牲品相提并论，是以他们的共同的命运来说明作为小说主题的同一论点。这样，贾瑞的故事，虽在细节上是游离于总体结构之外的一个孤立的片段，但在思想内容上与随即发生的秦可卿的故事相类通，都直接服从于小说的主题。而"风月宝鉴"正是这种类通的最好的象征。

"宝鉴"有两面：正面反映现实，是一美女的影像，因而是虚妄的；反面反映结果，是死亡的标志，是随着时间流逝而必然要来到的。风月之情，不管真如可卿，还是幻如贾瑞，最终都归于毁灭。[③]"宝鉴"的寓意，对两者都适用，是对贾瑞和秦可卿这风月场中两种典型的冒险者的当头棒喝。所以棠村

---

① "铁槛"在佛教原意指生死界限，参见影京本第十五回，页314，脂砚双行评语。

② 见影京本第十二回，页270，墨笔双行评语。

③ 脂砚对宝鉴的"两面"是这样评论的："此书表里皆有喻也。"见影京本第十二回，页268。

认为它意味深长，值得作为全书的标题。倘若第十二回只讲了贾瑞这个在全书中并不特别重要的角色的故事，棠村就不至于认为，这一孤零零的宝鉴故事适宜于用作小说的标题。

迄今提出的问题都说明了一个事实：在小说这一部分初稿中，包含着两个互相平行又互相区别的故事。一是王熙凤设计害死贾瑞；一是贾珍勾引秦氏，家丑泄露。[①] 第十二回初稿中所描写的，便是反映了镜子正反两面的两个故事。修改秦可卿之死的情节，导致第十三回初稿截短了三分之一。而修改秦可卿在第十二回中的故事，则使这一回初稿也删掉了大致相等或更多的篇幅。此回于前八十回中篇幅最短，便是明证。

① 家丑泄露一节，在第十三回初稿的前半回中，也许写了，也许没有。

《红楼梦》的一个早期稿本[1]

我们在讨论作者生年和“大观园”旧址时，曾提及明义题咏《红楼梦》人物绝句二十首。[2]明义在自注中提到，曹雪曾亲自送给他这部小说的抄本。[3]我们知道，曹雪1764年2月1日去世时[4]尚未完成对小说的最后修改，可见他送给明义的是某一早期稿本或“简本”。

我们知道，在脂残本第一回楔子末尾是这样写的：“至脂砚斋甲戌（1754）抄阅再评，仍用‘石头记’。”[5]这就

① 此章在作者原稿中列为第四卷《本书探源》的附录。著者回国后，就此专题又写成《论明义所见红楼梦初稿》，内容有修正补充。——编者注

② 参看前文，页45，页102~105。

③ 见《绿烟琐窗集》，页107。

④ 见前文页33。

⑤ 见《红楼探源》所收《脂残本的年代和情况》一文，页32。

是说，小说的原名"石头记"曾一度废置，改用过其他一些名称，[①] 至脂砚斋1754年评注此书时始变旧名，从1754年起这八十回本便以《脂砚斋重评石头记》行世。但据明义此注，他得自作者的本子却题为《红楼梦》。看来，这一几乎没有或根本没有评语的本子，年代当在1754年之前。

明义注中没有说此稿共有多少回，是否已完成。但他在二十首诗中的最后两首中表明，他读到的小说事实上已经完成。第十九首说：

Do not ask whether the matrimonial affinity with 'Gold' (i. e. Pao-ch'ai) or with 'Jade' (Tai-yu) would remain.

When they were together it was like a spring dream, when they dispersed it was like vanishing smoke.

Having lost its divine spirit the 'Stone' (i. e. Pao-yu) has returned to the foot of the mountain.

---

① 楔子的正文中说得很明白，书名《石头记》，先被改为《情僧录》，后被改为《风月宝鉴》等。见影京本第一回，页14~15。

And even if it could speak it would be all in vain.[①]

“石归山下”一般讲的是葬身之处，但这里无疑在指“青埂峰下”，按照小说第一回的神话故事，这是那块“石头”前世得遇一僧一道之处。在这早期稿本中，“石头”最后又回到了他被神仙携入尘世前的所在。这一结局，在脂砚所评的八十回本中尚未出现。脂砚在评语中也没有提到过“石头”回到仙山的事。[②]这使人们不能不得出这样的结论：这一早期稿本《红楼梦》有些不同的情节，特别在它的结尾部分。

明义在最后一首诗中是用这样的语言来谈论小说的主人公的：

The young girls with rouge-and-powder have gone to unknown destinations;

---

① 见《绿烟琐窗集》，页111。
明义原诗如下：
莫问金姻与玉缘，
聚如春梦散如烟。
石归山下无灵气，
总（纵）使能言亦枉然。——译者注

② 脂砚多次提到，在作者重新设计但尚未完成的稿子中，小说最后一回将出现警幻“情榜”。由此看来，“石头”最后可能将复归原处。但除了“情榜”之外，脂砚没有提到最后一回的任何情节。

He should be ashamed [when compared with] the ancient Shih Chi-lun. ①

最后一句诗提到的石崇（季伦，249—300），拥有名园金谷园，②类似于小说中的大观园。他的宠姬绿珠为权贵孙秀所垂涎，石崇拒绝把她交出。当孙秀捏造罪名将石崇下狱时，绿珠以坠楼自尽以殉主人。孙秀闻讯，便将石崇杀了。③要是明义这首诗真的有什么言外之意，那就是宝玉后来入狱之由可能比本书第十五章④勾勒的复杂得多。也许，诗的最后一句可以另作解释：石崇的宠姬绿珠宁死不离开他的主人，宝玉的侍妾袭人却在主人落难时离开了他，因而本书的主人公在激发婢女的忠诚方面无法与石崇比肩。因为，石崇被捕时，他的姑娘们都依然守在金谷园里，宝玉却眼睁睁地看着"十二钗"中的大多数一一离开了大观园。按照曹霑修改后的安排，小说以宝玉出家为僧告终，但是，甚至脂砚也为没有读到主人公"悬崖撒手"那回文

---

① 见《绿烟琐窗集》，页111。

明义诗原文，"常娥红粉归何处，惭愧当年石季伦。"——译者注

② 参看吴世昌《魏晋风流与私家园林》，G.M.Boynton（包贵思）译，1935年发表于*The China Journal of Art and Scicnce*（《中国艺术与科学学报》）卷23，号1，页20。（该文已收入《罗音室学术论著》卷一。——编者注）

③ 见《晋书》卷三十三《石崇传》，附于其父《石苞传》之后。

④ 即本书《后半部书中故事探源》一章。

字而表示遗憾，也就是说，作者生前并未完成对全书的修改。但在他赠给明义的稿本中却有“石归山下”的情节，显然，这是在1754年之前的一个短而全的稿本。

从明义的诗中可以推测，还有另外一些故事也在这部早期稿本中占有一席之地。二十首诗中的第一首是一个引子，介绍了即将在大观园中发生的故事，在脂京本第十七、十八回中可以找到这方面的描写。[①]第二首是总论书中主人公和怡红院里女孩子们的生活。第三首讲纤弱伤感的林黛玉在潇湘馆中的生活，这方面的内容最早出现在小说第二十三回中。第四首写薛宝钗用扇扑蝶，事在第二十七回中。第五首用宝玉送手帕的故事再次描写黛玉还泪，可在第三十四回中找到，但诗中提到的“三尺玉罗”则为小说所无。第六首诗的本事在小说中没有着落，讲某人（大概是宝玉）晚上半醉回家，“错认猧儿唤玉狸”，当时有人在他屋里说笑，他悄然走开，独个儿在灯下消遣。这首诗大概是咏初稿中的某个故事，后来修改时被删掉了。下一首即第七首诗重提宝玉在第五回中的梦游太虚，见到的警幻簿册里的图画，接着写他在第二十三回中赋诗的情节。第八首讲一天晚上只有一位丫头独自呆在怡红院里，宝玉替她

① 自此以下的回次，均指影京本。

梳头。这个故事可在小说第十九回中找到，但这丫头在小说里是麝月，诗中却是小红。第九首的本事比较复杂，讲宝玉把袭人给他的丝汗巾偷偷换给了蒋玉函，事见第二十八回。第十首讲的是第二十六回中的一个插曲，黛玉夜访怡红院，丫头们没认出她的声音，没有让她进去。下一首讲宝玉、黛玉吵嘴和宝玉向她赔不是。第十二首写的是宝玉哄丫头玉钏尝为宝玉单做的羹汤，见第三十五回。下一首写的是第六十三回中宝玉的生日宴会。第十四首讲黛玉的病，这是小说经常提到的内容。第十五首说史湘云爽朗洒脱的性格，“不似小家拘束态，笑时偏少默时多。”第十六首讲晴雯的悲剧和宝玉作诔以悼，见第七十八回。第十七首和十八首总结了黛玉在贾府的生活：从第三回幼年初来时和宝玉同处一室，到第二十七回后来成为谶语的葬花诗，终因没有“返魂香”，不能起死回生与宝玉结合。前八十回的《石头记》尚未写到黛玉之死，可证明义得到的本子是一部早年的完稿。[①]

---

① 俞平伯先生也认为明义所见的稿本包括了黛玉之死的故事。他举出了第十九首诗的文字为证，但此诗并未明确提到她的死。参看《校本》“序言”，页30，注㉓。

著者以后在《论明义所见〈红楼梦〉初稿》一文中修改为：第十一、十二首可能都是咏金钏玉钏之事，第十五首也可能是咏凤姐。参见《红楼探源》页634~635，页637。——编者注以上十八首和前文讨论过的最后两首自是明义的信笔之作，但他大概从小说中选择了他认为重要的有意义的故事。这组诗以大观园和园中的女孩子们开场，一直写到小说的结局。如将诗的顺序和诗的本事在现行小说中出现的回次各列一表，就会看到两者并不严格相符。因此，如果明义的诗是按照他所见的稿本中的回次来安排顺序的，则这一早年稿本中的故事编排看来并不与脂评《石头记》完全相同，其总的篇幅可能短于作者重新设计后的修改稿。

明义的第十二首和第十三首诗，分别写了第三十五回和第六十三回中的两个情节，二者之间有个大的缺口。也就是说，从第三十六到六十二这二十七回中的事情，在明义这二十首诗中都没有涉及。值得注意的是，这二十七回描写了这些仕女们在诗社的主要活动。第三十七回，成立“海棠诗社”，首次集会，探春、宝钗、黛玉和宝玉写了六首《咏白海棠诗》，后来史湘云也入了社。下一回中，还是这几位作者，写了十二首《菊花诗》和三首《螃蟹咏》。第四十五回，黛玉作了一首长诗《秋窗风雨夕》。第四十八回讲香菱立志苦吟和林黛玉教她写诗，香菱终于好不容易写成了三首“咏月”诗。第五十回中有十一位女子和宝玉的长篇联句[①]咏雪，另有四首咏红梅，四首灯谜。下一回继续编灯谜，开场时还有十首《怀古绝句》，每首各隐一物。要作成这些诗并非易事，因为不仅题材和韵脚都是指定的；而且每首诗必须体现其设定作者的个性；还得为小说主角后来的故事埋下伏线。此外，诗的情景也必须在故事的自然发展中出现，不能生拼硬凑。因此，这些诗以及相关的故事，和各回回首的诗、回尾的联一样，都是曹雪在明义读到旧稿后很久才写成的。至于这二十七回中的其他内容，主要是写大观园的日常生活，也有可能是后来增补的。这一早年旧稿虽然包括了小说全部主要故事，但缺乏现在《石头记》八十回本中的细节描写。这些情况说明，明义诗中所以没有涉及第三十六至第六十二回中的故事，因为这些故事只出现在作者的修改稿中，为早年的“简本”所无。这样，在明义的第十二和第十三首诗之间才出现了那一大片断缺。如果我们重温脂砚在第七十一回中那条“假事将尽”的评语，[②]就会知道这二十七回都在“假事”之列，是作者在修改时添进去的。这些事

① “联句”是一种文字游戏，按照指定的题目和韵脚，第一人作第一句，第二人作第二、三句，第三人作第四、五句，余类推。所有韵脚必须在同一韵部中。据《文心雕龙》（6世纪）卷六，这种游戏形式始于《柏梁联句》。《柏梁联句》被认为是公元前108年汉武帝等在柏梁台上所作，但也可能是较晚的作品。

② 见影京本，页1707。参看，《红楼探源》页140，及前文，页184。

实也有助于证实：小说并非自传，亦非作者家庭生活的实录。

以《石头记》为名的八十回本，是作者重新设计和扩充后的稿本中的已完成部分。在把旧稿的前三分之二扩充后，根据重新设计后的规模，作者想必认为对后三分之一即大约后三十回也有继续扩充和精雕细刻的必要。他的早逝，使他没有完成这项工作，而且，旧稿中尚未改定的文字，如“抄家”和“狱神庙”等五六回文字，[1]在18世纪60年代脂砚为小说继续写评时就散失了。

明义的题《红楼梦》绝句二十首进一步证明，曹霑在1754年以前，已经写出了若干种不同的完稿：其中有一部早期定稿被其弟棠村称为《风月宝鉴》。在几种修改稿中，有一部被称为《红楼梦》，即给明义看的那一部。由作者增删五次又由脂砚作评两次的那个稿本，成书于1754年，仍用旧名《石头记》。[2]此后九年，直到逝世，作者仍在对后三分之一的书稿进行修改和扩充，使之与前八十回相称。然而，他为这一巨著追求完美的不懈努力，最后却以尚未改定的旧稿的后三分之一全部迷失而告终！

---

① 见影京本第二十回，页443~444，朱笔眉批。

② 参看《红楼探源》，页32~33；见脂残本第一回，页15；《文存》，页569。

附录

脂砚斋是谁[①]

自从《脂砚斋重评石头记》发现以后，对于“脂砚斋是谁”这一问题曾有许多揣测。胡适先以为他“是曹雪芹很亲的族人……他大概是雪芹的嫡堂兄弟或从堂兄弟——也许是曹颙或曹颀的儿子”[②]。但他并未提供充分证据。可是，他在1933年见到了脂京本（即他所谓“庚辰本”）以后，自己取消了这一说法，荒谬地把脂砚认为即是曹雪芹。[③]周汝昌把脂砚认为即雪芹“续妻史湘云”，其误已见上文第六章第二节[④]所辨。上述三种说法其误虽各不相同，但皆从“自传说”这一错误前提而来。今欲试求解答这一问题，所据材料自不免有若

---

① 本篇是全书第二卷《评者探源》第九章。由作者自译。——编者注

② 《文存》，页572。

③ 《近著》，页408。

④ 详见《红楼探源》，页84~93。

干来自《红楼梦》本书及脂砚评语；但在选择及解释此种材料时，必须不为“自传说”所蔽，始能破除成见，作冷静的客观的考察。有些脂评，在未了解其背景之前，往往可作不同的解释，因此不能为凭；又如以评语的“口气”“语调”为“证据”，来支持某些先入之见，则其理论不免成为逻辑上的丐辞，其结论当然也不可靠。在本章下文考察这一问题时，凡遇脂评或本书中的材料，只有那些绝不含糊的内证而又可以用外证加以证实或支持者，方才采用，然后加以分析，定其年代，联系外证，印证史实，求得结论。

第一节　脂砚和“元春”之间的亲属关系

在小说中宝玉的大姐元春早年以才德被选入宫中，后来晋位贾“妃”，但她死得年轻。在元春省亲一回中，提到宝玉三四岁时，她曾教他认字、读书。“其名分虽系姊弟，其情状有如母子。”[①]脂砚在行间朱批中说：

① 影京本，第十七、十八不分回，页387，高本第十八回改称“虽为姊弟，有如母子”，删去“名分”“情状”等字，见《红楼梦》（1957年人民文学版，下同），页176。

> 批书人领至（过）此教；故批至此，竟放声大哭：俺先姊先（仙）逝太早，不然，余何得为废人耶！①

这一条评者的坦白自供，其重要性是无须夸张的。初看此批，如依“自传”说，似乎这书中的元春，在曹家是雪芹和脂砚二人的大姐。但如再比较其他批语，则可知脂、芹二人绝非兄弟。他们如为弟兄，则第一，脂砚在另一条批语中说到雪芹之弟棠村时，不会说“乃其弟棠村序也”，他只须说“吾弟棠村”或“棠村弟”即可。称“其弟”——他的弟弟，即明非脂砚之弟。雪芹之弟既非脂砚之弟，则芹、脂二人即非兄弟。第二，脂砚在提到雪芹之父（南汉先生）时，如果南汉也是他父亲，他不会说“南汉先生”，如果他还活着，势必称为“家严”或“家父”，如已亡故，则必称为“先严”或“先君”，正如称“元春”为“先姊”。

但不论“元春”的真名是什么，这位贵夫人实在是脂砚的“先姊”。又从另一事实看，脂砚既比雪芹大了十多岁，而“元春”在家时，又比脂砚大得可以教他读书，则她又比脂砚长了几岁，所以她的年龄比起雪芹来，要大到二十多岁。因此书中

① 影京本，页387。参看《辑评》，页283。

提到元春和宝玉，原文说："其名分虽系姊弟，其情状有如母子。"假使元春和宝玉果为姊弟，为什么不说"身份"而说"名分"？因此看这条脂砚的自白，"元春"实为他的长姊，但不必为作者的长姊。

元春得皇恩特许，回家省亲，在贾家的历史上，是一件最光荣的大事。大观园为此而建造。脂砚批这件大事说："非经历过，如何写得出？壬午春。"①元春对贾政说："今虽富贵已极，然骨肉各方，终无意趣。"②脂砚在行间加朱评说："此语犹在耳。"③后来宝玉进来，元春"携手揽于怀内，又抚其头颈笑道：'比先前竟长了好些。'一语未终，泪如雨下。"脂砚批道："作书人将批书人哭坏了！"④凡这些和类似的评语，都显示曹家必有一女遣嫁皇族，其事绝非完全虚构。但近来学者在清朝档案或史料中，却找不到任何迹象，可以证实在康、雍、乾三朝诸皇妃中，有姓曹的妃子。但在另一方面，我们知道曹

① 影京本，页390，朱笔眉批。《辑评》，页284。

② 同上书，页391。按原作"骨肉各方，然终无意趣"，疑"然"字应在前。

③ 同上书，页391。按此评夹在第7、第8两行之间，《辑评》（页285~286）录在第8行贾政之语"岂意得征凤鸾之瑞"一句下，显误。我在英文本中亦误以此评为批贾政语。今按贾政那些文绉绉酸溜溜的套语，非真情话，殊无意义；脂砚所闻，乃元春之悲切语。

④ 影京本，页392，行间朱评。

寅有两个女儿都嫁与北京的郡王。他的长女于康熙四十五年八月送到北京，在十月二十六日（1706年11月30日）嫁与镶红旗的讷尔苏郡王为妃。[①] 同年十二月初五（1707年1月8日）做了讷尔苏郡王岳父的曹寅，曾蒙康熙赐宴。[②] 他的次女于康熙四十八年（1709）被送至北京嫁与某侍卫，亦为王子。[③] 元春在书中称“妃”，“妃”字可指比皇后低一级之妃，也可指郡王之正配。脂砚评中所说到的“先姊”，当然是曹寅的二女之一，但可信为长女，即讷尔苏之正配。实际上她是雪芹的姑母，所以即使在小说中，“元春”和“宝玉”也只是名义上的“姊弟”。［其实在小说中宝玉并无亲姊妹，元春还活着的时候，宝玉有一次对黛玉说：“我又没个亲兄弟亲姊妹，虽然有两个（指贾环与探春），你难道不知道是和我隔母的？我也和你是（似）的独出。”[④]］但是曹寅的两个女儿，出嫁都在

---

① 讷尔苏，生年不详，康熙四十年（1701）袭平郡王。雍正四年（1726）王爵被夺，予其子福彭承袭。乾隆五年（1740）卒。见《清史稿》卷一百六十二。

② 见曹寅康熙四十五年八月初四及十二月初五两次奏折。《新证》，页94引。

③ 同前，康熙四十八年二月初八（1709年3月18日）奏折。《新证》，页96引。参看《永宪录续编》，页390：“寅字子清……二女皆为王妃。”

④ 影京本第二十八回，页635；《红楼梦》，页281。

雪芹出生之前，所以她们婚前在家的时候，不可能教过雪芹认字读书。这也可以证明“自传说”是无稽之谈，全不适用。如以“宝玉”为作者，则“元春”在进宫之前教过“宝玉”便不可能，且非事实。如果说曹寅之女曾教过脂砚，并且他们是“姊弟”，则与史实相符。作者显然是把脂砚之事写在宝玉的故事中，所以脂砚自供说“批书人领到此教”，他没说“批书人也领到此教”。他在这条批语中告诉读者：并不是雪芹领到此教；被“元春”“抚其头颈”的，不是雪芹而是脂砚，所以脂砚读到这段描写，情不自禁地批道：“作书人将批书人哭坏了。”在批书时，脂砚知道一般读者往往会把作者误作书中的宝玉，所以他觉得有必要在这关键性的一回中，透露一些真相。

第二节　脂砚是“贾宝玉”的主要模特儿

关于“元春省亲”，我们还可以再加阐述。在小说中，此事从头至尾，不过一天，作者用大气力描写“贾家”这一次富贵荣华的大场面，目的只是在反映康熙南巡时曹家在南京织造府邸接驾的殊荣。棠村在第十六回前的小序中说：“借省亲事写南巡，出脱多少忆昔感今！”[1]这是一句非常可疑的话。康熙南巡六次，最后一次康熙是四十六年丁亥（1707），在雪芹生前好几年，因此作者不可能“忆”起任何一次南巡的盛况，更不必说如何描写这些繁华景象。但这省亲故事，在书中的确写出了一次帝王出游的大场面，连几个月前把荣宁二府改造成“行宫”的工程都一笔不苟地写下来。这篇精细真实的描写，作者是谁？不免令人疑心。至少其中有一部分材料，出于某个躬逢其盛事者之手。果尔，则必为脂砚所记。脂砚比雪芹年长，又见过曹家往日的光荣，当然比雪芹更有“忆昔感今”之痛，这是很可以理解的。在另一条评语中，脂砚说：“大观园用‘省亲’事出题，是大关键事。方见大手笔行文之立意。”[2]这是说在技巧上，如果没有大观园，即无法容纳以后的许多人物的活动；但若毫无理由便建造一所“大观园”，又不自然。曹家既有接驾之事，为接驾而修盖“行宫”，借此行宫，作为“大观园”，则既可容以后书中人物之活动，又可反映曹家在南京的光荣。但又不好直写南巡接驾之事，所以书中要“借”一

---

① 此条为胡适首先引用（《文存》，页574），以为是脂评的“总评”。但他没考虑到康熙南巡均在雪芹生前，作者对此事不可能“忆”。俞氏在《辑评》中遗漏此条，可见脂残本评语过录至脂配本时，多有遗漏。此条不见于脂京本。

② 影京本第十六回，页335，朱笔眉批，署名“畸笏”。《辑评》，页243。

个“省亲”故事，才有借口建此“大观园”。因此，这“省亲”是书中大关键事。

但在另一方面，由上引各条脂评（如“元春”抚“宝玉”头颈等），可知曹寅之女嫁为讷尔苏王妃之后，大概也曾回南京省过亲。当然，她回娘家的情景，绝不会如书中描写的那样豪华。从这里，我们更可看出作者用“融合”的手法，把一个故事移接到另一个上面去。事实上，这种移花接木的手法，正是批者所谓大手笔的“立意”，这正是告诉读者，不要假定书中所写都是曹家生活的真实事件。

这种移花接木的手法，在小说的写作上当然是很普通的，鲁迅先生自述他的创作经验时说：

> 所写的事迹，大抵有一点见过或听到过的缘由，但决不全用这事实，只是采取一端，加以改造，或生发开去，到足以完全发表我的意思为止。人物的模特儿也一样，没有专用过一个人：往往嘴在浙江，脸在北京，衣服在山西，是一个拼凑起来的脚色。①

---

①《鲁迅论文学》：“我怎样做起小说来”，页145，人民文学出版社1959年版。

鲁迅先生所谓“拼凑起来的脚色”，是自谦，也是实情。从上引脂评和棠村序文，我们也可以看出雪芹创作的方法：书中主角不必即是作者自己；关于主角的一部分故事，可以是脂砚或别人的“缘由”，经作者加以“改造”融合而成；[①] 相隔数十年的“昔”事“今”事，可以归并融合起来，写成一个故事。

有许多脂评的“语气”，先使胡适误认为脂砚即作者自己，后使周汝昌误认为脂砚是宝玉（亦即作者）的“续妻史湘云”。我们既已知道作者在创作过程中用“移接”的手法，则许多似乎令人迷惑的评语，便都很容易解释了。书中的故事既有许多与脂砚有关，则他在批书时，如遇见写到他自己的轶事时，足以引起今昔之感者，其评语自不免偶尔说到他自己的经验。例如：

1. 第二回贾雨村在山中看见智通寺门旁的破对联：“身后有余忘缩手，眼前无路想回头。”脂砚批道：“先为宁、荣诸人当头一喝，却是为余一喝！”据此，则脂砚在“宁、荣诸人”中，似乎是一个重要角色。但此批的意义犹不在此。联中“回头”是从禅语中“苦海无边，回头是岸”一语而来，

① 《红楼梦》中有甄（真）贾（假）宝玉，分在南京和北京，亦可暗示雪芹在创作过程中，兼运用几个模特儿，加以融合和分化的手法。

此语脂砚在别处也引用。[①] “岸”指佛教的净土，虽在此联中，“回头”二字别有所指，但既用在佛寺门旁，与原意自不相远。在书中开始时即用此联，又与作者原稿的末回“宝玉悬崖撒手”（出家）[②] 故事遥相呼应。可是脂砚在上文的批语中说这“当头一喝，却是为余一喝”！宝玉的模特儿中的“脂砚成分”在这里隐约可见。

2. 第三回林黛玉初到贾府那一天，宝玉偏到“庙里还愿去”了，王夫人和她谈了许多宝玉的顽皮性格。脂砚的眉批说：

> 不（未）写黛玉眼中之宝玉，却先写黛玉心中已毕（早）有一宝玉矣，幻妙之至。只（自）冷子兴口中之后，余已极思欲一见，及今尚未得见，狡猾之至。[③]

3. 后来宝玉和黛玉初次相见，书中第一次把宝玉的容貌从黛玉眼中仔细描写，看他“面若中秋之月，色若春晓之花”。脂评说：

---

① 影京本第十二回，页262，朱笔眉批：“苦海无边，回头是岸，若个能‘回头’也？叹叹！壬午（1762）春，畸笏”。参见《辑评》，页194。

② 影京本第二十五回，页585，朱笔眉批。

③《辑评》，页87，引自脂残本，有正本略同。括弧中字，著者所校。

此非套“满月”（世昌按：指《佛本行经》中“佛面如满月”旧典），盖人生有面扁而青白色者，则皆可谓之秋月也。用“满月”者不知其意。“少年色嫩不坚牢”，以及“非夭即贫”之语，余犹在心。今阅至此，放声一哭！①

由此可知书中所写宝玉容貌，必为脂砚幼时容貌。故别人对此容貌的奚落话，他永远记得。如以此批与前引元春省亲时批语：

批书人领至（过）此教，故批至此，竟放声大哭：俺先姊先（仙）逝太早，不然，余何得为废人耶！

对看，我们便了解为什么脂砚偶然记起别人对他的讥刺“非夭即贫”，就不免伤感。

4. 第九回宝玉有一天早上去家塾上学，“忽然想起未辞黛玉”，这样一句很平常的叙述，似乎用不着什么批语，但却引

① 同上书，页89，引自脂残本，有正本同。“牢”，脂残本作“劳”，笔误。原文见影京本，页72，《红楼梦》，页30。周汝昌《新证》，页560引此评说“这是脂砚痛哭雪芹之第三例”，则以为书中所写宝玉乃雪芹幼时容貌。《枣窗随笔》页23所记雪芹形貌：“其人身胖，头广而色黑”，知与《红楼梦》所写不同。周又解释道：“书中极称‘宝玉’肤色之白，而此曰‘色黑’，当系中年败落后之形容。”（页452）

起了脂砚的心事："妙极，何顿挫之至！余已忘却，至此心神一畅。一丝不走。"[①] 如果宝玉是作者，为什么偶尔说到他对黛玉表示一下最普通的礼貌，会使脂砚"心神一畅"，而且他对此事的回忆"一丝不走"？从这条和上引各条的批语看来，不仅仅是脂批的"语气"像书中的"主角"，竟是批者毫不含糊而坦率地自己承认：他是书中主角的模特儿。

5. 第二十一回宝玉和袭人怄气以后，喝了酒读《庄子》外篇《胠箧》，续了一段，脂评说：

> "趁着酒兴，不禁而续"，是作者自站地步处。谓余何人耶，敢续《庄子》？然奇极怪极之笔，从何设想，怎不令人叫绝！ 己卯（1759），冬夜。[②]

这一条初看似不好懂。原来"续庄子"是作者雪芹"自站地步"的"奇极怪极之笔",而却把这"续文"的"著作权"送给宝玉。宝玉的模特儿既为"批书人"脂砚，这使他觉得很不敢当。所以在眉批中说："谓余何人耶，敢续《庄子》？"这是脂砚觉得

---

① 《辑评》，页 182，引自有正本。原文见影京本，页 206，《红楼梦》，页 92。

② 影京本，页472~473，朱笔眉批。"作者"之"作"原误抄为"非"。参见《辑评》，页353。

“不敢当”的谦词，意谓作者把他描写得才学太好了，所以赶紧声明，这是“作者自站地步处”，与我这个宝玉的模特儿无涉。

6. 第二十二回宝钗生日，贾母命凤姐点戏。脂评说：“凤姐点戏，脂砚执笔事，今知寥寥，矣不怨夫！”[①]宝钗生日做戏，并无外客，这一故事中所记述在场的人全是女眷，只有宝玉一人是男的。在场为凤姐执笔的既为脂砚，这当然是故事中的宝玉。在这条眉批的后面，只有一条朱批：“前批书（知）者聊聊（寥寥），今丁亥（1767）夏，只剩朽物一枚，宁不痛乎？”这条批于雪芹死后三年多，不但知道为凤姐执笔之事者“寥寥”，连懂得那条批语的，也只有他一个了。

7. 第四十八回香菱梦中作诗，脂评说：“一部大书起是梦……今作诗也是梦。一并《风月宝鉴》亦是从梦中所有。故‘红楼’，‘梦’也。余今批评，亦在‘梦’中，特为‘梦’中之人，特作此一大梦也。脂砚斋。”[②]脂砚是书中最主要人物的模特儿，从这条署名的评语中，也可证实。

8. 脂京本第二十一回回前附页有一条很长的评文，并附七

---

① 影京本，页491~492，朱笔眉批。“寥寥”误抄作“聊聊”，“矣不怨夫”疑当作“宁不悲夫”。参看《辑评》，页366。

② 影京本，页1127，双行小字墨评。《辑评》，页524。按原文“余今批评”之“余”不误，俞氏误读为“奈”字。

律一首。在诗前说："有客题《红楼梦》一律，失其姓氏，唯见其诗意骇警，故录于斯：自执金矛又执戈，自相戕戮自张罗。茜纱公子情无限，脂砚先生恨几多？是幻是真空历遍，闲风闲月枉吟哦。情机转得情天破，'情不情'兮奈我何！"诗后接着说："凡是书题者不可（不以）此为绝调。诗句警拔，且深知拟书底里，惜乎失石（名）矣。"[①]其实此诗分明为脂砚自作。这里的问题是：为什么这位脂砚斋主人要有这么多的"恨"？而尤其值得注意的是：他自认"历遍"了书中的"真"和"幻"。他是谁？末句说："'情不情'兮奈我何！"这一句中的"情不情"，是作者失去了的原稿末回"警幻情榜"[②]中对宝玉的考语。脂残本第八回有一条评语说："按警幻情榜，宝玉系'情不情'。"[③]脂京本第十九回有一长评，末了说："后观情榜评曰：宝玉'情不情'，黛玉'情情'。此二评自在评'痴'之上。"[④]"情不情"既指宝玉，而此诗作者却说警幻的评语"奈我何"，则作诗者明白

① 影京线装本附于第二十回后，页459，文中缺字误字，著者所校。参看《辑评》，页343。

② 脂评在他处引警幻情榜，见影京本第十七、十八回，页381，朱笔眉批云："至末回警幻情榜，方知正、副、再副及三、四副芳讳。壬午季春，畸笏。"

③ 《辑评》，页177引，"情榜"之"榜"字误作"讲"。

④ 影京本，页421，双行小字墨评。

自认即宝玉的模特儿。诗中把“茜纱公子”和“脂砚先生”一情一恨，并列在第二联，而“茜纱公子”既为宝玉，[①]“情不情”亦指宝玉，脂砚又在诗中自认是“情不情”，则“脂砚先生”即为“茜纱公子”的模特儿，更无可疑。诗后的评语说这诗是题《红楼梦》的“绝调”，“诗意骇警”，“且深知拟书底里”。其实“知拟书底里”最深切者莫如脂砚自己。他在诗中说“自执金矛又执戈，自相戕戮自张罗”，正是指曹家衰败的原因，[②]亦即第七十四回探春所谓：“可知这样大族人家……必须先从家里自杀自灭起来，才能一败涂地。”[③]这也正是评中所指的“拟书底里”。

上述八项从脂评中找出来的内证，都从正面证明脂砚是书中宝玉的主要模特儿，绝无丝毫可疑之处。我想，除非现在还有“自传说”的信徒，大概不会再有人怀疑脂砚是不是宝玉的模特儿。但我也不妨看看有无反面的证据，否定宝玉是作者为自己写照的这一说法。按理说，脂砚既已屡次用第一人称代

① 参看第七十九回，黛玉改《芙蓉女儿诔》文：“茜纱窗下，公子多情。”影京本，页1933，《红楼梦》，页890。

② 由此二句，可知曹家之败，可能系族中不肖子弟向雍正告密隐事，如胤禟留在曹家的金狮子之类。

③ 影京本，页1784；《红楼梦》，页829。

词来自认是书中主角，他不必再反复细述作者非宝玉。但反面的证据还是有的，例如第五回红楼梦曲子的引子“开辟鸿蒙”才唱了一句，警幻便说：“……若非个中人，不知其中之妙。”脂砚在“个中人”三字下批道：

> 三字要紧，不知谁是“个中人”。宝玉即个中人乎？然则石头亦个中人乎？作者亦系个中人乎？观者亦个中人乎？

在这里评者把宝玉、石头、作者分别另提。在“谁为情种”一句下他又自批自答道：

> 非作者为谁？余又曰：亦非作者，乃“石头”耳！①

在这里脂砚明确而肯定地说，石头与作者为二人。书中主角的前生“石头”，亦非作者。换句话说，作者既非石头，也非宝玉的“模特儿”。“自传说”至此，可以全部宣告破产。

脂评中类似上述评者自认的例子尚多，很容易使那些没

---

① 影残本，总页74（《辑评》，页123）。刘铨福在这条朱评下批道：“石头即作者耳。”可见迷信“自传说”者，往往看朱成碧。

有思想准备的读者误认为是作者自己的“评注”，而“自传说”的先入之见，又帮了很大的忙，使那些人的脑筋更加糊涂。但我们如果知道了书中主角的塑造，大部分用脂砚为模特儿，便可解释为什么评者对于书中宝玉的生活，知道得这样清楚；为什么这些评语，一方面被胡适和俞平伯先生这样容易误认为是作者自己的评注，在另一方面又被周汝昌先生误认为是宝玉的“继妻史湘云”所写。①

知宝玉之模特儿为脂砚，便可理解为什么评者对此书如此关切，如此有兴趣，甚至如此伤感，手批此书前后至二十余年（1754以前—1774）之久。在甲午（1774）那年他已80多岁，在评第一回“都云作者痴，谁解其中味”一诗时，老泪纵横地说：“今而后唯愿造化再出一芹一脂，是书何本（幸），余二人亦大快遂心于九泉矣！”②他虔诚地希望在读者之中，有人能了解：他的生命和作者的生命，都寄托在这部书中，才算“能解其中味”，否则“是书”便不“幸”，他和雪芹，也不能“大快遂心于九泉”了。

---

① 周汝昌引脂评中许多例子，证明脂砚深知宝玉在怡红院中的生活细节，因此结论说非宝玉之继妻史湘云不能详知院中细事。但湘云到贾家的次数不多，去时多与姊妹们在一起，到怡红院的次数更少，并不如周氏所想象的详知宝玉的生活细节。

②《辑评》，页41，录自脂残本。参看《红楼探源》，页76。

脂砚原来是作者之叔，所以他的口气有时颇有点倚老卖老，自称“老朽”，呼作者为“雪芹”或简称“芹”。他的批语时时露出长辈的神气。他可以说“此赋则不见长，然亦不可无者也”，[①]他可以“命芹溪删去”原稿中三分之一的文字，[②]以致剩下的残缺故事与第五回警幻画册和曲子中的原有计划不符。这都不是平辈的“从堂兄弟”或“作者的继妻”说话的口气。[③]

《红楼梦》的批者“为作者之叔”，“书中宝玉乃雪芹叔辈”这两个消息，是裕瑞（1771—1838）首先透露的。雪芹的好友明义（我斋）和明琳，都是裕瑞的舅父，[④]雪芹曾把《红楼梦》稿本送给明义看，明义题了二十首诗。[⑤]雪芹有一次在明琳的“养石轩”高声谈笑，敦敏有诗记其事。[⑥]裕瑞的消息既

---

① 《辑评》，页115，录自脂残本第五回，评描写警幻仙子的骈赋。

② 《辑评》，页214，录自脂残本第十三回，述可卿死事。

③ 现在的女子可以对她的爱人直呼其名，“命”他做事，这在18世纪夫权极重的时代是不可能的。《红楼梦》中王熙凤那样能干泼辣的女子，也从不直呼贾琏之名，要称他“琏二爷”，在开玩笑时，称他“国舅老爷”。（第十六回）

④ 裕瑞之母为富文之女。明琳又为敦敏、敦诚兄弟的朋友。参看孙楷第《中国通俗小说书目》，页125，1959年北京版；吴恩裕《八种》，页118。

⑤ 见《绿烟琐窗集》，页107~111。

⑥ 《懋斋诗钞》，页39~40。是诗作于乾隆庚辰（1760）秋，参看前文页73~74。

从其舅父处得来，应可信为真实。他在《枣窗闲笔》中说：

曾见抄本卷额，本本有其叔脂砚斋之批语，引其当年事甚确。（页21~22）

裕瑞又说：

闻其所谓宝玉者，尚系指其叔辈某人，非自己写照也。所谓元、迎、探、惜者，隐寓“原应叹息”四字，皆诸姑辈也。（页25）

应该注意的是裕瑞虽说脂砚斋是作者之叔，宝玉亦为其叔辈，但他并没有把脂砚斋认为即是书中的宝玉。这是非常重要的一点。由此可知，他的消息完全是另一来源，并不是像我们那样，在仔细研究脂评以后得出的结论。[①]他的消息来源，据他自己说“闻前辈姻戚有与之（作者）交好者”（页23）即其舅父明义、明琳等人。他也知道，普通读者会误认此书是“自传性”，所

① 裕瑞对脂评毫无研究，时有误说，如云“《风月宝鉴》……不知为何人之笔”（页21），“脂砚易其名曰《红楼梦》”（页21）。但不能因此说连他得自姻戚的话也不可靠。

以他着重地说："所谓宝玉者……非自己写照也。"裕瑞是最早提到脂砚斋评此书的一个人，并指出后四十回为高鹗续作，"迥非一色，谁不了然？"（页28）又说："此四十回，全以前八十回中人名事务苟且敷衍，若单单看去，颇似一色笔墨，细考其用意不佳……嚼蜡无味……和尚送通灵玉来，口口声声要一万两银子，刺刺不休……甚觉贫俗可厌。黛玉屡写病已垂危不起，随后同众而出，数回一辙。妙玉走火入魔，潇湘馆鬼哭等处，皆大杀风景。结束贾雨村归结《红楼梦》，愈蛇足无谓。"（页13~14，页15，页18~19）这些批评也大都中肯，可见他对《红楼梦》正文曾研究过一番，也颇有些文学欣赏力。

周汝昌先生对于裕瑞批评后四十回的意见，无保留地表示同意，认为"眼光犀利，论调正确"，但因为要证明"自传说"中雪芹即宝玉，所以对裕瑞所说书中主角为雪芹叔辈，元、迎、探、惜四春为其诸姑辈等"关于雪芹家事掌故"，认为"捕风捉影，倒有一大半靠不住"。又说他所得的传"闻"，"本身便是荒谬绝伦的大谎，实实要不得。因此思元斋（裕瑞）的推论说脂砚是'其叔'，也是一钱不值的鬼话而已！""并非真有所本，纯粹乃是妄说。"[1] 周氏对裕

① 《新证》，页548~549。

瑞这样痛骂，是很奇怪的。他为什么要撒雪芹的“大谎”，造“鬼话”？至于传闻之辞，除非有客观证据，加以否认，也不能说全不可靠。其实裕瑞所知雪芹家掌故，乃“闻”诸其舅明义等，倒是真有所本。他如果没有看过脂评，如何会知道现在脂残本第二回的批注中，“元迎探惜”为“原应叹息”的谐音？[①] 周氏既承认这一条（此见脂批，非妄说），接下去又说：“但若看过脂批，这类鬼话，仍是不值一笑。”[②] 这样的逻辑，殊难令人信服。在另一方面，裕瑞所“闻”关于雪芹别的掌故，如他的“身胖头广”，“善谈吐”，“爱喝南酒”等等，周氏都认为可信，[③] 只有关于书中宝玉，“尚系指其叔辈某人”这一说，因与“自传说”矛盾，周氏遂痛予驳斥。这种治学方法和判断力，实大有可商。

从上文第一节所说，曹寅长女嫁讷尔苏郡王为妃，书中元春也称“妃”，而脂砚又自己承认“元妃”未嫁前曾教过他书，则元春等姊妹为雪芹诸姑辈之说，毫无可疑。但小说毕竟是小说，作者在创作过程中自可用选择、提炼、增减、融合、分化等艺术技巧，重新塑造，不必拘泥某一模特儿必

---

① 《辑评》，页68。
② 《新证》，页578。
③ 同上书，页452。

为书中某人，只是大致如此而已。雪芹是否有“诸姑辈”四人，她们是否可以一一印证书中四“春”；黛玉、宝钗是否为脂砚的姑表姨表姊妹，对于这些问题，将来如有可靠材料，或可增加我们对于《红楼梦》成书的了解，否则我们不须妄加猜测。因此种猜测往往会钻入牛角尖里，无补于《红楼梦》研究，对于此书思想方面的探讨和美学上的欣赏，更无关系。

雪芹在写作此书时，脑中常以脂砚这人作为塑造主角的模特儿，也可以从“宝玉”和“元春”之间年龄差别这一点上看出来。据雪芹原稿，第二回中冷子兴演说荣国府情形，他说元春是大年初一生的，“第二年”便生了宝玉。[①] 在元春进宫多年后回家省亲时，追述她未入宫前教宝玉读书，又说“其情状有如母子”[②] 则二人年龄相差绝不止一岁多。很显然，在写第二回时，雪芹脑中所想到的是曹寅长女和脂砚（两个模特儿素材）之间的年龄之差，在“省亲”一回中，他所想到的是他所创造的“元春”和“宝玉”（有他自己成分在内）之间年龄之差。这个小矛盾，只有在早期脂评本中存在，经高鹗修改过的后

---

① 影京本，页43；影残本，总页28下。如果此说是真情，则元春与宝玉只差一岁多。但小说中故事原不必与生活中真实情况相符，并且脂评中也没有证实此点，故不必深究。

② 同上书，第十七、十八回，页387。

出刊本中，宝玉的生年改迟了“十几年”，便不再有矛盾了。

第三节　脂砚是曹家什么人——他的真名

我们下一步的工作是要找出作者的这位叔叔，老是躲在他的脂砚斋中批书，却不让读者知道他的真姓名的，究竟是谁？他既是作者的叔辈，当然比作者的父亲年轻，但他可能是雪芹之父的亲弟，也可能是堂弟。曹寅有一首诗题说：“辛卯（1711）三月二十六日，闻珍儿殇，书此忍恸，兼示四侄，寄西轩诸友三首。”[1]这珍儿当是曹寅次子，因其长子曹颙于次年（康熙五十一年，1712）曹寅死后继为织造，[2]现在所知。曹寅只此二子，因曹颙于1715年病故，曹寅一房即无子可继。及雪芹之父，曹宣之子曹頫，过继为曹寅之子，才承袭南京织造之任，[3]所以脂砚不可能是曹寅之子。

曹寅的孪生弟曹宣有四子，但我们只知道其中三人的

---

① 《楝亭诗钞》别集卷四，页8。《新证》页47引，有异文。按，是年春曹寅在南京织造任内，“珍儿”之殇，他仅由“闻”而知，似乎“珍儿”不死在南京织造府寓邸，可能即死在他北京姊姊（讷尔苏王妃）家中。若然，则书中元春与诸弟之亲密可知。

② 参看《新证》页48，页384~385。

③ 详前文《作者家世及其生活》第一节。

名字：曹頫，即作者之父；曹颀，即曹寅诗中所指的“三侄”[①]；竹硐，即曹寅诗中所指的“四侄”。上文所引曹寅“……兼示四侄……”诗共三首，其二云：“予仲多遗息，成才在四三，承家望犹子，努力作奇男。”《楝亭诗钞》卷六又有“和竹硐侄上巳韵”。这位“四侄”能作诗，他的伯父还居然与他唱和，“三侄”能画梅，他的伯父为他题诗，所以曹寅诗中说“成才在四三”。周汝昌先生说：“知此四侄……当是能画的曹颀的挨肩弟弟。”[②]其说甚是。曹寅既常常说到他的三侄四侄，可见曹宣有四子，其中一个不知其名，也不知是老大或老二，也许幼年亡故，无法追迹。这个四侄也不知其名，只知其字或号是“竹硐”。我们知道曹家这一辈的名字，如颙、颀、頫，都从“页”字旁，则“竹硐”之名，亦必从“页”。鉴于曹家二代的名和字，皆从《书》《诗》成语而来，如寅字子清，出《舜典》“夙夜惟寅，直哉惟清”；宣字子猷，出《大雅·桑柔》“秉心宣犹（即猷），考慎其相”；[③]颙

① 《楝亭诗钞》卷五有诗题：“喜三侄颀能画长干为题四绝句”。杨钟羲《雪桥诗话》三集卷四页19引四首之三，并云：“曹子清（寅）弟兄式好，有思仲轩诗……盖托物比兴，有望于竹村而悲筠石也。侄颀善画梅，能为长干……子猷（宣）故善画，喜颀能世其业也。”并见《新证》页47引。

② 《新证》，页47。

③ 此两条系周汝昌氏考出，见《新证》，页66，特此致谢。

字见《小雅·六月》“其大有颙”，《大雅·卷阿》“颙颙卬卬……岂弟君子，四方为纲”；颀字见《齐风·猗嗟》“颀而长兮”（唯“頫”为“俯”“俛”之或体），则竹硐之名亦当出于《诗经》。但“硐”字不见于经籍，始见于《玉篇》，据《正字通》乃“涧”之或体。据我寡陋所知，清初把此字用于文学者有史谨的《西山精舍》诗：“硐户蜂留蜜，松巢鹤堕翎。”[①]竹硐之“硐”，既为“涧”字或体，则《卫风·考槃》是其出处无疑。诗云：“考槃在涧，硕人之宽。”则竹硐当名“硕”，正与颙、頫、颀排行相同。

周氏据《八旗满洲氏族通谱》，知曹寅有一堂兄荃，另有远房侄儿“曹天佑，现任州同”，周氏以为天佑为荃之子。但周氏又以《红楼梦》第二回冷子兴的话比附曹氏家谱，以为“天佑”尚有一兄“某”，[②]则全无佐证。实则《氏族通谱》只说天佑为曹氏始祖曹锡远之玄孙，是否即为荃之子，亦无人证实。只要看颙、頫诸人皆单名，而天佑复名，可知与曹寅这一房已很远。

周氏在其所建造的曹氏世系表中，把曹颙列为曹宣“三

① 见周亮工《书影》卷七，页185引，中华书局1958年版。

② 《新证》，页43，页46，页54。

子”中最幼之子。这是因为除了曹寅常说的“三侄”“四侄”（即颀与竹磵）以外，他又把假想中的曹荃的“二子”硬算作曹寅的“大侄”“二侄”，因此曹頫便被挤成最小的“五侄”。[①]我们即使假定曹荃有二子，这种排列方法也大有可疑。因为周氏此表，根据两项先人之见的假设，但二者皆不能证实。第一项假设是：凡曹寅之侄，不论近房远房，排成一队，以年相次，曹寅便按次称他们为“大侄”“二侄”……“五侄”。第二项假设是：根据“自传说”，从冷子兴口中比附出来的曹荃“二子”，年龄都比曹宣的儿子大。第一项假设，即使照周氏办法，以小说中人物为比附标准，也是不对的。例如贾政的亲侄贾琏，住在贾政家中替他管家，还是“琏二爷”，并不因为他比宝玉大，而升成“琏大爷”。贾政自己的次子宝玉，也是“宝二爷”，并不因为上有贾琏而降为“宝三爷”，可见即使是亲兄弟的孩子们，也没有排成一队，以年相次。第二项假设，可能性更小，因为谁也不知道曹荃有几个儿子，和他们年龄的大小。[②]

---

①《新证》，页48~50，页55。

② 按《八旗满洲氏族通谱》，天佑既“现任州同”，显然不与曹寅同住南京。“州同”是“某某州同知”的省称，是州的佐贰官。州是府与县中间的一个行政单位，州同既为外省州小官，天佑如何会与曹顒、曹颀等一起排行？

周氏把曹頫算作宣之幼子的另一理由，是因为曹颙死后曹頫继任织造，在谢恩折中有“伏蒙万岁……特命奴才承袭父兄职衔，管理江宁织造”等语，[①]因此断定頫比颙小。但我们即使认为頫比颙小，也没有佐证可以断定頫也比颀和竹硐小。其实奏折中的话，并不能作为判断曹頫年龄次序的根据。第一，曹颙承袭织造一职，是因为他是前任曹寅的儿子，织造既历代为曹氏世职，则颙之继任乃当然之事，并不因为他比曹頫年长才袭职。頫之继任，是因为颙死后曹寅绝嗣，康熙命頫承继曹寅为嗣子，故仍以“曹寅之子”的资格袭职。折奏中说“承袭父兄职衔”，实际上是康熙上谕中原文。其实曹寅既非其父，曹颙亦非亲兄，只因命他承继袭职的上谕中如此说，他如何能改？[②]第二，从实际方面看，曹颙死时只有22岁，江宁织造之职，相当于南京全市所有丝织厂的总经理，极为繁重，自曹寅时即亏空甚多，康熙要在曹寅的侄儿中选一人继袭，似不会选一个年纪最小的来负此重任。照中国旧例，如果某人死后绝嗣，要在他的弟弟的儿子中选一人承嗣，则其弟之长子

① 《新证》，页404引康熙五十四年三月初七（1715）曹頫折。参看同书，页48~50。

② 按传统的说法，“为人后者为之子”，见霍光奏请废昌邑王语，见《汉书》卷六十八《霍光传》。

有优先承继之权。曹颀和竹硐（硕？）既被曹寅称为“三侄”和“四侄”，则曹頫显然是他的“大侄”或“二侄”。如果曹頫是书中贾政的模特儿，则他并不是诗人或画家，[①]只是一个严厉方正的官僚。但曹頫的三弟很早就会画，四弟竹硐，曾与伯父唱和，二人均被曹寅赞为“多才”。

我们现在可以回到脂砚斋来，他不可能是曹天佑，因为第一，天佑好好地在外地做州同，没有理由要和远房伯叔待在一起，经历他的“是幻是真”，吟哦他的“闲风闲月”。其次，即使他幼时曾住在南京，他的远房堂姊也不会对他特别关心，自幼教他认字读书，他也不会直称堂姊为“先姊”，甚至于他之“成为废人”，要由这位堂姊的“仙逝太早”负责。脂砚不可能是曹寅之子，因为寅死时只有一子曹颙，在康熙五十四年（1715）已去世。因此，脂砚必为曹宣诸子之一。曹宣于康熙四十四年（1705）早死，其子女由曹寅抚养，所以他们和曹寅的子女，都是自家姐妹兄弟。[②]这就是说，脂砚是雪芹父亲之弟，他可以是寅之三侄曹颀，也可以是寅的四侄曹

---

① 脂砚在第十六回评语中所引的“南汉先生”之句，并不能证他为诗人。贾政自己承认“我自幼于……题咏上就平平。”（影京本第十七回，页352；《红楼梦》，页160）。

② 参看《新证》，页61~64。

硕（？），字竹磵。这两个假定，都与上列两点相符：第一，他在评语中常用绘画技术来比书中描写手法，而且对诗词也有相当修养。曹颀和竹磵的“多才”，曹寅在“辛卯（1711）三月”的诗中，曾加称赞。第二，从脂砚的评语中，我们知道他可能生于康熙三十六年（1697）或早几年，否则他不会看到康熙四十六年（1707）的末次南巡。这一生年的考定，和曹寅辛卯诗中所谓“努力作奇男”年龄大致相符：即在1711年，他大约已十五六岁。如再年轻些，大约不会作诗，即使作些有孩子气的诗，他的伯父也不会和他的韵。

我们现在不妨推测一下：如果曹寅的四侄竹磵，名“硕”。即他即是脂砚。因为：首先，“硕”字从“石”从“页”，“页”为颙、颀、頫各名的共同偏旁，也指出他们都是同辈，在《红楼梦》前部，宝玉的主要模特儿是曹硕（即脂砚斋），所以在第一回中，书中主角原来是一块“石头”；第五回《红楼梦引子》曲中的“情种”不是作者，而是“石头”。正是脂砚自己，坚持要称此书为《石头记》。其次，“砚”从“石”从“见”，在篆文中，“页”“见”二字颇为相似。“脂砚”之“脂”，无疑是从宝玉前生在太虚幻境中的道号“赤瑕宫神瑛侍者”[①]暗示而来，因为胭脂是红色，正与赤瑕相应。可见在“脂砚”这一笔名中，包含着他的真名“硕”，也暗示着书中主角“前生”的道号。曹竹磵十四五岁即能作上巳诗，其伯父曾和他的韵，也和小说中宝玉十三四岁即能作诗，大致相符。

现在可以提出一个问题：书中宝玉既为贾母和他丈夫贾代善的嫡孙，又是荣国公的嫡派重孙，“就同当日国公爷一个稿子”[②]，怎么他的模特儿“曹硕”，其实并非曹寅嫡孙？这个问题，当然是先假定“小说中的故事，乃曹家真实生活”才提出来的。可是即使如此提出，其实脂砚在评语中也已作了答复。第二回中冷子兴说到宝玉出生的故事，有一条评语说：“正是宁、荣二处支谱。”[③]初看此评，似与书中宝玉出生及其在荣府地位完全不符。但我们如果知道，在这里评者脑中又是指宝玉的模特儿（即他自己）在曹家背景中的地位，则此评便完全可以理解。他在这条评语中告诉读者，他不是曹

---

① 影京本，页16，脂残本同。脂砚给“瑕”的注解说：“按瑕字，本注玉小赤也，又玉有病也，以此命名恰极。”影残本，总页10下眉批。（《辑评》，页44）高鹗改“瑕”为“霞”，大失原意，且极不必要。

② 影京本第二十九回，页671；《红楼梦》，页209。

③ 《辑评》，页66，录自脂晋本。正文见影京本，页43；《红楼梦》，页17。

寅的嫡系，实是曹宣之子，曹寅之侄，所以书中主角的出生，应该算在“支谱”之内。

总结：在本章中，我们试图整理出缠夹已久的作者和评者的关系，并考定书中若干人物的模特儿是曹家什么人。这一工作，因发现了作者在创造人物时所用的“移植法”，和在组织故事时所用的“融合法”，才有可能。掌握了这两种方法的规律，使许多对于书中人物和故事极有关系而又似乎难于理解的评语，都能正确地解释其真义所在，从而建立下列若干事实：

1. 元春省亲的故事，是以康熙四十六年（1707）末次南巡，经南京时驻跸曹家织造府这一大事为背景，而加以改造的。

2. 曹寅长女于康熙四十五年冬（1706）嫁于平郡王讷尔苏为妃，作者用她作为贾“妃”元春的模特儿。脂砚在评中称她为“俺先姊”。

3. 少年时代的主角宝玉，作者以脂砚为模特儿。这是由脂砚在评中用第一人称代词的自认所证明。如：“为余一喝”；“余犹在心”“余已忘却，至此……一丝不走”；“谓余何人耶，敢续《庄子》”；“凤姐点戏，脂砚执笔”；“余今批评，亦在‘梦’中”“‘情不情’兮奈我何”等等。

4. 脂砚真名，似应是曹硕，字竹硐，为曹宣第四子，乃雪芹之叔。雪芹好友明义和明琳是裕瑞的舅父。裕瑞在《枣窗闲笔》中说：脂砚为雪芹“叔辈”，元春等为其“诸姑辈”，其消息来自他的“前辈姻戚与之交好者”，即其舅父明义和明琳，故确实可信。

高鹗在前八十回中的修改[①]

这部小说现在有两组不同的版本：一组是八十回的脂砚斋评《石头记》本；另一组是一百二十回的《红楼梦》本。属于前一组者在本书中简称“甲本”“乙本”“丙本”“丁本”“戊本”，[②]其中前四者是1927年以来所发现的旧抄本，第五种是

---

① 高鹗，字兰墅，满洲铁岭人，隶汉军镶黄旗。是著名诗人张问陶（1764—1814）的妹夫。1788年与张同时中举人。1795年中进士，1801年在侍读任内为顺天乡试同考官，1809年以刑部给事中出任江南御史。他续作《红楼梦》是在1788—1791年之间，正是程伟元说他“闲且惫矣”的时期。参看俞樾《小浮梅庵闲话》，在《春在堂丛书》四，卷三十五，页29；《考证》，页60~63；《新证》，页456~457；百二十回《红楼梦》程甲本（1791）高鹗序。

本篇部分为著者自译。——编者注

② 见前文，页23~28及有关的注。

上列五种的名称，作者最后改定为脂残本（即十六回残本，旧误称为“甲戌本”）、脂配本（旧误称为“己卯本”）、脂京本（旧误称为“庚辰本”）、脂晋本（旧误称为“己辰本”）、脂戚本（即有正本）。后文均改称定名。——编者注

1911年重印的一个18世纪手抄本，其底本据说已失去。[①]“丙本”“戊本”现在都有重印本。[②]属于《红楼梦》一组者都经高鹗修改以后由程伟元于1791（乾隆五十六年辛亥）和1792年[③]排印出版。

《红楼梦》的1791年本（程甲本）几乎一出版，程伟元即感到不满意，次年就重新排印一个修改本（程乙本）。[④]可是程甲本出版后立即广泛流传开去，成为后来许多重印本的祖本——其中之一就是道光十二年壬辰（1832）王希廉（雪香）的评本。上海亚东图书馆在1921年排印的本子即根据程甲本，[⑤]亚东在1927年的重印本则根据修改过的程乙本。最近（1957）北京人民文学出版社的校注本也是根据程乙本而用七种旧本，包括脂京本、脂戚本和程甲本加以校订的。[⑥]

---

① 见《校本》序言，页11。

② 丙本的影印本在本书中简称为影京本，戊本重印为《红楼梦八十回校本》，简称《校本》。

③ 程甲本虽印于1791年，也到1792年才发行。在韩慕义的《清代名人传记》卷二，页738一栏中，程伟元的字（小泉）被误作高鹗的字，高鹗则被误作一百二十回本的发行人。“修订本”的出版又被误作1793年。

④ 参看亚东1927年版的程乙本中程、高《红楼梦引言》。

⑤ 参看亚东1927年版《红楼梦》之胡适序。孔富兰氏的德文节译本即据程甲本。参看1958年伦敦鲁特来奇与凯根保尔版英译本，页XIII。

⑥ 见原书《出版说明》，页1。

第一节　两组不同版本的比较

1957年的校注本既然是作为普及本而印行的，校订者主要注意之点不是八十回的《石头记》和一百二十回的《红楼梦》之间的文字差异，而是程乙本正文中个别文字的印刷错误。[①]所以在书末所附的64页“校记”并不能帮助我们比较曹雪芹原著与被改后的程乙本之间的差异。在另一方面俞平伯先生编的《红楼梦八十回校本》第三册，包括692页的“校字记”，乃是主要以脂戚本为底本而用其余四种抄本来比较的结果。[②]所以这是在《石头记》一组版本之间的正文校勘。从这本“校字记”中也不能够侦察出曹氏原著与程乙本之间任何有意义的差异，从而决定高鹗修改的广度。这样，尽管这两个本子的校对者付出了值得称许的辛勤劳动，可是我们想要比较一下程甲本（1791）以前和以后的此书正文的不同之处，这一工作还得从零开始，重新做起。

在做这一比较时，我们只顾前八十回。高氏既然是后四十

---

① 参看亚东1927年版《红楼梦》，页1~3。

② 《校本》“序言”页21~22。遇有文字讹误处，俞平伯先生偶尔也用脂晋本和程甲本、程乙本来校改。

回的作者，[①]他当然可以要修改几次就改几次，只要他认为那样做是应该的。因此，我们就不管在高氏续作部分程甲、程乙两本之间的差异。但是高鹗的讨厌之处是，他不但要修改他自己的早期的稿子，他竟要"改良"雪芹的文章。这是在他和程伟元合写的程乙本"引言"中坦白承认了的：

> 书中前八十回抄本，各家互异。今广集核勘，准情酌理，补遗订讹。其间或有增损数字处，意在便于披阅，非敢争胜前人也。[②]

现在看来，除了在上一章已经说到的，雪芹自己在早期稿本中有些修改外，在早期抄本之间确也有许多轻微的不同字句。但从《红楼梦八十回校本》的详尽的"校字记"看来，虽然八十回中这些异文的数量相当多，其实也不过是脂戚本的抄者无足轻重的一些笔误与漏字。假使高氏和程氏的加工果真不过是像他们所说的那样，这些笔误很容易用正常的校对方法加以改正。

---

① 见前文，页17。

② 见原书。出版者程伟元虽也在此"引言"末署名，但实际修改正文的工作是后四十回的作者高鹗做的。前八十回中有许多激烈的删改是为了使这些前面的故事适应高氏新补的后四十回的情节，这是很清楚的。

可是，高氏所干的，我们下文要指出来的，却是更像一个小学教员改正学生的家中作业，或者一个报刊的编者用他的剪刀糨糊来对付一个和他意见不合的新闻记者的报道。上面“引言”中所谓“其间或有增损数字处”，故意说得那么轻描淡写，其实用心叵测。所谓“增”，除了被他删节部分需要添上一些陈词滥调以资连接外，实际上增加的文字少得可怜。而被他删除的部分则有的是高鹗不懂得欣赏雪芹的幽默或讽刺文字，有的是高鹗不赞成的说明作者的人生哲学或政治观点的段落。有大量的窜改把书中主要人物的性格人品改变了，有的则使得对于本书背景的研究成为不可能。

第二节　对于高鹗改动的早期研究

第一个把程甲、程乙两本作过比较的是亚东1927年版《红楼梦》的发行人汪原放先生。在他的校勘记中，汪先生把两本中某些相当的段落对比排列以显示程乙本中的更改。据汪氏的统计，对比程甲本原文，程乙本中被改动的字数共有21506字，其中15537字属于前八十回。[①]程乙本中高、程二人

① 见程乙本，页5~7，页10~28。

合写的《引言》说：

> 因急欲公诸同好，故初印时不及细校，间有纰缪。今复聚集各原本详加校阅，改订无讹，惟识者谅之。

为这些话所误，胡博士与汪先生竟然相信程乙本比它的前身程甲本更好。汪先生依据胡适所藏那个宝贝般的程乙本，不惜工本，重新排印了亚东 1927 年版。[①]彼时一般人相信高鹗必定在 1792 年（乾隆壬子）得到了一个不同的旧抄本，用它来校改程甲本中的“纰缪文字”；很少人怀疑他一再妄改雪芹原文是为了适合他自己的意图。现在我们把汪先生所列举的七对例子[②]来比较脂京本的正文，可以看出程甲本窜改得较少，它比程乙本更接近曹霑的原作。

在1928年发表的论第一次发现的脂砚斋重评本《石头记》（即脂残本）一文中，胡适指出脂残本第一回中有些段落在高本中被删去了，[③]另外，他又从脂残本中随便选了五个例子，对比在程甲、程乙两本中已被修改的相应部分，用以说明

---

① 见亚东1927年版《红楼梦》胡适序，页1，页3~4。

② 见原书，页10~28。

③《文存》页569，页571，页579~583。

他的“甲戌本”文字胜于任何后来的本子。[①]除了文字好坏以外，他似乎并没有认识到残本中幸存的十六回正文与高氏改本差异之大。在1933年他又发表了另一篇论脂京本的文章，[②]但他没有试图用这个本子的正文去比较高氏的本子。

俞先生曾把脂戚本和高本作了个“大体的比较”，从脂戚本各回中引了20段文字，在高本中有的已被删去，有的则被改动。[③]他和胡适一样，主要注意的是文字的好坏和故事的细节。但他和胡适不同的是：他并不认为比较接近曹雪原文的脂戚本的文字一定要比高本好些，这不啻说，高氏改对了。例如在脂戚本第二十五回中有一段文字，描写宝玉和王熙凤重病时贾家忙乱的情形，在大混乱中呆霸王薛蟠突然以极可笑的姿态出现。正如脂砚在评语中正确地指出：“写呆兄忙是躲烦碎文字法。”又说这是“忙中写闹”，作者故意用诙谐的笔墨来减轻当时沉重的、压迫人的气氛。[④]说到高本删去此段

---

① 《文存》，页594~600。

② 《近著》，页403~415，按即《跋乾隆庚辰本脂砚斋重评〈石头记〉钞本》。

③ 《研究》，页87~99，俞平伯氏未说明所根据为程甲本抑程乙本，所引各回是十六、二十二、二十五、三十七、四十二、四十九、五十三、六十三、六十七、六十九、七十、七十五、七十七各回。

④ 这一段文字亦见于影京本，页578~579，这是曹雪原文无疑。

时，俞先生反而说高本“文气文情都很贯串，而戚本却平白地插进一段奇文，使我们为之失笑”。他又讥笑评者脂砚斋“别有会心”。[①] 俞先生遇到脂戚本原有而被高本删去的文字，反而说是“平白地插进”或“横插”入的“奇文”“不伦不类的文字”“前后不接文字”。[②]

但是胡博士和俞先生都没有试图在文字好坏的问题之外去作进一步的探讨，例如把各脂评本《石头记》中较有意义的段落和高本中被删改的这些段落来作系统的比较，藉以找出高氏之所以要删改的动机。当高氏在曹霑原著第七十七回中删去一段，以便使死了的丫头柳五儿复活而在高氏续作的一〇九回中大显身手，俞先生揣想“高氏所见的各抄本”的七十七回中并没有这段柳五儿已死的文字，否则“他或者不会作第一〇九回这段文章”。[③] 俞先生对于高鹗在别处删除原文，也同样用“罪疑惟轻”的方式予以开脱。[④] 高氏的改动，当然不是仅

① 《研究》，页89。

② 同上书，页89，页94，页96等。

③ 同上书，页99。谈到柳五儿之死的那段文字，戚本和脂京本都有。参看《校本》，页874，影京本，页1873。

④ 有关论及另一段为戚本所有而高本删去的长文时，俞平伯说：“或者高鹗当时所见各抄本，都是没有这一节的，也未可知。”（页92~93）其实此段亦见于脂京本第五十五回，页1251~1252。

仅如他的“引言”所谓“增损数字”，“意在便于披阅”。他的文字显然远逊于曹氏原作。但是由于一般相信高鹗只作了一些修饰文字的小改动，所以直到现在，即使在发现了许多从曹氏原著过录来的18世纪手抄本以后，还是把他的损之又损的程乙本作为标准的百二十回《红楼梦》的一部分。

从我们现在所知道的有关这些手抄本流传于1791年之前这一事实，我们可以有把握地假定：高鹗所收集和见到的底本都是属于《石头记》一组的。现在没有证据说明凡是程乙本所没有的段落乃是由于任何一个高氏所见底本中原本就没有这些段落。[1]至于《石头记》一组各抄本中个别文字因抄手笔误而有些无足轻重的差别，例如脂残本与脂京本之间、脂京本与脂戚本之间的差别，这和高鹗大规模修改的问题很少有关系。

下面我们用以比较的本子是《脂砚斋重评石头记》（脂京本）和程乙本《红楼梦》，即最近重印的1957年横排本。前者是目前公众所能见得到的最早最全的本子，后者是代表高鹗最后的成绩，也是目前流传最广的本子。

---

① 参看《红楼探源》附录三《红楼探源》，页418~428。

第三节　高鹗对于曹霑文字的“改良”

高鹗在他最后定稿中所作修改，可以分为两类：有关文字方面的和有关内容方面的。换句话说，他行使他的两种权威：不是一个教员改学生的作业，就是一个报纸的编辑改记者的报道。在把全书检查一番之后，高鹗删除了下列各项文字：

1. 脂评残本第一回前面的《红楼梦旨义》四条“凡例”，800多字，① 以及脂残本、脂京本、脂戚本都有的第二回的棠村小序。②

2. 脂京本第一、第二、第五、第六、第七、第八、第十三、第十七、第二十一、第二十三回的回前题诗或回后诗对③，可能也包括脂残本中原有的这些题诗和诗对。

3. 曹霑在正文中作为说话人而表现的气派和风度的插话，诸如上章已经说到的，以及在脂京本、脂残本中别处也有的话。④

如果要把此书作为全部“成品”印行，则上面1、2两项的

---

① 引文见《文存》，页579~580，参看《红楼探源》页101~102。

② 影京本，页33~34，参看《红楼探源》，页106~107。此序文亦见于戚本，但在《校本》中已被删除。

③ 参看前文页180，注①。

④ 参看前文页189~193；影京本第六回，页135，第十八回，页385~387。

删除也许不可避免。反正在旧抄本中，也不是每一回都有题诗或诗对的，而且如果八十回都要前有题诗，后有诗对，要高鹗补齐也是一件难事。但第3项的删除则既无必要，也不合理。没有了这些文字，也就失去了许多表示作者愉快活泼的风度，以及作者向读者直接讲话的亲切之感。

丢开了这些他一定认为是多余的“道具”以后，高鹗于是着手“改良”回目联语的文字。俞先生曾把脂戚本和高本中九回不同的回目联语列成一张对照表，并且用他的观点来评论两者文字的优劣。他的结论认为两本回目文字的差异是由于高氏的改动，脂戚本回目更接近曹雪原著。①拿俞氏的表来对比脂京本的回目，我们发现脂京本第三、第五、第八回的回目和脂戚本、高本这三回回目又不同；脂戚本第九、第二十五、第二十七回的回目和脂京本这三回全同；而第八十回则在脂京本中根本没有回目。拿脂京本的回目来对比高本，可以看出第十四、第四十一、第七十四回的回目文字出现部分的差异，在另外五回中也有些异文。②

---

①《研究》，页80~86，所列举的回数是第五、八、九、十七、二十五、二十七、三十、六十五、八十。今按脂京本第十七、三十、六十五各回回目同高本。

② 即第三十九、五十二、五十六、五十七、七十三各回。脂京本第三十六、三十七、六十一、七十九各回目中有些异文，显然是由于抄手笔误。

高鹗下一步是很不乖巧地改动了原文中的对话。有一些这类的改动无疑是要把书中某些人物造成不同的印象。[①]这一问题下文还要讨论。此刻我们只把注意力限于那些似乎只是为了修饰文字而改动的段落上。但是这类的改动在全部前八十回中出现得如此频繁，在这里即使举一小部分例子也是不适宜的。我们只能略举一些作为说明的例子，这些例子取材于第十九回宝玉秘密到袭人家里去看她这一小段情节。

大家知道曹霑原著是用地道的北京话写的。高鹗不必要的改动常常透露出他是在努力夸张北京方言。北京话有一个显著的特点是语尾“儿”字，[②]在某些词语的后面要加“儿”，在另一些词语的后面则不加。在改动曹氏原文时，高鹗往往把这个语尾加在作者所不用的地方。曹氏书中如“偷空”“热闹”“地方”“悄悄”“尽力”“宝贝”等字眼，通常不附加语尾“儿”字。高鹗武断地把“儿”字加在这些词语后面，使

---

① 在高本中，连对话的人都可以互易。例如第七十一回中林之孝家的说的话，变成了贾政之妾赵姨娘的话了。读者可以看影京本，页1701，对照《红楼梦》，页791。

② 在英文本中所举中文例子，必要时在页底附注了汉字原文，这些底注在中文本中自不必加。因此译文本中底注数字随之减少，读者若查对原文，请注意此点，以免误解，关于此种情形，下文不再注。——译者注

得文字读起来非常做作而不自然。① 上文所举各例，在脂戚本中也没有附加“儿”字。②

许多被高鹗改动的字句其实是地道的北京方言，可是他没有看懂。结果是，凡是经他改动的，每一个例子都是他歪曲了作者的原意。试举几个这样的例子：

“乍着胆子”（小心翼翼地冒险向前）被他改为“大着胆子”（毫无顾忌地勇往直前）。③

“岁属”是说一个人的生年的干支所属生肖（如子年肖鼠，亥年肖猪），被他改为“岁数”。④

“脏”被改为“不干净”。⑤

袭人的表姐妹们见宝玉进去，“都低了头，羞惭惭的”，但高鹗不必要地让她们“羞的脸上通红”。⑥

---

① 这里所引文字，读者可对比影京本和高本两书，下举数字，一字线前数字指影京本，后指高本；中圆点前数字指页码，之后数字指行数。“偷空”409·1—185·3；“热闹”409·2—185·4；“地方”415·8—187·15；“悄悄”415·9—187·16；“尽力”416·1—187·19；“宝贝”421·9—190·1—2。

② 参看《校本》页数·行数：187·4，187·5，189·11，189·12，189·14，192·2。

③ 影京本，页409·7，对照《红楼梦》，页185·9。

④ 同上书，页410·5，对照《红楼梦》，页185·20。

⑤ 同上书，页413·8，对照《红楼梦》，页186·24，影京抄本写作“臜”，高不知此为“脏”的同音假借字，因而索性改为“不干净”。

⑥ 同上书，页413·9，对照《红楼梦》，页186·26。

袭人要宝玉在她表姐妹面前不要向她表示亲热，对他说："悄悄的，叫他们听着，什么意思。"高鹗叫她说："悄悄儿的罢！叫他们听着作什么？"①简直像她在生表姐妹的气了。

曹著原文的"耐烦"，是说耐心等待，高鹗删去"烦"字，变成"忍耐"的意思了。②

当宝玉听袭人［假装］说要出去时，"越发怔了"。高鹗把这话改成"越发忙了"。③

后来袭人向宝玉提一个假设的问题，说她自己的亲人都在别处，只她一人在贾家，"怎么是个了局？"这是说，将来结局如何？高鹗改成："怎么是个了手呢？"变成"怎么完成这件事"了。④

当宝玉要回家时，袭人的哥哥花自芳和宝玉的书童茗烟一起护送。脂京本说："花、茗二人牵马跟随。"高本删去"花"字，改为"茗烟二人（原文如此）牵马跟随"。⑤

---

① 影京本，页415·9，对照《红楼梦》，页187·17。

② 同上书，页422·4，对照《红楼梦》，页190·7。

③ 同上书，页422·5—6，对照《红楼梦》，页190·8。

④ 同上书，页422·7，对照《红楼梦》，页190·10。

⑤ 同上书，页416·8，对照《红楼梦》，页187·26。这一改动不能只把它当作"笔误"，因为高鹗在别处也作过类似的改动，使得文字变得文理和语法都不通了。例如元春省亲时新修的大观园夜景，脂京本描写园中柳杏诸树，"每一株悬灯数盏"（页386·8），高鹗改为"每一株悬灯万盏"（页176·2）。又如在第七十八回中，晴雯所喜的"群花之蕊，冰鲛之縠"等物，在高本中竟被称为"四样吃食"，参看后文页287。

这类例子在被高窜改的前八十回中多得不胜枚举。他真算“改良”了曹雪芹的文章！

一个更有趣的例子是：高鹗的魔术把轿子变成了车子。当宝玉正要离开袭人家时，她叫她哥哥花自芳“去雇一乘小轿或雇一辆小车送宝玉回去。”在高本中这话的前半句“去雇一乘小轿或”被删去了。下面雪芹原文是“花自芳忙去雇了一顶小轿来”，但高鹗却命花自芳去雇了一辆车来。①在脂京本中，“轿”字在下文出现了四次，但在高本中每一次都变成了“车”。早先，袭人怪茗烟不该把宝玉带到她家里来时，她说到街上“马轿纷纷的，若有个闪失，也是玩得的？”这句中的“轿”字在高本中也被删去。②高鹗一定以为，在北京街上，作为一种常用的交通工具，轿子是很少见到的。这一点他是对的。但他忘记了在第十四回中说到秦可卿的丧事，来客中有“十来顶大轿，三四十小轿，连家下大小轿子车辆不下百余十乘”。③很显然，作者是故意再三说到轿子这一交通工具

① 影京本，页416，对照《红楼梦》，页187~188。

② 同上书，页413·4，对照《红楼梦》，186·19，参看《校本》，页188~190，也重复用“轿”字。又如第五十一回来为晴雯看病的胡医生，要给他“轿马钱”，被高鹗删去“轿”字，改为“马钱”。

③ 同上书，页303，《校本》页141，对照《红楼梦》，页138。

的。访问丫鬟家可能是作者童年亲历之事，他确是坐轿回家的。实际情况是：故事的背景在南京，在那里，多少世纪以来，轿子是街上最常见的交通工具，正如同大观园里的许多草木只能在扬子江流域生长一样。[①]

作者透露他早年生活在南方的另一证据是书中常说到“手炉”和“脚炉”。这种炉子有茶壶大小，用黄铜制成，盖上有许多小孔，内焚木炭，上覆草灰。它在南方冬天用得很普遍，因为那里的屋子里没有取暖设备。但在北京却不用它。[②]在第九回，当宝玉第一次进家塾上学时，脂京本和脂戚本都说到袭人关照宝玉说：“脚炉手炉的炭也交出去了，你可着他们（指茗烟等）添。”但在高本中，他又谨慎小心地把“炭”字删去。[③]高鹗知道，北京冬天不用木炭取

---

① 参看前文，页98。

② 我在1927年和一个朋友到北方上学时，他带了手炉脚炉，但却从没有机会用它们，因为北方屋子里都有煤炉取暖。参看全书第二十章，页465。

③ 影京本，页204·4；《校本》，页93·10，对照《红楼梦》页91·13。“手炉”又见于下列各回：第六回王熙凤接见刘姥姥时（影京本，页146；《红楼梦》页64）；第五十一回袭人去看她母亲病时（影京本，页1190；《红楼梦》页545）；第五十二回宝玉的雀金裘被手炉的炭火烧了一个洞（影京本，页1228；《红楼梦》页564）。

暖。但他没想到，没有木炭，这种炉子是全无用处的。[①]

高鹗当然意识到，这部小说的一部分背景是在南京，但他恐怕他的删改本的读者会认为：像轿子、木炭这些东西和书中的故事不相称，因为此书大体上是假定以北京为背景的。所以他煞费苦心地删除任何可以显示这类“不相称”的迹象。假使没有脂京本，那就不可能发现作者细心设置的用以透露他早年南京生活情况的这些巧妙伏线。（作者儿童时代生活在南京这一事实也证实了我们对他生年的考定。）[②]

文字的改换，不论是无心的或故意的，有时可以改变故事的实质。我们将看到：在元春省亲这故事中，似乎无伤大雅的改动不知不觉地改变了她的与曹雪原意不符的社会地位。

已经指出：小说中元春的模特儿是曹雪的姑妈（曹寅的女儿），她在1706年嫁与讷尔苏郡王，因而她取得“妃”的称号，是一个“王妃”。[③]这一点在本书的下文有明白无误的说

---

① 高鹗把这句话改为：“脚炉手炉也交出去了，你可逼着他们给你笼上。”“笼火”即生火，是用劈柴煤块在煤炉内生火。他不知道南方用的手炉脚炉不能“笼火”，只需把木炭在别处（通常是灶内）烧红了放在里面盖上灰，以后随时添炭就得了。他以为手炉脚炉可以不用木炭，可以像北京的煤球炉似的“笼火”取暖。

② 参看前文《作者的生卒年》第二节及《作者的家世及其生活》。

③ 参看前文《脂砚斋是谁》第一节。

明。在宝玉生日怡红院的夜宴中，姑娘们用象牙花名诗签抽签行酒令，探春抽得的签上注云："得此签者必得贵婿。"别人对她开玩笑说："我们家已有了个王妃，难道你也是王妃不成？"[①]在这里，元春是明白无误地被指为"王妃"。虽然在小说的前半部她被假定为"皇妃"，曹霑在元春省亲故事中有多处故意把她写得不过是"王妃"而已。[②]在脂京本中，当朝廷准许她省亲时，她被称为"贾妃"，这可以是姓贾的皇妃或姓贾的王妃。但高鹗把她改为"贵妃"，这就确定她为"皇妃

① 见影京本第六十三回，页1497—1498；《校本》，页699；《红楼梦》，页694。在这一段中，两次说"王妃"，不说"贵妃"。这一段文字深有含义。因曹寅次女也嫁与一满洲贵族，后来袭封为郡王（参看前文，页188）。我们知道，此书中的画册与判词、曲子（第五回），戏文（第十八回），诗谜（第二十二回），酒令（第六十三回），词（第七十回）都是书中女子在后半部中生活的伏线。探春抽得的这一条酒令诗签上的注文尤其像是在为她算命。这样看来，可能在曹霑的后半部书中探春嫁与一郡王或公爵，离家很远，像放出去的风筝，"游丝一断浑无力"（第五回警幻仙姑簿子上探春的画册及判词，第二十二回，探春的风筝诗谜）。书中元春与探春都嫁与宗室，但与家隔离，也正如曹寅的两个女儿都远嫁北京（1706年，1709年），而当时曹家则在南京。并且如裕瑞所说四"春"都是雪芹的"诸姑辈也"。（《枣窗闲笔》，页25）

② 至于元春之所以需要一个含糊的"皇室"头衔，则是因为非如此作者就没有借口建造"大观园"，而这园子却正是仿照康熙在南京时驻跸曹寅织造府的行宫而修盖的；而如果没有这园子，也就没有足够大的地方来安顿这许多书中人物。作者又不便描写一个皇帝来到贾家，这样一个故事未免太露骨，而且很容易被识破即指曹家，他只好创造一个皇室成员一类人物，以便她的光临可以用皇帝驾到的场面气派来描写而不显得僭越过分。

娘娘”了。[①]脂京本说她来到时仪仗队奏着“细乐”，但高鹗改为“鼓乐”，[②]比作者原意更为夸张。她所乘的“版舆”在高本中改为“銮舆”，[③]这是皇后或皇妃的身份所有的特权。当她的亲戚要对她行国礼（叩头）时，她“亦命免过”，高本改“命”为“降旨”等等。[④]后来元春命宝玉及姐妹们作诗，林黛玉诗的第一句“名园筑何处”只是泛泛的应酬之作，高鹗把全句改为“宸游增悦豫”，[⑤]“宸游”二字只有帝王才能用。下文薛宝钗和宝玉说话时指元春为“他”，但高本中指她为“贵人”[⑥]。

约略看一下这些改动，似乎只是文字末节上的修饰。但我们既已知道元春的模特儿是谁，则可知曹雪处理这件大事时着意避免夸张是较为现实的写法。可能他故意留下这些“漏洞”让读者可以认出这位贵妇原来的模特儿。高鹗的擅自修

① 影京本第十八回，页382·10，对照《红楼梦》页174·11，比较此头衔，如唐朝的杨贵妃。

② 影京本，页385·1，对照《红楼梦》页175·13。

③ 同上书，页385·4，对照《红楼梦》页175·16。

④ 同上书，页391·2，对照《红楼梦》页177·17。

⑤ 同上书，页397·3，对照《红楼梦》页180·7。

⑥ 同上书，页398·1，对照《红楼梦》页180·15。

改使她的光临更为夸张，这就不知不觉地改变了她的社会地位，从而妨碍了对这部小说背景的可能的研究。

第四节　高鹗对原著故事的改动

高鹗对于这部小说内容实质的改动是如此之多，以至若要举例，真是俗语所谓“挂一漏万”。并且为了要充分理解任何一个例子的意义，那就需要，第一，把这一例子的曹霑原文和高鹗改本作一详细比较；第二，对于与这一例子有关的前面或后面的故事作一些调查研究，以便确定改本对于作者设计的别的部分情节的影响。如果要对高氏全部改动作详尽的研究，势必比本书还要长几倍。我们在这里只能就曹霑书中所突出塑造的几个人物的故事中挑几个例子来讨论。为了这一目的我们挑选的人物是长得最美丽而不幸的丫鬟晴雯，聪明能干而邪恶的战略家王熙凤，书中主人公宝玉以及他的严厉的父亲贾政。但这些人物的故事几乎贯串全部前八十回，我们的范围只能限制在任意挑选出来的几个情节：甲、晴雯之死；乙、王熙凤的弄权；丙、宝玉在农村中；丁、贾政教子。

甲、晴雯之死

在修改曹霑原作时，高鹗手痒痒地要把书中许多人物重新命名。[①]这些改动看来似乎并不重要，可是完全没有必要而且还会引入歧途。对于实行这种“正名”主义还不满足，高鹗甚至创造出新的名字来代替原著故事中的人物，因此改变了曹雪原作部分的情节。柳五儿的“复活”以及她和她母亲在七十七回中同去看晴雯的亲戚是下文将要讨论的另一种篡改。我们先在这一回中举一个有趣的例子：晴雯的表兄和他的妻子怎样在高本中被另外两个人所代替。

当宝玉最好的丫鬟晴雯在重病中被宝玉母亲王夫人撵出怡红院时，她被送到她表哥表嫂的屋子里。宝玉独自去看这垂死的姑娘时，她的表嫂乘机勾引他。对照高本，晴雯的表哥是一个叫“吴贵”的，他的妻子则简单地称为“那媳妇”或“晴雯的嫂子”。[②]这两人在以后的书中再也没有重要情节了。[③]但在曹雪原著中，晴雯的姑舅哥哥绰号“多浑虫”，他的妻

---

① 试举几个这类的例子：第三回，袭人原名珍珠，被改为蕊珠（影京本，页77，对照《红楼梦》，页32）；第八、九回，秦钟之父秦业被改为秦邦业（影京本，页199及以下，对照《红楼梦》，页89及以下）；第十四回及以下宁国府管家来升被改为赖升（影京本，页289及以下，对照《红楼梦》，页132及以下）；北静王水溶被改为世荣（影京本，页303及以下，对照《红楼梦》，页138及以下）；第十六回，太监夏守忠被改为夏秉忠（影京本，页324，对照《红楼梦》，页148）；第七十三回，怡红院丫鬟金星、玻璃被改为春燕、秋纹（影京本，页1743及以下，对照《红楼梦》，页810及以下）。

② 《红楼梦》，页868，页870~872。

③ 只有在第一〇二回的许多迷信故事中说到吴贵媳妇的死。《红楼梦》1141页。

子是灯姑娘或多姑娘，即在第二十一回中和贾琏（王熙凤的丈夫）相好，还给他留下一绺头发，几乎给这个怕老婆的纨绔子弟造成大祸的人。[①]这个较早的故事与下文情节有关，这是脂砚在评“头发事件”时明白指示的：“此段系书中情之瑕疵。写为……‘天风流’宝玉悄看晴雯回作引，伏线千里外之笔也。丁亥夏，畸笏。”[②]在已经失去的曹雪后半部的原稿中，[③]“头发事件”是贾琏王熙凤夫妇吵架的主要原因之一，结果终于离婚。[④]在那个故事中，贾琏遗失那绺头发，[⑤]灯姑娘又得再一次出现，来扮演也许并非次要的角色。用另一对夫妇，“吴贵和他媳妇”，来代替多浑虫和灯姑娘，作为第七十七回中晴雯的亲戚，高鹗使得第二十一回中的故事和这第七十七回中的故事成为两个互不相干的隔离的插曲，而且和曹

① 影京本，页478~480，《红楼梦》，页212~213。参看前文《后半部中故事探源》，页149~150。

② 影京本，页478，朱笔眉批。周汝昌先生曾注意到这条批语可能指“晴雯的嫂子”的事，但他认为“不好懂”，“也许批者话有语病”，（《新证》，页589）他没有理会到第二十一回的脂评与第七十七回的故事两者似乎不相干，乃是由于高鹗把晴雯表哥表嫂的名字改了。

③ 失去原稿中的有些故事，已根据脂评及其他线索重建。见前文《后半部中故事探源》及以下。

④ 参看前文页149~151。

⑤ 参看影京本，页480·7，双行墨评。

霑原来计划中的后半部书末尾有关贾琏与凤姐吵架的情节也断了联系。高鹗就这样模糊了这两个故事的意义，从而拆除了曹霑组织得很好的结构中的一个部分。这一改动毫无益处，除了很不必要地在书中平添了又一对醉鬼丈夫和淫荡媳妇，实际上即是多浑虫和灯姑娘的复制品。[①]

这一章高鹗用更多的改动来歪曲晴雯和她表嫂的性格。她表嫂尽管是淫荡的，但也还没有如高本所描写的那么坏。据脂京本，虽然她对宝玉的突然而强迫的调情使他吃惊，但经宝玉央她别闹，她也就克制了自己。并且从她偷听到的宝玉与晴雯的谈话，她知道他们二人之间其实并没有被人冤枉的那事，她深悔方才的行为，变得颇讲道理。她后悔"错怪了你们"，而且对于宝玉和晴雯被人冤枉有不正当关系也觉得难过。她还请宝玉"以后只管来［看晴雯］，我也不啰唣你"。宝玉央她好好照顾晴雯以后，还有时间在外间再一次会见晴雯，"依依不舍"，直到晴雯以被蒙头，他才离去。[②]

在高氏的修改本中，"吴贵的媳妇"先是试图讹诈宝玉和她通奸但未成，威吓他说，如果他拒绝了，"我就嚷起来，叫

---

① 高鹗造出"吴贵"一名，一定自以为很聪明，因为这二字是"乌龟"的谐音，其意义相当于英文的"cuckold"。

② 影京本，页1886~1887；《校本》，页880~881。

里头太太听见了，我看你怎么样！”[①]据高鹗的写法，宝玉一直在和这女人挣扎，直到袭人遣派“复活了”的柳五儿和她妈突然来到，给晴雯送衣服。可怜的宝玉这才被这个受惊的媳妇放了，“一直飞走”，再也见不着晴雯一面了。[②]

可是在原著中，柳五儿早已死了，她妈从来没有去看过晴雯；在宝玉慰问晴雯时，袭人也从没有派过任何人给她送衣服。事实上，宝玉好好地离开灯姑娘后，他又一次会见了垂死的晴雯。知道他舍不得离开她，她最后“用被蒙头总不理他”，只有这样，宝玉才被迫不情不愿地离开她。这一段使人想起《汉书》中李夫人的故事。在久病之后李夫人拒绝和汉武帝谈话，也不让武帝看她的脸，为的是另一个较为不高尚的理由。[③]高鹗显然没有懂得这一点，所以删去了这一段全文，以便腾出空间来让柳五儿和她妈来访，从而不让宝玉在晴雯死前第二次看到她。

晴雯的一生是一个悲剧。别的丫鬟不喜欢她，因为她聪

---

①《红楼梦》，页871。高鹗忘记了这女人住在大观园外面，园里任何人也不可能听见她屋子里的声音，何况宝玉的母亲是住在荣国府里面。

②《红楼梦》，页871~872，比较影京本，页1887~1888。

③《汉书》卷九十七上《李夫人传》，页6。武帝走后，李夫人的姐妹怪她不该固执拒见武帝，她解释道：如果让武帝见了她憔悴的病容，会破坏了他平时对她美貌的印象，他对她的回忆也就不会美好，结果她的兄弟姐妹也不会长久受武帝的宠幸。就晴雯而论，当然愿意宝玉在她身旁多待一会儿。但她害怕宝玉待得太久了会被他父母发觉而受惩罚。所以忍痛蒙被不理他，逼他早些回去。

明、嘴快；王夫人不喜欢她，因为她长得太好了，像狐狸精似的迷人。从王夫人全知道怡红院里日常说话的细节这一事实，[①] 从宝玉苦痛地追问袭人关于晴雯被撵走的原因，[②] 可以明显看出袭人自己就是向宝玉的母亲出卖晴雯的人。这一个妒忌、淫荡、伪善、第一个和宝玉试过“云雨情”（第六回）的“大丫头”，早些时候曾向王夫人暗示她的年轻的二爷喜欢跟姑娘们（包括林黛玉）在一起会毁了他“一生的声名品行”（第三十四回），并且建议命他搬出大观园。这一段“好心”的忠告，使这位伪装圣贤的贵夫人感动得竟将这位谋主提升为宝玉事实上的，即使是未结婚的小老婆，[③] 而且把自己的儿子完全托付在她手中。[④] 自从这次秘密提升以后，袭人变成

---

① 比较影京本，页1871~1874或《校本》，页874~875，对照《红楼梦》页864~865。在程乙本中，王夫人说话中包括她得到关于怡红院中私人谈话的情报，这一部分已被删去。

② 比较影京本，页1875~1878或《校本》，页875~876，对照《红楼梦》，页866~867。在程乙本中，这一段对话被缩短，使得袭人陷害晴雯的罪恶阴谋不太显著。

③ “未结婚的小老婆”（按通常用concubine译“小老婆”，但英文此字原意为“同居而未婚的女人”）显得意义重复，如果想到concubine这字的拉丁语源学上的意义，也许用“concubine”这字译中文的原意为“如夫人”这名称并不恰当，尽管这已是被接受了的通常译法。

④ 影京本第三十四回，页778~781。这一段王夫人与袭人的冗长的机密对话，在高本中也被删改，参看《红楼梦》，页349~351。

了王夫人埋伏在大观园的机密情报员。至于王夫人根据袭人的告密而对晴雯的诬蔑要一个“淫妇”来替受冤者洗刷，这样辛辣的讽刺对于身为举人的高鹗是接受不了的，因此这一部分的故事须得加以删改，[①]使那个媳妇显得比淫荡还要坏，而袭人则变得更加“贤惠”，派人送衣服给垂死的受害者。

在原著的同一回前面，还有一段简述晴雯过去生活的概要。晴雯当初由管家赖大家的买来，贾母见她生得伶俐标致，十分喜爱，这是在拨给宝玉之前。她10岁时，“也不记得家乡父母，[②]只知有个姑舅哥哥，专能庖宰，也沦落在外，故又求了赖家的，收买进来吃工食。”赖大家的见这个贾母喜爱的小丫头虽然“千伶百俐，嘴尖，为人却倒还不忘旧”。赖大家的受她的感动，顺从了她的意愿，收容了她的姑舅哥哥，给他一份差使，又把一个女孩子配给他做媳妇（即灯姑娘）。关于晴雯的这一段记事的重要性。有脂砚斋在“倒还不忘旧”这句下面的批语加以强调：

---

① 高鹗删去了灯姑娘谈话中很长的一段，包括下面的话：“可知天下委屈事也不少。如今我反后悔错怪了你们。”参看影京本，页1887·7—8，对照《红楼梦》页871。

② 这些女孩子被拐时多半只有两三岁。她们被控管在拐子家里，等到十岁或更大些时被卖掉。参看影京本第一回，页25，甄士隐的女儿三岁时被拐，后来卖给薛蟠。

只此一句，便是晴雯正传。可知晴雯为聪明风流，可无害也。一篇为晴雯写传，是哭晴雯也。非哭晴雯也，乃哭风流也。[1]

在修改曹霑原著时，高鹗故意删去原文中脂评上面这一句和其他称赞晴雯优点的文字。叙述宝玉探病和他与晴雯谈话部分也被缩短改动。甚至于晴雯临终前微弱的抗议也没有逃脱高鹗的斧削：

回去他们看见了（指红绫袄）要问，不必撒谎，就说是我的。既耽了［我引诱你的］虚名，索性如此，也不过是这样……[2]

---

① 影京本，页1881，双行墨批。此批文字有些错乱，经校正后译出，将“可知无晴雯为聪明风流，可害也”之“无”字移后，改为“可知晴雯为聪明风流，可无害也”。俞氏《辑评》校改为：“可知无晴雯为聪明风流可（所）害也。”则须涂去二字（无，可），新添一字（所）。脂评意谓晴雯聪明风流，无害其念旧，兼有此诸善，故其死更可悲。

② 比较影京本，页1881，页1884~1886，和《红楼梦》，页868，页869~870。

晴雯无辜为王夫人所冤屈这一点，更为贾母所证明。王夫人后来向她婆婆汇报处理晴雯的经过，贾母却说："但晴雯那丫头，我看她甚好。"[①]谈了一会儿之后，贾母说到宝玉和女孩子们的关系：

……也从未见过这样的孩子。别的淘气都是应该，只是他这种和丫头们好，更叫人难懂，我为此也耽心。每每的冷眼查看，他只和丫头们玩闹，必是人大心大，知道男女的事了。所以爱亲近他（她）们。及至细细查试，究竟不是如此，岂不奇怪……[②]

这一段共150字，在高本被全部删去。因为，富有讽刺意味的是：这一位受人尊敬的老太君的深思熟虑的意见，竟和晴雯的嫂子那个"淫妇"的意见相同。

宝玉仿骚体[③]写的《芙蓉女儿诔》，表面上是祭晴雯，实际上是发泄他对于袭人和他母亲的怨恨。这样一篇文章照例是

---

① 影京本第七十八回，页1896；《校本》，页885。

② 影京本，页1897~1898，《校本》，页886（有少数异文），对照《红楼梦》，页877（全部删去）。

③ 参看前文页192；页272，注⑤。

用酒食献祭死者时向着灵位诵读的。宝玉却完全不按传统的规矩：他不用酒食，却备了四样晴雯素日所喜之物作为祭品。据诔文所说，这四样是：群花之蕊，冰鲛之縠，沁芳之泉，枫露之茗，高鹗却把故事的原文改为“又备了晴雯素喜的四样吃食”。但诔文的有关部分却没有改，因此“蕊”“縠”等物在高鹗的“改良”程乙本中，竟变成“吃食”了。[①]

在晴雯之死这一颇长的故事中，高鹗的删削对于书中这一重要人物的品格塑造有相当不利的影响。高鹗对于晴雯表嫂故事的改动，破坏了作者这一部分结构的完整性。在悼晴雯之死的《芙蓉女儿诔》中，高鹗改动了47处，共63字。[②]比较原著和高鹗的改本可以看出后者的文笔做作而低劣，不如前者。

乙、王熙凤的弄权

《红楼梦》的一个显著的特点是，不像大多数现代小说的写法，作者对于书中的大多数人物的性格从来不作直接的褒或贬，[③]唯一的例外是主人公宝玉。人物性格的描写完全通过故事的细致的叙述或人物自己的对话。因此，任何故事的细节

① 影京本第七十八回，页1925；《校本》，页899，对照《红楼梦》页886~887。

② 同上书，第七十八回，页1925~1932，对照《红楼梦》，页887~889。

③ 参看《红楼探源》页91；影京本第四十九回，页1142，双行墨评。

的删除或改动不可避免地会改变当事人的品格。高鹗删去有利于可怜的丫头晴雯的片断最能说明此点。另一方面，他用同样的手法删去有关王熙凤的一些片段，却使读者对于这个荣府中最有权力的恶毒的人物的印象大为改善。

王熙凤弄权始于秦可卿之丧。当宁国府的老爷贾珍第一次请她在丧事期间协理宁国府时，王夫人是怀疑她这位年轻的内侄女能否担当这个重任的。但是这位精明的战略家立即看到，这是一个绝妙的给她表现自己才能的机会，从而建立她的权威。

> 虽然当家妥当（王熙凤自己这样想），也因未办过婚丧大事，恐人还不伏，巴不得遇见这事。今见贾珍如此一来，他心中早已欢喜。

这一段说明她渴望权势，在高本中全被删除了。[①]

一旦在宁国府坐稳了交椅，她抓住一个有一天早上迟到的女仆来施下马威。那个不幸的女人奉命挨打时，在原著中有一段生动的描写：

---

① 影京本第十三回，页286；《校本》，页132。可对照《红楼梦》，页130。

众人听说，又见凤姐眉立，知是恼了，不敢怠慢。拖人的出去拖人，执牌传谕的忙去传谕。那人身不由己，已拖出去挨了二十大板，还要进来叩谢。凤姐道："明日再有误的，打四十，后日的六十，有要挨打的只管误。"[①]

作为一个放债的人，[②]王熙凤即使在计算打板子时，也没有忘记利上加利。但挨打的人还要向打者谢恩这种办法当然不是她的新发明，她不过是照抄当时衙门里的老规矩。曹雪所叙述的这种肉体刑罚以后再加精神刑罚，一种大家知道而很少记录的虐政，高鹗是很难喜欢的，在高本中上引文字全被删除。[③]

秦可卿大出丧，"浩浩荡荡一摆三四里远"的队伍中只有王熙凤带着宝玉和可卿之弟秦钟，要在路旁村庄中打尖歇息。但在她进村以前，"早有家人将众庄汉撵尽"。庄户人家无多房舍，婆娘们无处回避，"只得由他们去了"。那些村姑

① 影京本第十四回，页296。

② 影京本第十六回，页331~332。连王熙凤丈夫也不许知道她放债攒钱。在高本中，这放债的一段文字也被删改。平儿对凤姐说"奶奶的那利钱银子"被高改为"那项利银"，删去"奶奶的"，参看《红楼梦》，页151~152。

③《红楼梦》，页135。

庄妇，见了凤姐、宝玉、秦钟的人品衣服，“礼数款段，岂有不爱看的”。在高本中，上文引号内的字句全被删除，并且加了一句，说那些村庄妇女见了凤姐等人，“几疑天人下降”！[①]

秦可卿的棺材暂时停放在铁槛寺。此寺原本也是为了停灵和送灵人口寄居之用而修造的。曹霑原著说：

> [在族人之中]有那家业艰难安分的，便住在这里了。有那尚排场有钱势的，只说这里不方便，一定另外——或村庄或尼庵——寻个下处，为事毕宴退之所。即今秦氏之丧，族中诸人皆权在铁槛寺下榻，独有凤姐嫌不方便，因而早遣人来和馒头庵的姑子净虚说了，腾出两间房子来作下处。

在那里她收了三千两银子的贿赂，她的滥用权力害死了一对青年男女。只消轻轻地删去几个字，高鹗很巧妙地改善了凤姐的品德。他先删去“安分的”三字，这就使那些不愿住铁槛寺的人不显得是不安分了。其次，他把下文改成这样：

---

① 影京本第十五回，页310~311，对照《红楼梦》，页141。

即今秦氏之丧，族中诸人，也有在铁槛寺的，也有别寻下处的。凤姐也嫌不方便，因遣人来和馒头庵的姑子静虚说了，腾出几间房来预备。[1]

但是高鹗在这里犯了和“四样吃食”同样的错误，因为在这个故事中贾家没有任何别的女眷不住在铁槛寺。

在出丧的路上和在馒头庵中，王熙凤不怕麻烦，尽力照顾宝玉。这倒并不是她特别关心这孩子的福利，而是她精于算计，想借此讨好贾母。当她叫宝玉从马上下来，去和她一起乘车时，即是因为“唯恐有个失闪，难见贾母”。[2]在庵里，宝玉要求多住一天，她随即允许了，因为她盘算：“顺了宝玉的心，贾母听见，岂不欢喜。”[3]在高本中删去了上文引号内有关贾母的文字，[4]这一段就给人一个错误的印象：王熙凤对宝玉是真诚爱护的。这样一个印象，即使和高鹗自己在后四十回中的故事也无法调和，因为在宝玉婚事上的肮脏阴谋主要是她策划的。[5]

---

① 《红楼梦》，第十五回，页143，对照影京本，页314。

② 影京本，页309·9。

③ 同上书，页321·7。

④ 《红楼梦》，页141·12，页146·15。

⑤ 同上书，第九十六回，页1078~1079。
自此以下，为魏旸译。——编者注

王熙凤通过男仆来旺放债，来旺的妻子又是从王熙凤娘家陪嫁过来的丫头。[①]来旺的儿子想讨小丫头彩霞为妻，彩霞和她的父母都不情愿。来旺媳妇来求王熙凤，王便对女孩子的母亲施压。另一位男仆林之孝劝王的丈夫贾琏别管这事，因为大家都知道来旺的儿子不成材。贾琏说，他知道这小子好吃酒：

> 林之孝冷笑道："岂止吃酒赌钱，在外头无所不为。我们看他是奶奶的人，也只见一半不见一半罢了。"贾琏道："我竟不知道这些事……"

这一段话，连同这个故事的其他细节，在高本中被删得干干净净。[②]女孩子的母亲最后迫于王熙凤之命还是把女儿许给了那个无赖。被删掉的段落，不仅暴露了这些"王熙凤的人"的无法无天，暴露了来旺儿子的真实秉性，也暴露了其他仆役对他们这位"奶奶"的看法，从而使她在这件婚事上的专横更为可憎。高鹗的斧削，起了替王熙凤减轻责任的作用。

丙、宝玉在农村

---

① 见影京本第七十二回，页1729，《红楼梦》，页803~804。

② 对照影京本，页1735；《红楼梦》，页807。

北京的文人讨论了这部小说，指出曹霑背叛了他出生的腐朽堕落的封建社会，[1]大家把注意力集中在他对这个邪恶社会的暴露和诊断方面。但似乎没有人指出过，作者还从积极方面真的开出了抗御这种邪恶的药方。这部小说是个爱情悲剧，主人公最后遁入佛门寻求解脱，这就给人一种印象，皈依宗教是逃避人生烦恼的唯一出路和最后一着。这种消极的解决，从美学角度看也许言之成理，同作者慷慨激昂的针砭却难以协调。其实，在小说的前半部里，作者已经为这个行将崩溃的社会（贾府的败亡就是它的象征）的幸存者指明了出路。秦可卿死时给王熙凤的那个预言式的忠告就是一个明白的提示：多置祭田供子孙耕作。[2]另一提示是在警幻簿册的巧姐画册上：一位年轻女子在农舍里纺绩。[3]还有一个更为重要，也许不太显眼的提示，则包含在宝玉的一则小故事之中。当时宝玉为秦可卿送葬，途中进村打尖：

---

① 参看前文页21~22。

② 参看《红楼探源》页93~94。

③ 参看前文《后半部书中故事探源》，页162~163。作者后半部手稿的迷失，使读者对贾府除宝玉和几位姑娘以外的绝大多数成员的结局一无所知。只在秦可卿的遗言中有一模糊的暗示："各自须寻各自门。"（参看《红楼探源》，页94。）高的续书，不但没有帮助读者，反而起了误导作用，如，巧姐最后嫁了个富家子等等。

宝玉一见了锹、镢、锄、犁等物，皆以为奇，不知何项所使，其名为何。小厮在旁一一的告诉了名色，说明原委。宝玉听了，因点头叹道："怪道古人诗上说，谁知盘中餐，粒粒皆辛苦。[①]正为此也！"一面说一面又至一间房前，只见炕上有个纺车……便上来拧转作耍，自为有趣。只见一个约有十七八岁的村庄丫头跑了来乱嚷："别动坏了！"众小厮忙断喝拦阻，宝玉忙丢开手，陪笑说道："我因为没见过这个，所以试他一试！"

那丫头道："你们哪里会弄这个！站开了，我纺与你瞧。"

……只见那丫头纺起线来。宝玉正要说话时，只听那边老婆子叫……那丫头……去了，宝玉怅然无趣。

高鹗对这段短文作了好些修改，包括把引文中加着重点的文字全部删掉。[②]对农具名称的省略，除了使乡村景色不够具体生动以外也许尚无大碍。但删去了那些打了重点的句子和短语，就从实质上改变了宝玉和那位村姑的性格。在此之前，高鹗已

① 这是公元9世纪诗人聂夷中《田家》中的两句，传诵极广。

② 见影京本第十五回，页311；对照《红楼梦》，页141~142。

通过村里妇女的眼睛，把宝玉一行描写成“天人下降”，可想而知，那丫头自然不该斗胆冲着宝玉“乱嚷”。但删掉“乱嚷”后，小厮们的“断喝拦阻”也就没了着落。宝玉忙丢开手赔笑，是承认自己冒失，高鹗准以为有失“公子”尊严。那姑娘接下来所说的话，显出了她直来直去的天性，在城里势利人面前毫不畏缩。说实在的，对那些连纺车都不会摆弄的有钱人，她倒真有点儿不放在眼里哪！曹霑在这里给这位名叫“二丫头”的天真而骄傲的姑娘画了一幅肖像，根据脂评，她在后文还要再度出场。[1] 但高鹗显然认为所有庄稼人在有钱人面前都得俯首帖耳，这丫头自然也不可越规。经他大笔一挥，这位个性鲜明的姑娘在他的本子里，被改塑成一个胆小羞怯的老套女孩模式。

后来，王熙凤一行离村时，给村姑们发了些赏钱，宝玉注意到这位骄傲的纺线姑娘不在前来叩赏者之列。车马离村时：

> 只见迎头二丫头怀里抱着他小兄弟，同着几个小女孩说笑而来。宝玉恨不得下车跟了他去，料是众人不依的，少不得以目相送。

① 见影京本，页312，墨笔双行评语。

这段话在高本中被改得面目全非。那丫头抱的是个“小孩子”，身边还有“两个小女孩子”，“在村头站着瞅他。宝玉情不自禁，然身在车上，只得眼角留情而已。”[①]这里，那位姑娘变成了一位年轻的母亲，她对宝玉似已动情，而宝玉也“情不自禁”，可惜只能“眼角留情”！在曹霑原稿中，姑娘本在跟自己的朋友们说笑，对宝玉上车离村并不在意。曹霑的本意是写宝玉突然对农家生活发生兴趣，想从她那里多了解点纺绩和其他田家活计。这一点，脂砚作评时早已了然于胸。如，宝玉起初问农具名称时，脂砚评道，“凡膏粱子弟，齐来着眼。”[②]宝玉在沉吟那两句三餐来之不易的古诗时，脂砚再一次强调了这个观点：“聪明人自是一唱（喝）即悟。”[③]关于宝玉对农家生产发生兴趣，脂砚在一条评语中一语破的，毫不拐弯抹角地说：“写玉兄正文总于此等处（即：似乎并不重要的小插曲），作者［用心］良苦。壬午季春。”[④]可惜高鹗似乎以为宝玉生活中的“正文”是女孩子，见一个爱一个。由于高本在读者群中长期占主导地位，文学评论家已难于从这部小说的头绪纷繁的故事中把这类“玉兄正文”

① 见影京本，页312，请与《红楼梦》页142对照。

② 同上书，页311，墨笔双行评语。

③ 同上。

④ 见影京本，朱笔眉批。这条评语写于曹霑死前21个月，可能得到作者的同意。

一一辨明，这类正文也是作者为当时的那个腐朽没落社会指的一条出路。①

丁、贾政教子

被高鹗删去的故事中，文字最长的是第七十回末，宝玉和女孩子们在花园里放风筝。这个故事不长，不到1500字，却被砍掉近600字，相当于脂京本中的两个整页。②高鹗这样大肆斧削，是为他自己插进去的新篇章腾地方。紧接在放风筝的故事之后，就是这样很不协调的一段：

> 从此，宝玉的工课也不敢像先竟撂在脖子后头了，有时写写字，有时念念书，闷了也出来合姐妹们玩笑半天，或往潇湘馆去闲话一回。众姐妹都知他工课亏欠，大家自去吟诗作乐，或讲习针黹，也不肯去招他。那黛玉更怕贾政回

① 刘大杰先生指出，宝玉在农村的故事表现了他对农民劳苦的同情。（《红楼梦问题讨论集》第三卷，页274。）但当他说宝玉的思想与农民的要求有基本上的一致性时（页275），他把宝玉和曹雪混为一谈了。宝玉的思想，既有“正文”，也有反面（即最终遁入空门）。曹雪则通过秦可卿的遗言和巧姐的图画，始终如一地指出：正确的生活道路应该是自食其力。

② 见影京本，页1681~1686，《校本》，页787~790，并对照《红楼梦》页782~783。高把小丫头们跑回姑娘房里取风筝的细节删掉了，使人以为绝大多数风筝都是魔术似的变出来的。在高本中被删略的比较有趣的部分，是有关放风筝技术的描写以及提到了一把“西洋小银剪子”。见影京本，页1685·2。

来宝玉受气，每每推睡，不大兜揽他。宝玉也只得在自己屋里，随便用些工课。①

如此枯燥空泛又无脉络贯串的段落，在曹雪笔下是找不到的。实际上，这不过是把一些陈词滥调和本回前面一些段落的摘要掺和一下而已。②而且还有两处矛盾。第一，宝玉早已攒了一大摞写好的字，可随时奉呈给他父亲看；③第二，姑娘们倘有吟咏之“乐”，他是绝不可能缺席或被她们忘掉的。高鹗认为非添上这一段不可，因为他要替他续补的第一回（即第八十一回）宝玉二进家塾开路，以便通过自己的续书，成全这位主人公的功名（第一百十九回）。

我们知道，宝玉参加科举考试是高续的最大败笔。它和曹雪对小说的总体设计全然相反，也和主人公贯彻始终的人生哲学背道而驰。事实上，在小说中，贾政后来已经明白，他儿子的才情不在制艺八股，而在辞赋杂学。因此，他终于放弃了督促儿子应试的念头；对儿子在诗词上的才能，则颇为自豪。

第七十八回，贾政把儿子宝玉、贾环和孙子贾兰叫进书

① 见《红楼梦》第七十回，页783。

② 见影京本，页1675~1676。

③ 同上书，页1676；《红楼梦》，页779~780。

房，要他们写诗纪念一位阵亡的女将。那里有一大段文字，评论宝玉的难得的诗才。共计442字，脂京本和脂戚本都有，高本却没有。[①]这一段是这样结束的：

> 近日贾政年迈，名利大灰。然起初天性也是个诗酒放诞之人，因在子侄辈中，少不得规以正路。近见宝玉虽不［为应试］读书，竟颇能解此，细评起来，也还不算十分玷辱了祖宗。就思及祖宗们各各亦皆如此，虽有深精举业的，也不曾发迹过一个，看来此亦贾门之数。况母亲（贾母）溺爱，遂也不强以举业逼他了。所以近日是这等待他（即鼓励他作诗）。又要环、兰二人举业之余，怎得亦能同宝玉才好，所以每欲作诗，必将三人一齐唤来对作。[②]

这段文字，恰好安排在作者前八十回行将告一段落之处，彻底排除了宝玉在小说后文参加科举考试的任何可能性。高鹗出于无奈，只好把它悉数删除，因为他自己1788年中了举人，便硬要书中的主人公也来获得同样的荣誉。

---

① 见影京本，页1913~1915，《校本》，页893~894；对照《红楼梦》，页883。

② 见影京本，页1914~1915；《校本》，页894。

我们从上面摘引的那段文字中可以看到，对宝玉倾心诗词，贾政并不总是责难，他对儿子也并不动辄训斥，而高鹗却要给读者以那样的印象。这段文字是小说情节发展的一个里程碑，因为，通过父子一同讨论写诗，宝玉的父亲终于对宝玉作出了最后的评价，在前八十回中，这也是最后一次他们父子俩相处较久的一段时光。也许不是巧合，小说中关于他父子共处的最初的里程碑也和他们的文学活动有关。那是在第十七回书中，当时贾政正带着一帮“清客”在逛刚刚筑好的大观园，想为那里的亭台楼阁草拟匾额对联——贾政也承认这是一件难事。[①]宝玉无意中碰上了他们，便领命跟随参与。在对各种方案进行讨论和辩驳的过程中，他的见解显得比父亲和清客们都高明。贾政表面上不以为然，心中暗自期许：这孩子在题额撰联方面超过了他的朋友。

游园中，每当宝玉不留情面地批评他父亲的朋友们的题词时，贾政就要呵斥；但贾政在其他场合对儿子还是和颜悦色的。一到高鹗笔下，这位父亲变得严厉多了。比如，贾政否决了一座石桥的多种题名方案以后，“便笑命他也拟一个来”，高鹗决定删得不让贾政“笑”。[②]本来贾政批评宝

---

① 见影京本，页351~353，《红楼梦》，页160~161。

② 见影京本，页357·1；《红楼梦》，页162·18。

玉“是个轻薄人”，因为宝玉在自己拟题之前先把别人的方案贬了一通；高鹗让贾政改称儿子为“轻薄东西”。[①] 另一处，宝玉先被喝命“叉出去”，刚出去又被喝命“回来再题”，脂京本写“宝玉只得念道……”在高本中，我们看到的却是：“宝玉吓得战兢兢的，半日，只得念道……”[②] 高鹗一定以为既然贾政生气，孩子被叫回时一定惊恐不堪。高鹗怎么也弄不明白，贾政发怒，不是真心而是做作，与其说在教育儿子，不如说是笼络门客的一种手段。作为封建家庭的父亲，他不可能允许儿子平起平坐地对他的朋友，包括花园的设计师在内，提出任何尽管有理但却尖刻的批评。其实他心里高兴得不得了，正由于如此，他一看别人技穷，就唤宝玉出来表现。宝玉心里也明白得很，所以在继续游园的过程中，他对别人题词的讥讽毫不收敛，全无惧色。[③] 孩子是被父亲招来担负重任的，贾政这样做是要炫耀儿子的文学才华。这在故事开始时早已点明，众清客和宝玉大家都心里有数。[④] 谁也没有把贾政例

① 见影京本，页359・2；《红楼梦》，页163・17。

② 见影京本，页364・9；《红楼梦》，页166・4。

③ 见影京本，页369；《红楼梦》，页167。

④ 见影京本，页355；《红楼梦》，页162。“众客心中早知贾政要试宝玉的功业进益如何，只将些俗套来敷演。宝玉亦料定此意。”

行公事的“训斥”和“喝令”当一回事，这一点，在游园结束时也交代得清清楚楚。连小厮们都懂这是怎么一回事，因此才对宝玉说“今儿老爷喜欢”。[①]由此可见，高鹗那句“宝玉吓得战兢兢的”加得多么可笑。

贾政最后叫宝玉退出书房时，在照例的呵斥之后加了这么一层意思：“……也不想逛了这半日，老太太必悬挂着。快进去，疼你也白疼了。”这些文字又被高鹗删却，[②]从而削弱了曹雪设计的贾政作为父亲的形象。这里再一次表明，高鹗在把握这次游园的整个气氛上是失败的。中国当代的某些评论家也犯了同样的毛病，他们引用这个故事来夸大贾政的虚伪和对宝玉过于严厉。[③]但是，贾政毕竟是一个封建家庭的家长，如果把他写成听任儿子指手画脚地批驳父亲的朋友而不予理会，作者未免太不实际了。

原稿中写了贾政对宝玉文学爱好和品位的公正评价，可见他并不一味反对儿子的抱负，也没有坚持要儿子去受科举的磨难。宝玉不喜欢，更不屑于参加这种制艺举业的考试。高鹗对

---

① 见影京本，页376~377；《红楼梦》，页170~171。

② 见影京本，页376；《红楼梦》，页170。

③ 参看《红楼梦问题讨论集》，第四册，页184，页186。文章作者还列举高鹗续书中的故事（第八十五、九十九回）作为批评贾政的根据。

第十七回和第七十八回的删改，是为了把小说的主人公纳入自己的安排，叫他跟自己在1788年一样，也去应试中举。

第五节　高氏删改的动机

以上说的是高鹗对某些故事进行删改的几个例子。我们可以从中看出他是遵循什么原则进行修改的。但他究竟为了什么目的要这样做仍然不太清楚。为了探讨这个问题，有必要进一步研究除上述引文之外的其他一些被删改过的段落，即作者直接抨击社会制度的段落。但曹霑极少议论社会问题，甚至对书中除男主人公之外的其他人物都不加臧否，他对社会的抨击只包含在对男主人公的性格描写之中。比如，作者在第十八回中交代贾政何以采用宝玉为大观园所拟的匾联时，借机抨击了暴发新荣之家的恶俗不堪。[1]第七十八回，宝玉为祭晴雯写了一篇打破陈套的诔文，他自辩道，他的文体实属源远流长的正宗古体：

> 奈今人全惑于功名二字，将尚古之风一洗皆尽，恐不合

① 见影京本，页387；《校本》，页177。在《红楼梦》中已被删去，见页176。

时宜，于功名有碍之故。我又不希罕那功名，不为世人观阅称赞，何必不远师楚人之《大言》[①]、《招魂》[②]、《离骚》[③]、《九辩》[④]、《苦（枯）树》[⑤]、《问难》[⑥]、《秋水》[⑦]、《大人先生传》[⑧]等法，或杂参单句，或偶成短联，或用实典，或设譬寓，随意所之，信笔而去，喜则以文为戏，悲则以言志痛，辞达意尽为止，何必效世俗之拘拘于方寸之间哉！

写到这里，作者插入一段话，用传统文人的观点来批判主人公：

宝玉本是个不读书的人，再心中有了这篇歪意，怎得

---

① 指《大言赋》，据说是宋玉的作品。见《古文苑》卷二。

② 宋玉作，见《楚辞》卷九。

③ 屈原作，同上书，卷一。

④ 宋玉作，同上书，卷八。

⑤ 指《枯树赋》，庾信（513—581）作。见《庾开府集》卷一，《古文苑》卷七。

⑥ 就我所知，没有以“问难”为题的文章。从这段引文中把文章的标题都缩成两个字推断，“问难”也许是指东方朔的《答客难》。见《汉书》，卷六十五。

⑦ 见《庄子》，卷六，第十七。

⑧ 阮籍（210—263）作。见《晋书》，卷四十九。

有好诗好文作出来。他自己却任意纂著，并不为人知慕，所以大肆妄诞，竟杜撰成一篇长文……诸君阅至此只当一笑话看去，便可醒倦。①

这是曹霑用过不止一次的独家手法。他把对主人公的赞誉寓于来自对立观点的贬损之中。②这种贬损表面上似乎抵消了他的不太隐晦的嘲讽，其实，这样一反衬，使嘲讽凸现得更加强烈了。作者向读者在致歉，请读者把宝玉的诗文看作笑话，一句话点破作者自己归根结底抱着和主人公同样的观点。

在前面的引文中，宝玉口诛笔伐的锋芒当然直接指向钦定的八股制艺，这是当时猎取“功名”的唯一晋身之阶。高鹗本人在接受程伟元委托删削此书前三年正好通过了这样一场考试，所以，这段大逆不道的文字连同作者故作姿态的贬损和歉意，一股脑儿被这部志在“改良”的高本删掉了。

当然，还有一些异端思想散见在小说的其他部分。第三十六回发生了宝玉焚书这种惊世骇俗的事情。当时宝钗等

---

① 见影京本，页1924~1925；脂戚本中删掉了最后一句“诸君……”见《校本》，页899；《红楼梦》把这一段全删掉了，见页886。

② 如：影京本，第三回，页73；第七十八回，页1913~1914。《校本》，页32，页893~894，《红楼梦》，页30~31，高氏把页883的一段也删去了。

劝他立身扬名，他一生气，不但责备宝钗“入了国贼禄鬼之流”，而且“因此祸延古人，除四书外，竟将别的书焚了”。[①]烧掉的书，当然不会是诗词戏曲，因为在同一回的后文中，他还在读著名的戏曲《牡丹亭》；下一回书里，他又在帮他的异母妹妹探春组织诗社；被殃及的显然是八股程式和时文范例之类。[②]这种大逆不道无异于向把知识分子禁锢在正统思想狭笼中的官方政策挑战，这个故事理所当然地遭到了高鹗的斧削。

除了元春出宫省亲的故事外，曹雪难得一提皇帝，对当今“圣上”更少谀辞。这于本书也没有什么必要，因为小说主要是写一个大家族的社会生活。但在高本里，一提到贾政做官，就一定补上颂圣歌德之辞。第三十七回开头，原著只淡淡一句“贾政又点了学差”。[③]短短七字无非是一种写作技巧，把这位一家之主调出去，好把故事展开：让宝玉和姑娘们不受严父的干涉，在大观园里自由自在地生活。[④]高鹗却借此机

① 见影京本，页818；《校本》，页373，对照《红楼梦》，页368（有删节）。

② “四书”是儒家最正统的经典著作，科举试题绝大多数出自“四书”。但曹雪对“四书”还真有几分由衷的敬重，还不至于走到加以谴责的地步。如，宝玉说过，“除四书外，杜撰的太多”。（见影京本第三回，页75；《校本》，页33；《红楼梦》，页31。）

③ 见影京本，页839；《校本》，页383。

④ 从第三十七回贾政离家到第七十一回回家，没有提到他的任何活动。

会，编了一长段不相干的情节去歌颂皇帝：

> 且说贾政自元妃归省之后，居官更加谨慎，以期仰答皇恩。皇上见他人品端方，风声清肃，虽非科第出身，却是书香世代，因特将他点了学差，也无非是选拔真才之意。这贾政只得奉了旨……[①]

在曹雪原著中，贾政回家本来只是草草带了一笔：“话说贾政回京之后，诸事完毕，赐假一月，在家歇息。”[②]高鹗又把这句话扩充成两段，先写贾政回京后如何“不敢先到家中”，再写“次日面圣”云云。[③]需要指出的是，在曹雪原著的整整八十回书中，没有提到过皇帝和书中任何人物的接触，[④]连元春这位“帝妾”和皇帝的关系，也只限于她的头衔上那个似乎有点含义的“妃”字。

高鹗窜改曹雪原著的动机现在清楚了。他刻意修改曹雪在

---

① 见《红楼梦》，页379。

② 见影京本第七十一回，页1689；《校本》，页791。

③ 见《红楼梦》，页785。

④ 贾政被召进宫，只有一次，即在元春被册封之时。但到底是皇帝召见了他，还是去听别人宣召，书里都没有说。参看影京本第十六回，页324~325；《红楼梦》，页148~149。

第一回神话中宣布的本书宗旨，对此提供了最好的说明。曹雪的宗旨是通过空空道人和“石头”对话的形式宣布的，那块石头上记载着它在俗世的经历，是“历尽离合悲欢炎凉世态的一段故事”。[①] 也就是说，《石头记》不是一个单纯的爱情故事，而是一部具有社会意义的小说。高鹗先把这话删掉，接着移花接木，把小说定性为一段关于“引登彼岸的一块顽石”的故事。[②]这样，使读者从一开始就把它当作一部有些宗教色彩的爱情故事。

在那场对话中，道人特意辩道：既然其中并无大贤大忠理朝廷治风俗的善政，“恐世人不爱看呢”！“石头”把道人提出的问题驳回，提出了自己的理由：

> 再者，市井俗人喜看理治之书者甚少，爱适趣闲文者特多……今之人，贫者日为衣食所累，富者又怀不足之心，纵然一时稍闲，又有贪淫恋色、好货寻愁之事，哪里去有工夫看那理治之书？所以我这一段故事也不愿世人称

---

① 见影京本第一回，页12；《校本》第一回，页3。

② 《红楼梦》第一回，页2·14。彼岸，佛语中的天堂，苦海的那一边，另外一个世界。

> 奇道妙，也不定要世人喜悦检书（读），只愿你们当那醉淫饱卧之时……把此一玩……却也省了口舌是非之害，腿脚奔忙之苦。
>
> 再者，亦令世人换新眼目，不比那些胡牵乱扯，忽离忽遇，满纸才人淑女、子建文君红娘小玉[①]等通共熟套之旧稿。[②]

这里曹霑交代得很清楚，和那些“为写爱情小说而写爱情小说”的作家不同，他写这本书有着特定的教育目的，他甚至提醒读者他的书也许并不令人喜欢。[③]当那位想象中的道人提到“善政”时，他并没有否认政治蕴含对这样一部小说的重要性。至于他所以宁可采用爱情故事的形式而不写“理朝廷治风俗”之书，是因为“适趣闲文”的小说比枯燥沉闷的说教对于公共大众是一种更为有意义的手段。

---

① 曹子建，即曹植（192—232），陈王，诗人，建安文学的创立者。卓文君，成都有名的寡妇，后嫁给诗人、政治家司马相如（公元前179—前117）。红娘，元曲《西厢记》中的丫头。霍小玉，唐代蒋防所作传奇《霍小玉传》中的女主人公。

② 见影京本第一回，页12~14；《校本》，页3~4。

③ 当时许多爱情故事都以喜剧收场。曹霑原稿结局的悲剧性远远超过高鹗的续作。因此，曹霑的著作和当时流行的口味正好相反。

听完“石头”这些话，道人不由得“将《石头记》再检阅一遍”，最后断定：

> 因见上面虽有些指奸责佞贬恶诛邪之语，[①] 亦非伤时骂世之旨[②]……因毫不干涉时世，方从头至尾抄录回来。[③]

其实，道人的这番辩解一方面确实承认作者是在抨击时弊；另一方面又承认这种抨击存在着卷入政治危险的可能性。至于力言“毫不干涉时世”，只是因为小说没有指明故事发生的朝代而已。高鹗把上述这些段落全部删尽，说明他并非不知这一可能发生的危险，何况他自己就生活在乾隆朝无休无止的文字狱的阴影之中。[④] 很明显，高、程修改曹著的动机是政治性的，并不像他们在程乙本《引言》中所宣布的那样，只是为了“便于披阅”。不妨顺便说一下，在“道人将这《石头记》再检阅一遍”处，脂砚信笔加了一条很幽默的评语：“这空空道人也太小心了，

---

① 据脂残本第一回，脂砚在此句下评道：“亦断不可少。”见《辑评》，页40。

② 脂评：“要紧句。”同上。

③ 见影京本，页14。《校本》，页4~5。

④ 参看顾立奇（L. C. Goodrich）《乾隆的文字狱》（The Literary Inquisition of Ch' ien-lung），1935年，巴尔的摩版。

想亦世之一腐儒耳。”[①]高鹗自然读了这条评语，但他宁当脂砚讽嘲的对象，也不敢冒文字狱的危险，因为当时曹霑早已去世，高鹗自己的名字却和小说连在一起了。

第一个指出这部小说可能包含危险思想的人是弘旿。有位满洲诗人永忠，1768年读了小说后，写了三首悼曹雪芹的诗。弘旿评永忠的诗道：“此三章诗极妙！第《红楼梦》非传世小说。余闻之久矣，终不欲一见，恐其中有碍语也。”[②]永忠诗稿至今没有出版。但这三首诗和弘旿的评论却通过侯堮先生1932年发表的一篇关于永忠生平的文章，为人所注意。侯先生没有说明弘旿所指是何种“碍语”，只说弘旿有道学气。[③]周先生认为弘旿是在指“绮语”。[④]吴恩裕先生乃是指出弘旿所谓“碍语”意即“政治上有关碍”的第一人。[⑤]吴先生在其近作中进一步阐明了这一论点。他指出，乾隆统治下的文字

---

① 见《辑评》，页40，引自脂残本第一回。

② 弘旿，号瑶华道人（？—1811），康熙之孙，胤祕之子，乾隆的堂兄弟，永忠是他的堂侄。永忠（1735—1793），弘明之子，著有《延芬室集》。参看恒慕义（Hummel），《清代名人传》，卷二，页962。

③ 参看侯堮《觉罗诗人永忠年谱》，《燕京学报》第12期，页2632~2633，北平（北京），1932年12月。

④ 见《新证》页454。

⑤ 参看吴恩裕《永忠吊曹雪芹的三首诗》。《光明日报》，1954年9月7日《文学遗产》专栏。

狱，不独这类书的作者，连其读者也被严惩。① 作为乾隆的堂兄弟，弘旿当然躲避唯恐不及。他大概想通过评诗对永忠提出父辈的忠言：读这类书是会惹祸的。但只要小说不“传世”，麻烦不会太大。程伟元在1791年大量印行，性质就不同了。

掌握了这些背景，我们就可以理解，为什么一百二十回本初版不到三个月，程伟元就十万火急地重新刻版，又出了个修订本。② 因此，他们在序中所说的“纰缪”③ 可理解为程甲本

---

① 参看吴恩裕先生《有关曹雪芹八种》，页63—64，上海古籍出版社1958年版。这本书的图版六，收入了永忠的三首诗和弘旿的评语，均据北京图书馆所藏稿本《延芬堂集》中的手迹复制。

明义读曹霑赠给他的小说“简本”时，也意识到了“石头”的故事是对当代丑恶现象的抗议。（参看本书页216注①）他的咏红第十九首诗有云：“［石头］总（纵）使能言也枉然。”用的是左传中的典故。昭公八年，有传言说，晋国魏榆地方有一块石头突然“发言”了。晋侯向师旷请教。师旷说：“石不能言，或冯（凭）焉（谓有神附体）……今宫室崇侈，民力凋尽，怨讟动于民，莫保其性（生），石言，不亦宜乎？”所以，在明义看来，“石头记”意味着古代民谣中的抗议。本段文字是作者补记在自校本上的，原文是英文。——译者注

② 程甲本中的程序未署年月。至于1791年12月27日的高序，则正如俞先生在《考证》页56上所说，印在1792年的程乙本中；而不是像他后来在《校本》序言（页30，注28）所说，印在程甲本中。

事实上，高鹗已在这篇序文中用心良苦地向读者表示了歉疚。在提到程伟元如何要他帮助删改此书后，他说，“予以是书虽稗官野史之流，然尚不谬于名教”，因而愉快地接受了这项任务。但是，说宝玉焚书以及藐视科举等也“不谬于名教”，即使能说服读者，也难取信于乾隆的鹰犬。所以，在高鹗续书中，就有必要删掉诸如此类的“碍语”，并加上宝玉中举的情节了。本段文字，是作者补注在自校本上的。——译者注

③ 参看本书页262的引文。

中任何可能被乾隆的鹰犬视为政治上含沙射影的段落，未必真指文字上的差错。但若把删节仅限于“危险思想”，细心的读者便一望而知，修订的动机未免太露。这样，高鹗才不得不大举删修，到处作点并无必要的改动，而以“广集”各种文本进行校勘为借口。他们这一计划的主要目的，是使小说尽可能成为一部绝对无害的爱情故事，把描写没落贵族社会时所隐含的批判减少到最低限度。因此之故，在经过修订的1792年本即程乙本中，丫头晴雯垂死时的抗议被删掉了，王熙凤的劣迹被掩饰了，宝玉对农家生活的同情被歪曲了，贾政则被刻画得更严厉，更带道学气，更忠于“圣上”。同样因此之故，高鹗早在他此前续作的四十回里，除了男主人公不幸的婚姻以外，他还用心良苦地淡化贾府的厄运，使他们在小说的结尾处再“沐皇恩”，得延世泽（第一一九回）。——其实，高鹗自己心里明白得很，这样收场是违背曹雪原意的。①

① 此处删“这一点我们将在第十九章中继续讨论”。所谓“第十九章”指英文版全本第十九章《后四十回的评价》。“第十九章”是作者在自校本上的改正，英文本误作“下一章”。——责编注

我怎样写《〈红楼梦〉探源》①

一 引言

在西欧，从来最畅销的书是《新旧约圣经》；在中国，自18世纪末年以后，最畅销的书（除了《时宪书》——即日历——和幼童教本如《百家姓》《千字文》之外），要算是《红楼梦》。把《圣经》来比言情小说，似乎有点不伦不类。那么，我们可以说，中国的《红楼梦》，大致相当于英国的莎士比亚作品。但莎翁作品在英国一向被尊为文学宝典，是学校中的主要课本，而《红楼梦》则在近年以前，常被中国道学先生认为“闲书”，不宜给学生看的，虽然道学先生们自己，往往躲起来偷

① 因本书为作者全本的摘选本，故本文所述研究内容及著书结构，均参《〈红楼梦〉探源》全本。——编者注

看。莎翁和曹雪芹在他们的作品中都创造了四百多个人物，但莎翁的人物，分配在三十多个剧本中，而且许多王、侯、侍从、男女仆人，性格大致相类；在不同的剧本中“跑龙套”的人物，原不必有多大区别。而曹雪芹的四百多个人物，却严密地组织在一个大单位中，各人的面目、性格、身份、语言，都不相同；不可互易，也不能弄错。这部小说，即使放在全世界最伟大的十部名著之中，也会突出地站在前面。

英国学童从十一二岁即开始读莎翁剧本，直到中学毕业会考，几本重要作品，至少要“读”十来次，还有在戏台上，在无线电广播和电视中“看”和“听”的机会。但在中国，至少在我的学生时代，从小学至大学研究院，《红楼梦》这书名从未列入课程表中。我第一次看《红楼梦》是在初中三年级，有一次生病，无法上学，才把它当“闲书”看着消遣的。至于研究《红楼梦》，说来惭愧，虽然也看过别人写的有关此书的论著，但自己在出国以前，从未下过工夫。抗战时期，许多在昆明和重庆的朋友，在“莫谈国事”的大前提之下，觉得谈“红学”最妥当，最“卫生”，于是谈得很起劲。可是我那时在桂林，不但听不到，连“红学”的文字也看不到。倒是来到英国之后，因为有的学生研究《红楼梦》，由我指导，使我不得不对此书前后两部分的作者、著作过程和版本年代这些问题重新加以考虑。接着，从1954年起，国内由李希凡、蓝翎等讨论《红楼梦》问题所引起的大辩论，受到了国际的注意。北京及各地报刊大量登载辩论的文章，“讨论集”由一册出至四册，而尤其重要的，是一部七十八回的《脂砚斋重评石头记》抄本，即高鹗未改以前的曹雪芹原稿抄本，在1955年由北京文学古籍刊行社用朱墨二色套版照相影印出版，牛津大学买到一部。同时，由巴黎、海牙联合出版的《汉学要籍纲目》（*Revue Bibliographique de Sinologie*）的编者，要我为此书作提要。我于是把这部曹雪芹的原著和脂砚斋的数千条评语，仔细研究了一下。可是“提要”限制字数甚严，没什么可说，而从这抄本中所发现的问题，繁多而且复杂。既已发现，便不能丢开；既然复杂，就需要清理。一清理，牵连的问题就更多了。许多前人以为已解决了的，新的证据证明并未解决，或解错了。许多前人从未发现的问题，陆续出现，需要解决，等到一批问题解决了，连带的又引出另一批以前未曾注意的问题。这样，我觉得非把一切有关《红楼梦》及其作者可能得到的全部材料收集起来，加以彻底的、全面性的研究，否则无法完成这两份工作。我于是开始收集材料。

我应该感谢的是国内近年大批出版这些材料。上述七十八回抄本，其实在1933年即在北京发现［胡适曾有一跋文，却把它误称为“庚辰（1760）”本，正如同把他自己在1927年买到的十六回残本误称为“甲戌（1754）”本一样，这两个误称到现在还被沿用着]。可是这些“珍本”，过去是私人的“枕中鸿宝”，是“学者”们的“血本”。“良工不示人以璞”，如果印出来，阿猫阿狗也可以研究，红学专家们便不能长久“专”下去了。说也奇怪，据说“破坏中国文化”的北京人民政府，却鼓励这个古本公开发行，连欧美的学者，也可以看到了。不但此也，胡适私人藏了三十三年（1927—1960）不公开的十六回残本，即所谓“甲戌”本，其中有许多脂砚斋评语（曾由他的学生录出），连同别的抄本的脂评，也一起由俞平伯编为《脂砚斋红楼梦辑评》，在1954年年底出版。此外，有许多曹雪芹友好的诗文集，如敦诚的《四松堂集》、敦敏的《懋斋诗钞》、明义的《绿烟琐窗集》、张宜泉的《春柳堂诗稿》、裕瑞的《枣窗闲笔》等等，有些是连以前的红学专家都未见到的材料，现在都影印出版了。如果没有这些材料的公开，我的工作是无法开始的。此外，尚须提到一部重要著作，即周汝昌的《红楼梦新证》。周君书中有许多主要的结论是错的（例如脂砚斋，又署“畸笏叟”，他以为即是“史湘云”，简直是匪夷所思）。但他书中搜罗了许多不易经见的材料，对于曹氏家世的研究是非常重要的。许多人对此书批评很苛，只是评他的文学观点。但如把它当作一部史料书来看，是有价值的。“采葑采菲，无以下体”。我倒受了周君不少帮助，应该感谢他的劳绩。

二　红楼梦探源的主旨和步骤

我写这书，本来不是批评《红楼梦》的文学价值，所以谈不到什么理论观点，也不是研究此书的“微言大义”或社会问题。这些当然都是非常重要、值得郑重研究的。而在这方面，近年国内已有许多研究论文出版，其中颇有精彩之作。但我觉得在研究这些问题之前，尚需先弄清楚若干基本问题：例如，在全书一百二十回中，哪一部分是曹氏的作品，哪一部分是高氏续作？在曹氏作品中，哪些部分是他的真正原作，哪些部分曾经高氏删改？在高氏续作中，有无曹氏原稿材料在内？如果不把这些问题弄清楚，则在批评曹雪芹思想时，会把高鹗的思想算在他的账上，在研究曹氏的文艺造就时，也会把经高鹗删改的结果，归诸雪芹。如果不先弄清楚脂砚斋是男是女，他和曹家关系如何，便不能确定他的数千条评语有何价值。在研究他的评语时，如果不能鉴定哪些评语出于脂砚斋之手，哪些是别人写的，也就无法判断这些评语有多少价值，对于了解雪芹的身世和《红楼梦》成书过程有何帮助。在鉴定了脂评以后，如果不能区别各期评语的写作年份，也就不能看出某些评语和作者生活及小说内容有何关系。——但是，尤其重要的，尤其基本的，是判断分析几个重要抄本的年代。这是过去中国经学大师对于校勘学和考证学上最注意的初步基本问题。不把这个基础打得正确坚实，则修造在这基础上的上层建筑，是很容易东倒西歪，甚至于垮下来的。不幸这两个抄本一出现，立刻被“有历史癖”的胡适博士加上了违反历史的名称。他那十六回残本是一个过录脂评本，并非脂砚手批本。在这过录本的底本中，明明有脂砚斋乾隆甲午（1774）八月的评语，而胡博士却硬把它叫作“甲戌”（1754）本。后来在徐星署家中发现的七十八回抄本，又是一个用四个不同底本拼凑起来的过录本，其原底本中即有乾隆丁亥（1767）的评语，而胡博士又硬把它叫作“庚辰（1760）”本。这种时代错误与不合科学的说法，使《红楼梦》考证在近三十年中，长久停留在粗疏幼稚的阶段，无法走上科学的道路。胡博士所定的这两个名称颇有催眠作用，近人许多考据文字，都盲目地沿用“甲戌”本、“庚辰”本这些名称，使读者在看到原抄本之前，已造成了“先入为主”的成见，这是任何科学性的研究所不该有的。所以在开始考察这些抄本的年代时，第一步，我首先抛弃这两个引入迷途的名称，姑且把这两个抄本称为“脂评甲本”和“脂评丙本”（另有一个次要的所谓“己卯”本则改称为“脂评乙本”）。庄子说：“名者实之宾。”用惯了错误的名称，脑筋养成了“条件反射”，则对于一切有关抄本和脂评年代的判断，都会失去标准尺度，陷入错误。（现在“甲本”改称脂残本，“丙本”改称脂京本。）

至于脂砚斋，周汝昌君认为是“史湘云”，固然是错的，有人把他定为作者曹雪芹自己，亦即书中的“宝玉”，就是“那块爱吃胭脂的顽石”，则尤其荒谬。评语中有许多称赞《红楼梦》的优点和作者的天才，指出描写如何新雅，故事如何别致，古今无比等等。如果评者即作者，那就等于说，曹雪芹在替自己肉麻地作广告。我想，曹雪芹没有在美国大学中学过广告术，大概不会有这套本领。这且不说。更重要的是：在十六回残本第一回“满纸荒唐言，一把辛酸泪”这首诗上面的眉批明明说：

> 能解者方有辛酸之泪，哭成此书。壬午（1762）除夕，书未成，芹为泪尽而逝。余尝哭芹，泪亦待尽……今而后惟愿造化主再出一芹一脂，是书何本（幸），余二人亦大快遂心于九泉矣。甲午（1774）八月泪笔。

如果脂砚即雪芹，则他不但有耶稣复活的神通，而且有孙行者化身的本领：壬午除夕死了，“隔了十年又是一条好汉”，摇身一变，变成“脂砚斋”，洒着一把眼泪在替自己的书写评！不料乾、嘉大师所建立的科学的考据学，在一百多年以后，反而退步到变成神话了。

所以，我的第二步主要工作，是要考出脂砚斋到底是谁？他和曹雪芹有何关系？这关系是朋友，还是亲戚？他为什么要评《红楼梦》，从1754年以前，一直评到1774年？他和《红楼梦》的背景有无关系？他是曹雪芹的什么人？他的年龄比曹雪芹大或小若干岁？他为什么为《红楼梦》一书这样伤感，批评得眼泪都要流尽了？他一共写了几次评语？每次是在哪一年写的？

在求出了上述各种问题的答案以后，可以帮助我们了解有关作者曹雪芹的许多问题。例如作者的生卒年，就有许多不同的说法，迄无定论。作者的家世，与小说内容有密切关系，也有充分阐明的必要。作者何时开始写此书？那时他几岁？作者的生平事迹，朋友交往，我们也要知道得更详细些。可以帮助了解他著书的经过。要了解这些问题，主要材料依然是脂评和作者朋友们的诗文集，这是第三步工作。

其次，就要考察《红楼梦》成书的过程。作者在第一回中自己说：“曹雪芹于悼红轩中披阅十载，增删五次。”这十载在他生命中占了哪一段时间？在未删改以前，这部书的初稿是什么情形？在历次的增删中，主要故事有无改变？文字细节如何更动？《红楼梦》书中故事的背景，有的说在南京，有的说在北京，历来聚讼纷纭，迄无定论。袁枚在《随园诗话》中说，书中“大观园者，即余之随园也”。此话的根据是什么？这根据的来源是否可靠？作者既说“披阅十载，增删五次”，显然他的初稿已成全书，才能“披阅”；他所“增删”的，也应该是指全书而言。然则何以《石头记》只有八十回抄本？（七十八回本至第八十回止，但其中缺第六十四、六十七两回）如果初稿已有全书后半部的故事，这些故事内容是怎样的？其中主要人物，如黛玉、宝玉、宝钗、王熙凤等，如何下场？是否和现存高氏所补后四十回内容相符？如有不同，其差异若何？要解决这一大串问题，主要要凭原本前八十回的线索。这是最可靠的内证。其次是脂评中所说到的后半部内容，这也是极可靠的同时人的证见。脂评对于《红楼梦》研究最重要的贡献，除了供给我们关于作者生平家世的材料外，要算这些有关初稿的消息，尤其是原稿后半部故事的轮廓，最为重要。因为，只有知道了雪芹全部原稿的内容——哪怕只是一个大概，我们才算看见了他的思想的全部，而不是把三分之二（八十回）的雪芹思想，三分之一（四十回）的高鹗思想混在一起，当作雪芹的全部思想，张冠李戴，叫他代人受过或无功受禄。根据现有材料，推求雪芹原稿中后半部故事的内容，是我所承担的第四步工作。

三　关于后四十回

以上都是关于《红楼梦》原作的抄本、评者和原稿的许多问题。但是我们现在一般读者所看的，是一百二十回的《红楼梦》，不是前八十回的《石头记》。这一百二十回中的最后四十回是高鹗的补作。关于此点，当时著名的诗人张问陶（字船山，1764—1814）在他送给高氏的诗中说得很明白。他的《赠高兰墅鹗同年》一诗题下自注说：“《红楼梦》八十回以后俱兰墅所补。”此诗第二联云：“侠气君能空紫塞，艳情人自说‘红楼’。”高鹗是张问陶的妹夫，张氏的话当然可靠。另外还有许多清人的著作，如震钧的《天咫偶闻》、俞樾的《小浮梅闲话》、李放的《八旗画录》、恩华的《八旗艺文编目》，对此点都说得很清楚。但是刊行一百二十回本《红楼梦》的程伟元，在乾隆辛亥（1791）版的序文中，说他曾多年收集作者（雪芹）的残稿，请人拼凑编辑起来，才有后四十回。而高鹗在他的序文中，也说程伟元把一些残稿请他整理编写，才能使全书一百二十回合成全璧。这些话，过去的红学家认为，都是程氏撒谎，因为他说曾见一百二十回的回目，而现在《红楼梦》后四十回的回目，与前八十回中故事所透露的后半部内容不符。这一点很对，程氏确在造谎。他说收集了近四十回的曹氏残稿，当然也不是真话，因为后四十回故事的内容与前半部的计划和线索不符。但我们不妨追问一下，是不是可能他确曾得到一些少许残稿？高氏续作，有没有采用或根据这些残稿，这是一层；其次，高氏后四十回故事既与前八十回原作的计划和线索不符，则他即使见到残稿，自必经他改写过。既经改写，则必与前八十回有出入之处，则他在编合前八十回时，自不免也要东改西抹，以便和他自写的故事大致相符。这倒是他自己和程氏在引言中承认了的："书中前八十回……其间或有增损数字处。"他们说得那么轻描淡写，似乎不会有大出入，因此从来没有人认真把曹氏原文和高氏改本对照过。可是不对则已，一对问题就多了。不是"间或增损数字"，而是整段整页数百字的删削！而且在1791年冬天排印的"程甲本"中改得还少，到次年春天重排的那个宝贝的"程乙本"中，真是大刀阔斧，横砍竖劈，不但改动许多重要故事，而且一有机会，就加入一些对“当今皇上”颂圣的阿谀。在短短的三个月内，高鹗为什么匆匆忙忙要干这勾当，他的动机是什么？程伟元老板，为什么不惜工本，在三个月内又把这部大书重排一次？这是在考察今本《红楼梦》全书时，不可避免的最后一步的工作。

四　初步工作的次序

上述五步工作，构成为《〈红楼梦〉探源》的五卷。我说“五步”，而不说“五部分”或“五大门”，乃是因为这些都是研究《红楼梦》思想内容的初步工作，还没有跨进研究思想问题或文学批评的大门，更不必说登堂入室了。但这五步，却是研究思想或文学批评的奠基工作。我自知不是建筑师，只能把修造上层建筑这份工作让给比我高明的人去承担。我只是一个小工，把基石从山坳水崖找得来，放得平正，已算尽了我的能力。但我知道，修盖在这上面的雄壮的殿堂，却非要有坚实的基础不可。建立这基础也有一定的步骤，不能躐等。所以这五步的次序是：①“抄本探源”，②“评者探源”，③“作者探源”，④“本书探源”，⑤“续书探源”。卷首是一章简述“《红楼梦》研究的历史背景”，卷末是一章“提要与结论”。另有一些次要问题的讨论，则作为四章附录（已出版的英文本只有三章附录，正在准备中的中文版加一章“作者的友好及其著作”，附在第二卷末），分别以类相从，附在各卷之末。

这个次序有它的必要。因为：如果不先说明各个脂评抄本的内容，评语分类和性质，则读者不知“脂评”究竟是什么。如果不先分析各抄本所根据的原底本，即不能判断任何一个抄本本身的年代，也不能推测脂砚斋当年用了几个本子来写他的评语。如果不分析脂砚所写各期评语的年份，便无法把评中所指之事，和雪芹实际生活的事迹联系起来。胡适在“新材料”一文中，因未能考定评语的年代，在应用时只好“折中假定”某评在某年。评语有朱笔的，有墨笔的；有些署“脂砚斋”，“脂砚”有些署“畸笏”“畸笏叟”“畸笏老人”；有的插在正文之中，用双行小字，如古书的注解，有的写在眉端，有的夹在行间，有的用大字抄在回前或回后；有的有年月，有的无年月，也有署别人的名字，如“松斋”“梅溪”“绮园”之类。这三千多条评语，五花八门的复杂情形，以及在同一回中，脂残本和脂京本的评语多少不同，各条评语长短不同，都需要彻底整理：分别评者，辨析性质，统计条数，排比年月。这是一份繁重细致的工作。但是把这些复杂情况清理出眉目，对于解决以下各卷中的许多问题，却有无穷的帮助，以下各卷的论据，全靠这一卷的结论。这是基本的基本，所以是第一步工作。

从评语的整理中，对照两个抄本，我们知道同一条评语此详彼略，一本署“脂砚”，一本署“畸笏”，故知二者是一人化名。从脂砚斋评语中说到他自己亲见“南巡”，而康熙的最末一次南巡在四十六年丁亥（1707），则知他至迟生于康熙三十五六年（1696）左右，要比雪芹大二十岁左右。所以周汝昌君以作者为“宝玉”，比“宝玉”小一岁的“史湘云”为脂砚斋，是根本不可能的。周氏的说法先有两个假定：一是“自传说”，所以作者曹雪芹即书中“贾宝玉”；二是“史湘云”后来与“宝玉”结婚。但这两个假设都全无根据。其一，书中少年时代的“贾宝玉”的模特儿另有其人，并不是作者自己，这一点以后要证明。其二，“宝湘结婚”之说，出于一本冒称“旧时真本”的后人续作，其荒唐与别的续作中宝玉黛玉又投胎再生结婚相同。据脂京本第二十一回评语，宝玉出家为僧时，其妻仍是宝钗，并不是湘云。故宝玉湘云结婚说全不可靠。这两个前提的假设既全是错误的，脂砚又及见康熙南巡，比作者大了二十岁左右，则脂砚斋即“史湘云”说，全是空想，毫不可信。林语堂在某刊物发表《平心论高鹗》一文，痛骂周汝昌，连为周书写跋文的其兄周缉堂，以及他们已死的父母，都不饶过。但对于周氏那个错误的结论，“脂砚即湘云”，林博士却深信不疑。从这种论学的方法与态度，很可以看出一个人的智力与品德。

五　棠村序文的发现

《红楼梦》第一回前有一段引言说：

> 此开卷第一回也。作者自云曾经历过一番“梦幻”之后，故将真事隐去，而借“通灵”说此《石头记》一书也。故曰“甄士隐……”云云……自己又云……故曰“贾雨村……”云云。更于篇中用“梦”“幻”等字，却是此书本旨，兼寓提醒阅者之意。

这段文字，向来被人认为是曹雪芹自己作的引言。其实这种看法是错的。既说“作者自云”，便是第三者口气。文中所引“甄士隐”“贾雨村”“梦幻”“通灵”等字，都是第一回回目中所用的字眼。这分明是一段解释回目意义的序言。在脂残本、脂京本和有正书局的八十回本《石头记》中，第二回之前也有类似的一段用大字抄的文字说：

> 此回亦非正文本旨。只在"冷子兴"一人……其"演说荣国府"一篇者，盖因族大人多……此一回〔文〕则是虚敲旁击之文，笔则是反逆隐曲之笔。

此外，在上述两个抄本中，许多回之前尚有类似的文字。在脂京本中，这些回前附文，都用另一页纸单独分抄，字体大小与正文完全一样，但低一格抄。前人都以为这是脂砚斋的"总评"或总批，其实是猜想之词，脂砚在十六回残本第一回楔子的末了"东鲁孔梅溪则题曰《风月宝鉴》"一句话上面，有朱笔眉批说：

> 雪芹旧有《风月宝鉴》之书，乃其弟棠村序也。今棠村已逝，余睹"新"怀"旧"，故仍因之。

胡适在《考证红楼梦的新材料》一文中只说："据此《风月宝鉴》乃是雪芹作《红楼梦》的初稿，有其弟棠村作序。"他只看懂了上一句，却没有看懂下文"睹'新'怀'旧'，故仍因之"是什么意思。他不知道"新"是指"增删五次"后的新稿，"旧"正是上文所说"'旧'有《风月宝鉴》"之"旧"稿。由于没有看懂这四个字，他便无法知道"故仍因之"一句话中“之”字正指上文棠村所写的“序”。“因”是“因袭”“沿用”之意（《明杂剧》三集《中郎女》第一出：“章程制度，因者因，创者创，已略略可观。”正是如此用法）。知道了《脂评石头记》因袭了棠村为《风月宝鉴》所作之序，便可以认清楚在《石头记》中许多回前的短文，包括第一回前的引言，其实都是棠村的旧序，是脂砚为纪念棠村之死而保存下来的，并不是脂砚自己的“总评”。但《石头记》中并不是每一回之前都有序，这种情况正可说明：① 旧稿《风月宝鉴》的回数与“增删”后《石头记》新稿的回数不同。② “增删”之后有些回中故事内容不同了，旧序便不适用，不能再因袭下去了，只好割爱。③ 棠村也许还没有回回作序。④ 在雪芹历次修改的过程中，一些有序的原稿也可能失去。

也许有人怀疑，一部书一般只在前面有一两篇序，怎么每回之前都有序呢？其实古典文学中常有这现象，不足为奇的。《诗经》和《尚书》每篇之前都有后人作的小序。这是大家知道的。《汉书》每卷都有序，是班固自己作的，不过合在一起放在书末，称为“序传”，所以有人也许不注意。弥尔顿（Milton）的史诗《失乐园》（*Paradise Lost*），每卷前面有说明性质的大纲（Argument），斐尔定（Fielding）的小说《汤姆琼斯》（*Tom Jones*），每卷之前也有一小段扼要评语，也是作者自己写的。

在《脂评石头记》中发现雪芹之弟棠村的小序，把它从脂砚的评语中区别出来，对于研究《红楼梦》成书的过程和此书早期抄本的年代，有重要的作用。例如现在《石头记》中有序的各回，我们可以推想，其内容大致与《风月宝鉴》旧稿无甚出入。因此，根据棠村小序存于《石头记》中的情形，我们可以约略推知雪芹初稿的情况。并且由序文的内容，可以判断修改时各本分回的情形。一个抄本中所保存的小序较多，则其正文底本的年代必较早。现有四个脂评抄本，一个有正翻印抄本的石印本，保存小序的多寡不等；而最后的全书《红楼梦》却只有在第一回之前尚保存一篇棠村小序。而且这还是因为后人把它误认为雪芹作的“引言”，才能保留到现在。可是，如果把《红楼梦》和《脂评石头记》抄本一对照，便可知道这唯一保存在《红楼梦》中的小序，也已经被高鹗删改了。

脂砚斋因为评了《石头记》多年，把此书称为《脂砚斋重评石头记》，而其中有许多回前的小序却不是他作的。他不愿掠人之美，又怀念去世了的棠村，所以在第一回评中即声明：他保存了棠村的旧序，免得读者误会，以为这是他的“总评”。但不幸连一些“红学专家”，还是这样误会了。因为研究脂评，发现了雪芹那位早死的弟弟所写的许多小序，可以说是意外的收获，对于《红楼梦》成书过程的了解是有所帮助的。

六 脂砚斋是谁

脂评既然这样重要，大家当然急于要知道脂砚斋究竟是谁。要解决这问题，只好仍从脂评入手。历来研究脂砚者都不问他的年龄，只好胡猜。所以我的工作是从他的年龄入手。在脂京本中43条壬午年（1762）的评语里，他有时已署名"畸笏老人"，那时雪芹还只40多岁。上文说到他曾见康熙末次南巡（1707），假定其时他10岁左右（再小便记不清），则他生于1697年左右，到壬午已65岁左右，可以自称"老人"了。他比雪芹，可能大到18至20岁左右。康熙南巡由雪芹的承继祖父曹寅接驾，康熙即住在曹寅的江宁织造府中，府中事前修盖了行宫花园。脂砚这10岁上下的小孩子既然见到家人接驾，他也必是曹家的孩子。《红楼梦》小说中的人物，脂砚在评中透露，有许多他是认识的；其中故事，有许多他自己知道的。例如王熙凤在尼姑庵中受了三千两银子的贿赂，害死了一对青年男女，还说她不信什么阴司地狱。脂评说："批书人深知卿有是心。叹叹！"又如第二十二回宝钗生日唱戏，贾母命凤姐点戏，脂评说：“凤姐点戏，脂砚执笔事，今知者聊聊（寥寥），矣（奚）不悲夫！”第二十五回马道婆向贾母骗钱，满口胡说，脂砚在评中说：“一段无伦无理信口开河的混说，却句句都是耳闻目睹者，并非杜撰而有，作者与余，实实经过。”此外，书中人物谈话，脂评常说，“亲见”“亲闻”“有是人”“有是语”等等，有时他说明某事发生在“二十年前”“三十五年前”等等。他和雪芹的关系密切，也可以从评中看出：有时他和作者开玩笑；有时自称“老朽”，命他改写故事（如秦可卿之死）；雪芹写完了一部分，便送给他看，请他批评；有时他的批评倚老卖老，俨然是长辈的口气，例如第五回警幻仙子出场时，作者仿《洛神赋》体描写她的美，脂评说：“此赋则不见长，然亦不可无者也。”由上种种证据，脂砚无疑是曹家人，是雪芹的长辈，而且深悉书中故事的背景。

七　脂砚斋是“宝玉”的模特儿

——曹雪芹的叔父

当然，只靠脂评来考察问题是不够的，还需要有别的客观证据互证对勘，才能求出真相。因为对于同一脂评的解释，可能有歧异，有了别的证据，可以把某种解释否定或肯定。

根据清代史料，如曹寅奏折等文件，我们知道曹寅长女嫁于镶黄旗讷尔苏郡王，所以她是贾“妃”，事在康熙四十五年十月二十六日（1706年11月30日），次年即康熙最后一次南巡。脂残本第十六回记贾妃元春省亲事，棠村的序说：“借省亲事写南巡，出脱心中多少忆昔感今！”胡适看见这条，大为高兴，说：“这一条便证实了我的假设。”什么假设？即是他著名的“自传说”。在《红楼梦考证》中，他有关于“著者”的六条结论，最后一条说：“红楼梦是一部隐去真事的自叙。”是不是雪芹自叙曹家接驾，给这条“借省亲写南巡”的评语证实了？这位自称有“历史癖”和“考据癖”的胡博士，可惜忘记了年代。那时离雪芹出世，还有八九年哩！他有什么“昔”可“忆”？省亲故事是曹寅长女（即雪芹姑母）出嫁与康熙南巡的合写。“元春”出嫁和“南巡”二事，雪芹均未亲见，决不能想象当时的堂皇气象来写省亲故事，则其材料必有个来源。脂砚亲见南巡，也见得到曹寅长女的出嫁；且嫁与郡王，其场面也必相当可观。追忆记录并供给这些场面的材料者除脂砚外，当无别人。“元春”省亲时不过20多岁，入宫以前教过“宝玉”读书，所以“怜爱宝玉与诸弟不同”[1]。这个“宝玉”是“自传说”中的曹雪芹吗？我们且看脂砚在这段文字旁的批语：

> 批书人领至（到）此教：故批至此，竟放声大哭；俺先姊先（仙）逝太早，不然，余何得为废人耶！（脂京本第十七回，页387）

原来“元春”是批书人脂砚斋的“先姊”，这里的“宝玉”是批书人脂砚自己！请普天下一切“自传说”的拥护者来看此批。第十六回提到为省亲要建大观园事，脂评说：“大观园用省亲事出题，是大关键处，方见大手笔行文之意。”这是说，雪芹用南巡资料，移花接木，用来写省亲，造别墅，好让宝玉和姐妹们以后住在里面，展开活动，这是文艺创造的杰作。但与自传无关。

少年时代的“宝玉”用脂砚为模特儿（那时雪芹尚未生），除上条批语已由脂砚自己承认外，尚有不少的证据。第二回智通寺门口有一副对联：“身后有余忘缩手，眼前无路想

---

① 贾珠早已夭亡，除宝玉外元春何尝又有“诸弟”可与宝玉比较？这证明当脂砚记录素材时，他正想到曹宣有四子，故曰“诸弟”。

回头。”脂评说：“先为宁、荣诸人当头一喝，却是为余一喝。”可见脂砚在小说中是一个主要人物；在小说的背景（曹家）中，也颇有地位。下联中的“无路回头”，正和雪芹原稿末回的“悬崖撒手”（即宝玉出家）是前后映带的一对。

第三回黛玉初到荣府，作者在她眼中描写宝玉，说他“面若中秋之月，色若春晓之花。”脂评说：“‘少年色嫩不坚牢’，以及‘非夭即贫’之语，余犹在心。今阅至此，放声一哭。”则此回所写宝玉的形貌，正是脂砚幼时情况，所以一提起来他就伤心。

第九回宝玉要去上学，“忽想起未辞黛玉，因又忙至黛玉房中来作辞。”这本是极寻常的礼貌，原没有什么可批的。但脂砚却郑重其事地批道：“妙极，何顿挫之至。余已忘却。至此心神一畅，一丝不走。”若依自传说，宝玉是雪芹，为什么脂砚一见此句，把忘却之事又记起来，“一丝不走”，而且那样高兴？

上文说到一条评语说宝钗做生日“凤姐点戏，脂砚执笔”。那次看戏的都是女客，只有宝玉是男的，则为凤姐执笔的正是宝玉。

脂残本第五回第十一页下《红楼梦序曲》“开辟鸿蒙”演唱时，警幻云，“若非个中人不知其中之妙。”脂评曰：“三字要紧，不知谁是个中人？宝玉即个中人乎？然则石头亦个中人乎？作者亦系个中人乎？观者亦个中人乎？”先云“宝玉即个中人乎”，下文则将石头与作者分别言之，知石头非作者，而独不言批者，则因批者即宝玉，故不必重复。

下页曲文中“谁为情种？”一句旁脂评云：“非作者为谁？余又曰：亦非作者，乃石头耳。”按此条极为重要，“亦非作者，乃石头耳”，则石头与作者正是二人，石头即宝玉，亦即批书人脂砚也。

又脂京本第二十一回评云：“谓余何人耶，敢续《庄子》”一条，续《庄子》者乃宝玉，而曰“谓余何人”，则批者之“余”即宝玉。

这样的证据，在评语中还有许多，在这里无需多举，只要说明两点就够了。①“宝玉”不是雪芹自叙，作者用少年时代的脂砚为模特儿。② 脂砚呼曹寅长女（书中“元春”）为“先姊”，而雪芹为曹寅之孙，则脂砚是雪芹的叔辈”[①]。

---

① 若谓脂砚（曹硕？竹磵）乃曹宣之子，而书中元春乃曹寅之女，并非亲姊弟而为堂姊弟，故与书中宝玉与元春不尽相符，则须知书中宝玉与元春亦非嫡亲胞姊胞弟。第二十八回宝玉对黛玉云：“我又没有亲兄弟亲姊妹：虽然有两个（指探春、贾环），你难道不知道是和我隔母的？”（《校本》，页286）可知元春与宝玉亦非同父或同母，但小说中假定二人为同父耳。

这两条结论是从脂砚的评语中得到的。我们还要看看有无别的证据可以确定这些结论。清室豫良亲王修龄的次子裕瑞（思元斋，1771—1838），在其所著《枣窗闲笔》中说："《风月宝鉴》一书，又名《石头记》……曾见抄本卷额，本本有其叔脂砚斋之批语，引其当年事甚确。"又说："闻其所谓'宝玉'者，尚系指其叔辈某人，非自己写照也。所谓元（春）迎（春）探（春）惜（春）者，隐寓'原''应''叹''息'四字，皆诸姑辈也。"裕瑞的消息，据他自己说是从"前辈姻戚有与之（雪芹）交好者"得来的。他所指"前辈姻戚"，是他的舅父明义（我斋）和明琳。明义的《绿烟琐窗集》中，有《题红楼梦》绝句二十首，他看到的是雪芹给他的一个抄本。明琳也是雪芹的一个交好，《懋斋诗钞》中有一首诗说雪芹在明琳的养石轩中高声谈笑。裕瑞所说"元、迎、探、惜"四"春"是"原、应、叹、息"四字的谐声，现存脂残本第二回评注中。但裕瑞并未指出雪芹"叔辈某人"的"宝玉"，即是写批语的"其叔脂砚斋"，可见他的消息另有来源，倒并不是研究了评语以后所得结论。他从他的舅父明义和明琳所得有关雪芹及《红楼梦》的事迹，和一些评语的内容完全符合。

八　曹氏家世和脂砚斋

雪芹的祖父曹寅，幼时曾伴康熙读书，后为康熙侍卫，历任苏州及江宁织造。他的文化修养很高，喜欢收藏古书，能诗，善画，爱好音乐、戏剧，也写过传奇剧本，刊过善本书。著名的《全唐诗》，清廷即命他主持校刊。因此，他是当时江南文人学士的领袖，彼时许多著名文人，都是他的朋友。他有两个儿子，其一叫“珍儿”的，早殇，另一个叫“连生”，名颙，在寅死（1712）后继任织造，三年后也死了。曹寅有一个双生的兄弟曹宣，早死，其子女由他教养。曹宣有四个儿子：曹頫，即雪芹之父；曹颀，即曹寅诗中所指“三侄”；另有一“四侄”字竹磵，却不知其名。曹颀幼时即善画梅，曹寅给他的画题了许多诗。曹寅的《楝亭诗钞》卷六有“和竹磵侄上巳韵”，此时他只有十四五岁，已能诗，而且他伯父竟和他的韵，可见他的诗作得很好。这和宝玉十三四岁就能作诗也相像。曹家两代取名字都用《诗》《书》成语，如曹寅字子清即用《舜典》：“夙夜惟寅，直哉惟清。”曹宣字子猷，用《大雅·桑柔》：“秉心宣犹（即猷），考慎其相。”颙字见《小雅·六月》：“其大有颙。”颀字见《齐风·猗嗟》："颀而长兮。""竹磵"之"磵"字不见于六经，始见于《玉篇》。据《正字通》，是"涧"字或体。《卫风·考槃》说："考槃在涧，硕人之宽。"则竹磵之名当是"硕"字。颙、颀、硕、頫，同辈之名都用同一偏旁"页"。"硕"和脂砚之"砚"，篆文相似。二字都从"石"，所以"宝玉"的故事，即"石头"的故事。雪芹题此书为《红楼梦》，而脂砚却坚持要用《石头记》。如上述推论不误，则脂砚斋是曹宣第四子，名硕，字竹磵，从小即会作诗，大概在宣子中最小而最聪明，深为曹寅所爱。

曹寅死后，由其子曹颙继任织造，但颙任职三年后，在1715年又死了。曹寅更无他子，康熙命曹宣长子頫承继曹寅为嗣子，使他继任江宁织造之职。所以曹頫的儿子曹霑（字雪芹）成为曹寅的孙子，而脂砚斋却是他的亲叔父。曹頫任织造到雍正五年（1727）冬，被免职，次年曹氏被抄家，曹頫等迁往北京。

九　曹雪芹的生卒年

解决了"脂砚斋是谁"这个大问题以后，对于雪芹身世和《红楼梦》书中许多问题，都有很大帮助。其次要考察的，是雪芹的生卒年。他的卒年有两种说法：一说“壬午除夕”，一说“癸未除夕”。第一说根据1774年一条脂评，说他“壬午除夕泪尽而逝”。（引见前）壬午除夕是1763年2月12日。但雪芹好友敦敏诗集有一首诗请他在癸未上巳前三日（1763年4月12日）去喝酒，可见他没有死。敦诚挽雪芹的诗是甲申年（1764）初作的，诗中自注说，“前数月，伊子殇，因感伤成疾。”可见雪芹的儿子在上年（癸未，1763）秋冬之际死去，雪芹在上年得病数月，除夕去世。这个“除夕”是癸未除夕（1764年2月1日），不是壬午除夕。甲申春，敦敏也有一首吊雪芹的诗。周汝昌断定脂评中的“壬午”是误记，这是对的。照我的推算，脂砚在1774年已经80多岁，记忆也不大好了，容易把干支的推算弄错。但“除夕”却不会弄错。胡适根据脂评，硬说敦诚的诗是隔了一年多才作的，他说：“怪不得诗中有“絮酒生刍上旧坰’的话了。”胡适不认得“坰”字，他望文生义，以为即是“坟墓”。坰字其实只有一个意义，即《尔雅·释地》所释：“林外谓之坰。”“旧坰”是说“乡下那个老地方”。因为雪芹住在郊外，死在郊外。胡适也不懂得这句诗中的两个主要典故，“絮酒”，“生刍”，都是指新丧的吊唁（见《后汉书》卷八十三《徐稺传》李贤注），这且不说。敦诚甲申年的吊诗自注明明说：“（雪芹）前数月……感伤成疾”；怎么一个人在“前数月”得病，一年多前已死了？

确知雪芹卒年以后，则其生年可以用他卒时的年龄推算，敦诚的吊诗说他“四十年华付杳冥”，因此周汝昌认为他死时四十岁，生于雍正二年甲辰（1724）。如依此说，则曹家1728年被抄后迁至北京时，他只有4岁。脂砚在甲戌（1754）抄阅再评《石头记》，他只30岁。脂砚共评此书八次以上，每次隔两三年（从第三次起，每次隔三年，即：丙子—己卯—壬午—乙酉），依此推算至第六次，再评在1754年，则初评在1751年或1752年。彼时雪芹已“披阅十载，增删五次”，则十年以前雪芹开始写此书只有18岁，似乎不可能。这并不是说雪芹没有这样的早慧和天才，而是书中所表现作者的饱学，绝不是一个20岁以下的青年所能有的。从许多脂评，也可以证明这年龄是不可能的。例如第三十八回宝玉听说林黛玉要喝烧酒，“便令将那合欢花浸的酒烫一壶来。”一条1754年或更早的脂评说：“伤哉！作者犹记矮𩨋舫前以合欢花酿酒乎？屈指二十年矣。”如曹雪芹生于1724年，则二十多年前还不到10岁，大概不会酿酒；即使会，也是儿戏，不至于用在宴会上。又如第十三回秦可卿死时托梦给凤姐，有“树倒猢狲散”之语。脂砚在1762年一条评中说：“‘树倒猢狲散’之说，今犹在耳。屈指三十五年矣。哀哉，伤哉！宁不痛杀！”这一句成语，是曹寅活着时常说的，后来变成了谶语。他的文友施瑮在他死后怀念他的一首诗中说："廿年'树倒'西堂闭，不待西州泪万行。"自注说："曹楝亭公时拈佛语对坐客云：'树倒猢狲散'，今忆斯言，车轮腹转……楝亭、西堂、皆署中斋名。"（《隋村先生遗集》卷六，页16）脂评说35年前是1727年，即雍正五年，正是曹頫被黜之年，此时曹寅已死了15年了，但其当年"对客佛语"，竟成谶语：这年曹頫免职"树倒"，次年春天被抄，"猢狲散"了。雪芹生于曹寅死后，当然没有亲闻曹寅此语，必是他父亲被黜时觉得奇祸将临，才又重复说着此语，他才听到。但如依周说，他生于1724年，则其时他才三岁多，决不能了解此语所含惨痛的意义。再看敦敏送雪芹的诗："燕市狂歌悲遇合，秦淮旧梦忆繁华。"又，明义的《读红楼梦》诗的序文："曹子雪芹出所撰《红楼梦》一部，备记风月繁华之盛。盖其先人为江宁织府。其所谓'大观园'者，即今随园故址。"亦指雪芹所记为南京事。如果他在1728年被抄家后到北京时才三四岁，则决不能记得在南京时的什么"风月繁华"。可见敦诚诗中所谓"四十年华"，只举成数。事实上在诗中也不可能说明确数。我们可以推想雪芹离开南京时，年龄至少已十多岁，但不知确数。幸而在张宜泉的《春柳堂诗稿》中，有《伤芹溪居士》一首七律。题下自注说："其人素性放达，好饮，又善诗画。年未五旬而卒。”据此，我们可以推定他卒时大概是四十八九岁，但仍不确定为四十八或四十九。

我以为他卒时年四十九，所以生于康熙五十四年（1715）。这一年曹寅的独子曹颙死了，曹寅更无他子可以继袭织造之任。曹家因历年招待康熙历次南巡，亏空很大，如无人继袭织造一职，势必破产。所以康熙命曹宣之子曹頫承继曹寅为嗣子，俾能继袭织造之职。雪芹名霑，是一个不常用的字。此字最初见于《小雅·信南山》：“既霑既足，生我百谷”，是指上天的恩泽。扬雄《长杨赋》：“盖闻圣主之养民也，仁霑而恩洽。”则引申为皇上的天恩。后来这个字几乎只有这个狭义的用法。如唐李邕被任为淄州令后的《谢上表》说：“雨露恩深，霑霈及于萧艾。”从雪芹命名为“霑”，我们推想和这一年康熙敕令其父曹頫为曹寅嗣子，因而得袭此织造肥缺有关。其唯一解释，即雪芹之生，正在康熙敕令来到的前后，为了表示感谢皇上的恩泽，曹頫把他的新生儿子命名为“霑”。

十　结束语

在这篇短文中，我只能约略谈一谈我怎样解决有关《红楼梦》的几个基本问题，已经用了这许多篇幅，而且每一问题牵涉的方面这样多。我虽然力求叙述得简单，但仍旧是头绪纷繁，十分复杂。许多方面，自然说得不够，读者如果仍有不明白的地方，较细的解释只好看我的原书。而且很抱歉，在中文本出版以前，此时只有一个英文本可参考。至于有关曹雪芹原稿中许多问题，如他的早期稿本中故事与《石头记》有何不同，其未完成原稿中主要及次要人物的下场与高氏后四十回有何不同等等，只好从略。此处只能说：黛玉病死，宝钗与宝玉成婚，宝玉后来出家，大致如此。但其中有袭人婚后来侍候宝钗，蒋玉函供奉宝玉，宝玉"解放"所有丫头等等。最后贾家败落极惨，不但抄家，而且宝玉、王熙凤等都被捕下狱，后来由红玉（即小红）、茜雪两个丫鬟设法帮助救出。贾琏把凤姐休了（离婚），她回娘家，死在南京。巧姐被卖为娼，由刘姥姥救出，嫁与板儿为妻，自食其力。末了一场大火，把宁荣两府、大观园，烧得精光，"落了片白茫茫大地真干净！"全家人口四散，有的到乡下坟地边种地。只有贾兰用功读书，谋得官职。但其母李纨不久即亡。这样一个惊天动地的大悲剧，其伟大壮美，真可以比古希腊的任何大悲剧而无愧，与高氏续作的什么"沐皇恩""延世泽"，连杀了两个人的恶霸薛蟠，也居然用钱向官府赎了出来，贪赃枉法的贾雨村，也居然逍遥自在，完全不同。

在我写作此书三年的过程中，承国内、英国及国际间许多朋友的帮忙。有的绝版了的书，承他们把自己的藏书送给我。自然，英国朋友帮助最多，他们替我看稿子，提意见，安排出版步骤，还有一位留英的日本太太替我打字，我永远感谢他们。

1961年12月3日夜，英国牛津大学

（原载1962年6月《新华月报》）

编后记

本集编入吴世昌先生的《红楼探源》及与之相关的几篇专论，是先生关于《红楼梦》研究的基础性论文。

《红楼探源》原是先生在牛津大学讲学期间写成，原文是英文，牛津大学出版社1961年出版。当时在国内鲜为人知，但在海外的影响却远远大于国内。英国《泰晤士报》和《美国东方学会学报》都曾发表评论。《泰晤士报·文学副刊》的长篇专评说：这部书在诠释《红楼梦》的进展方面，迈开了坚实的步子，甚至可以说是一个“大跃进”；对当时已披露的所有新材料，“都经过殚精竭虑、穷根究底的审查，论证的逻辑始终是可钦佩的，也几乎总是令人信服的。”“此书的基础是仔细地重新审查了抄本的年代，小心谨慎地追踪脂砚斋写评的编年史。其他的结论建筑于其上，基础无疑是坚实的。”

先生写此书时，资料十分匮乏，像脂残本（即胡适所谓的“甲戌”本）这样重要的研究《红楼梦》的资料都没有公开印行，困难可想而知，因此有些论证不可能充分展开，有些结论也不可能十分准确。书出版以后，先生便在自校本上，写了若干补正。回国前，先生在自译本书前半部时，又做了许多补充和修正（如对第六章第四节的修改，并扩为一章）。回国以后，接触到许多新材料，于是先生便忙于研究新问题，撰写新论文。随后又遭遇史无前例的“十年浩劫”，翻译工作从此搁置。先生回国后所写论文于1980年结集为《红楼梦探源外编》，后来还写了一些文章，收入《罗音室学术论著》。

《红楼探源》中译本，由两部分译文合璧而成：第一、二、三卷，是先生自译并有修改，但导言和第十一章（下）由魏旸补译；第四、五卷，除第十七章前半和第二十章结尾是先生自译外，用的是魏旸译文（章节名称均先生自定，与英文本略有出入）。同时将先生在自校本后半部上写的批注补正译出。英国汉学权威亚瑟·卫莱先生为原书所写的序，《泰晤士报·文学副刊》为原书发表的评论也由魏旸一并译出。原书还附有《红楼梦》的西文译本和论文，因著者另写了专文，故不再译。前面说到，由于资料不足，书中某些论点，先生后来有修改补充，这方面的文章，择其要者，也选编入本书。另外，关于《红楼梦》其他方面的课题，如先生曾打算写一部《石头记疏证》，专论曹雪芹所继承的文学遗产，资料十分丰富，可惜由于种种原因，只开了个头，没有完成。他也为青年朋友写过赏析性质的文章，分析细致而深刻，不同一般。限于篇幅，本书只好割爱。

先生开始系统研究《红楼梦》之际，正是华夏大地对《红楼梦》研究展开大批判之时。但先生独辟蹊径，默默地研究解决有关《红楼梦》的一些根本性问题，也是正确认识评价这部小说的先决条件，例如：关于《石头记》不同抄本的组成及年代、关于评者、关于历次评语的时间、评语的价值、关于作者的生平、关于高鹗对前八十回的篡改、关于后四十回与雪芹残篇等等。只有把这些问题弄清楚了，才有可能对小说及其作者的思想或艺术方面作出正确的评价，否则如在沙上造楼，楼越高越会塌下来。对此，先生曾自谦地说："我自知不是建筑师，只能把修造上层建筑这份工作让给比我高明的人去担承。我只是一个小工，把基石从山坳水涯找得来，放得平正，已算尽了我的能力。但我知道，修盖在这上面的雄壮的殿堂，却非要有坚实的基础不可。"因此，在轰轰烈烈的评红狂飙中，先生独自在一旁辛勤地为大家清理场地，希望为今后《红楼梦》的研究工作打下一个坚实的基础，开一条新路子。今天，时光已推进到20世纪90年代末，先生弃世也已十年，读读先生的书，想想他的治学思想，也许不无裨益。

吴令华

1997年12月于马虎居

今“大家小书”收入吴世昌先生学术著述。因篇幅缘故，只能摘选部分，希能管中窥豹，指引读者了解吴世昌先生的研究方法与学术成果，引导大家探源《红楼梦》的作者、文本、续书等。若望全面了解全本，可参阅收入“吴世昌学术文丛”之《红楼探源》一书。

吴令华又记于2012年8月

国家新闻出版广电总局
首届向全国推荐中华优秀传统文化普及图书

‖大家小书书目

经典常谈	朱自清　著
语言与文化	罗常培　著
习坎庸言校正	罗　庸　著　杜志勇　校注
鸭池十讲（增订本）	罗　庸　著　杜志勇　编订
古代汉语常识	王　力　著
国学概论新编	谭正璧　编著
文言尺牍入门	谭正璧　著
日用交谊尺牍	谭正璧　著
敦煌学概论	姜亮夫　著
训诂简论	陆宗达　著
金石丛话	施蛰存　著
常识	周有光　著　叶　芳　编
文言津逮	张中行　著
中国字典史略	刘叶秋　著

古典目录学浅说	来新夏　著
闲谈写对联	白化文　著
怎样使用标点符号（增订本）	苏培成　著
诗境浅说	俞陛云　著
唐五代词境浅说	俞陛云　著
北宋词境浅说	俞陛云　著
南宋词境浅说	俞陛云　著
人间词话新注	王国维　著　滕咸惠　校注
苏辛词说	顾　随　著　陈　均　校
诗论	朱光潜　著
唐诗杂论	闻一多　著
诗词格律概要	王　力　著
唐宋词欣赏	夏承焘　著
槐屋古诗说	俞平伯　著
词学十讲	龙榆生　著
词曲概论	龙榆生　著
中国古典诗歌讲稿	浦江清　著 浦汉明　彭书麟　整理

唐人绝句启蒙	李霁野　著
唐宋词启蒙	李霁野　著
古典文学略述	王季思　著　王兆凯　编
古典戏曲略说	王季思　著　王兆凯　编
唐宋词概说	吴世昌　著
宋词赏析	沈祖棻　著
道教徒的诗人李白及其痛苦	李长之　著
闲坐说诗经	金性尧　著
陶渊明批评	萧望卿　著
舒芜说诗	舒　芜　著
名篇词例选说	叶嘉莹　著
唐诗纵横谈	周勋初　著
楚辞讲座	汤炳正　著 汤序波　汤文瑞　整理
好诗不厌百回读	袁行霈　著
山水有清音 ——古代山水田园诗鉴要	葛晓音　著

门外文谈	鲁　迅　著
我的杂学	周作人　著　张丽华　编
论雅俗共赏	朱自清　著
文学概论讲义	老　舍　著
中国文学史导论	罗　庸　著　杜志勇　辑校
给少男少女	李霁野　著
鲁迅批判	李长之　著
英美现代诗谈	王佐良　著　董伯韬　编
三国谈心录	金性尧　著
夜阑话韩柳	金性尧　著
英语学习	李赋宁　著
漫谈西方文学	李赋宁　著
历代笔记概述	刘叶秋　著
笔祸史谈丛	黄　裳　著
古典诗文述略	吴小如　著
有琴一张	资中筠　著
鲁迅作品细读	钱理群　著
唐宋八大家 ——古代散文的典范	葛晓音　选译

红楼梦考证	胡　适　著	
《水浒传》与中国社会	萨孟武　著	
《西游记》与中国古代政治	萨孟武　著	
《红楼梦》与中国旧家庭	萨孟武　著	
《金瓶梅》人物	孟　超　著	张光宇　绘
水泊梁山英雄谱	孟　超　著	张光宇　绘
《红楼梦》探源	吴世昌　著	
《西游记》漫话	林　庚　著	
细说红楼	周绍良　著	
红楼小讲	周汝昌　著	周伦玲　整理
曹雪芹的故事	周汝昌　著	周伦玲　整理
古典小说漫稿	吴小如　著	
三生石上旧精魂——中国古代小说与宗教	白化文　著	
《金瓶梅》十二讲	宁宗一　著	
古体小说论要	程毅中　著	
近体小说论要	程毅中　著	
文学的阅读	洪子诚　著	
中国戏曲	么书仪　著	

中国史学入门	顾颉刚　著　何启君　整理
秦汉的方士与儒生	顾颉刚　著
三国史话	吕思勉　著
史学要论	李大钊　著
中国近代史	蒋廷黻　著
民族与古代中国史	傅斯年　著
五谷史话	万国鼎　著　徐定懿　编
民族文话	郑振铎　著
史料与史学	翦伯赞　著
唐代社会概略	黄现璠　著
清史简述	郑天挺　著
两汉社会生活概述	谢国桢　著
中国文化与中国的兵	雷海宗　著
两宋史纲	张荫麟　著
明史简述	吴　晗　著
北宋政治改革家王安石	邓广铭　著
从紫禁城到故宫——营建、艺术、史事	单士元　著
史学遗产六讲	白寿彝　著

司马迁之人格与风格	李长之　著
司马迁	季镇淮　著
唐王朝的崛起与兴盛	汪　篯　著
二千年间	胡　绳　著
论三国人物	方诗铭　著
考古发现与中西文化交流	宿　白　著
中国古代国家的历史特征	张传玺　著
艺术、神话与祭祀	张光直　著
	刘　静　乌鲁木加甫　译
中国古代衣食住行	许嘉璐　著
中国古代史学十讲	瞿林东　著

黄宾虹论画	黄宾虹　著
中国绘画史	陈师曾　著
和青年朋友谈书法	沈尹默　著
中国画法研究	吕凤子　著
桥梁史话	茅以升　著
中国戏剧史讲座	周贻白　著
俞平伯说昆曲	俞平伯　著　陈　均　编

新建筑与流派	童　寯	著		
论园	童　寯	著		
拙匠随笔	梁思成	著	林　洙	编
中国建筑艺术	梁思成	著	林　洙	编
沈从文讲文物	沈从文	著	王　风	编
中国画的艺术	徐悲鸿	著	马小起	编
中国绘画史纲	傅抱石	著		
中国舞蹈史话	常任侠	著		
海上丝路与文化交流	常任侠	著		
世界美术名作二十讲	傅　雷	著		
中国画论体系及其批评	李长之	著		
金石书画漫谈	启　功	著	赵仁珪	编
吞山怀谷——中国山水园林的艺术	汪菊渊	著		
中国古代音乐与舞蹈	阴法鲁	著	刘玉才	编
梓翁说园	陈从周	著		
旧戏新谈	黄　裳	著		
民间年画十五讲	王树村	著	姜彦文	编
民间美术与民俗	王树村	著	姜彦文	编

长城史话　罗哲文　著
中国古园林概说　罗哲文　著
现代建筑奠基人　罗小未　著
世界桥梁趣谈　唐寰澄　著
如何欣赏一座桥　唐寰澄　著
桥梁的故事　唐寰澄　著
园林的意境　周维权　著
万方安和
——皇家园林的故事　周维权　著
现代建筑的故事　吴焕加　著
中国古代建筑概说　傅熹年　著

国学救亡讲演录　章太炎　著　蒙　木　编
简易哲学纲要　蔡元培　著
大学教育　蔡元培　著
北大元培学院　编
老子、孔子、墨子及其学派　梁启超　著
中国政治思想史　吕思勉　著
天道与人文　竺可桢　著　施爱东　编

春秋战国思想史话	嵇文甫　著	
晚明思想史论	嵇文甫　著	
新人生论	冯友兰　著	
中国哲学与未来世界哲学	冯友兰　著	
谈美书简	朱光潜　著	
中国古代心理学思想	潘　菽　著	
民俗与迷信	江绍原　著	陈泳超　整理
佛教基本知识	周叔迦　著	
儒学述要	罗　庸　著	杜志勇　整理
希腊漫话	罗念生　著	
佛教常识答问	赵朴初　著	
大一统与儒家思想	杨向奎　著	
孔子的故事	李长之　著	
西洋哲学史	李长之　著	
乡土中国	费孝通　著	
社会调查自白	费孝通　著	
经学常谈	屈守元　著	
墨子与墨家	任继愈　著	
汉化佛教与佛寺	白化文　著	
中西之交	陈乐民　著	

出版说明

“大家小书”多是一代大家的经典著作，在还属于手抄的著述年代里，每个字都是经过作者精琢细磨之后所拣选的。为尊重作者写作习惯和遣词风格、尊重语言文字自身发展流变的规律，为读者提供一个可靠的版本，“大家小书”对于已经经典化的作品不进行现代汉语的规范化处理。

提请读者特别注意。

北京出版社